ROGUE DEVIL - VERSION FRANÇAISE

KYLIE GILMORE

Rogue Devil © 2020 par Kylie Gilmore

Couverture par : Michele Catalano Creative

Traduction par : Laure Valentin Translation

Publié par : Extra Fancy Books

ISBN-13 : 978-1-64658-061-3

1

Trois jours avant Noël, île de Villroy.

Chloé

— Tu crois qu'on peut être amis avec un mec après avoir couché avec lui ? demandé-je à ma grande sœur, Sara.

— Non.

Je pousse un soupir et rejette la tête en arrière sur le fauteuil inclinable en cuir confortable du salon de sa suite, dans le Palais Amalie. Cet endroit est ma deuxième maison depuis que Sara a épousé le Prince Adrian Rourke. Je peux toujours compter sur elle pour se montrer honnête avec moi. Malgré tout, je n'ai pas envie que ce soit vrai.

— Mais… commencé-je.

— Non, insiste-t-elle.

Elle se penche sur le canapé adjacent et m'étreint la main. Son regard vert est direct.

— Chloé, je sais que tu croyais avoir un arrangement de type « amis avec bénéfices » avec Michael, mais en réalité, vous aviez une relation.

Je fronce les sourcils. Ça fait trois mois que j'ai refusé la demande de Michael, qui m'a laissée totalement sous le choc. Je ne savais pas du tout qu'il ressentait ça pour moi. C'est un garde du palais que j'ai rencontré quand je rendais visite à Sara, ici, sur l'île de Villroy, près de la côte du sud-ouest de la France. J'espère qu'on pourra rester amis. Je visite régulièrement Villroy depuis que Sara vit ici.

Cette dernière repousse ses cheveux blonds derrière son oreille et continue d'un ton maternel. Elle a sept ans de plus que moi et elle m'a élevée après la mort de nos parents.

— Tu te souviens comment j'étais, avant Adrian ? Fermée sur moi-même, réticente à prendre le risque de laisser quelqu'un entrer dans mon cœur. Et tu m'as conseillé de foncer, avec lui. Chloé, c'était la meilleure décision de ma vie. Regarde-moi, maintenant, je suis plus heureuse que jamais, mariée, avec un magnifique petit garçon.

Je ravale la boule d'émotion coincée dans ma gorge. Je suis contente que Sara soit heureuse. Elle le mérite.

— Je suis ravie pour toi, tu le sais, mais ce n'est pas du tout la même chose. Adrian était ton ami d'enfance. C'était le destin, entre vous. Michael n'est pas mon destin.

— Peut-être, répond-elle gentiment. Ce que j'essaie de dire, c'est que même si les circonstances externes sont différentes, dans nos situations, au fond, nous sommes pareilles, toi et moi. À cause de ce qui est arrivé à maman et…

— Ça n'a rien à voir avec eux, la coupé-je en levant une main.

Je me souviens à peine de nos parents, je n'avais que six ans quand ils sont morts. Secrètement, je pense que quelque chose est cassé en moi. Je ne pleure jamais. Même à la mort de mes parents, je n'ai pas pleuré. Sara dit que je suis restée muette pendant trois mois, à la place. Et je n'aimais pas Michael en retour, même si c'est un type bien.

Elle pousse un soupir.

— OK. Je voulais juste t'encourager à t'ouvrir un peu aux autres. Tu as tendance à te renfermer.

Elle fronce les sourcils et continue :

— J'ai peur d'avoir donné le mauvais exemple, en ne me liant à personne de manière significative pendant si long-temps. Je veux mieux, pour toi. Tu es quelqu'un de bien-veillant, avec beaucoup d'amour à donner.

— J'aime Henry, dis-je.

C'est mon neveu, son fils.

Elle sourit.

— Je sais, mais il est trop petit pour contribuer à ta vie sociale.

Je ris.

Elle agite un doigt et reprend d'un ton léger :

— Même les étudiantes sérieuses ont le droit d'avoir un petit ami. Ça s'appelle garder un équilibre entre le boulot et la vie, et parfois, ça nécessite de prendre des risques, quand la bonne personne se présente. Peu importe que ça soit effrayant.

Je me redresse sur mon siège. Je n'ai pas peur. Sara n'est jamais allée à la fac, elle ne comprend pas la pression. Je passe un double diplôme de biologie et chimie à l'université de Columbia de New York, de manière à accélérer mon obten-tion de diplôme dans trois ans. Ensuite, j'irai en école de médecine. J'ai toujours su que pour faire ce pour quoi je suis née, pour devenir chercheuse en médecine, j'allais devoir faire des sacrifices. Les longues heures et le dur travail font partie du marché. Mais je n'ai jamais voulu que d'autres personnes soient blessées à cause de ça.

La porte de la suite s'ouvre. Mon beau-frère, Adrian entre avec mon neveu de trois mois, Henry, dans les bras. Adrian est grand, avec les cheveux brun foncé, des yeux noisette chaleureux, ainsi que les pommettes anguleuses et la mâchoire carrée typiques des Rourke.

— Il a faim, annonce-t-il à Sara.

— Oooh, salut Henry ! lancé-je.

Je l'ai rencontré le lendemain de sa naissance, en septembre, et nous voilà à nouveau réunis. Il ne me prête aucune attention. Il se débat dans les bras d'Adrian, le visage plissé et l'air de se préparer à une grosse crise de larmes.

Sara s'empresse de défaire les boutons de son chemisier et tend les bras vers lui. Adrian lui donne le bébé pour qu'elle l'allaite. Ils se rassemblent tous les trois sur le canapé. Ma gorge se serre tandis que j'observe leur famille aimante. Je ne peux m'empêcher de me sentir comme une intruse. Avant, c'était Sara et moi contre le reste du monde.

— On se voit plus tard, dis-je en me levant.

Sara lève la tête.

— Tu vas rejoindre le bal ? Tu es si jolie, dans cette robe. La couleur crée un contraste si frappant avec tes cheveux, et elle fait vraiment ressortir tes yeux.

Sara et moi nous ressemblons, cheveux blonds et yeux verts, sauf que j'ai récemment teint mes cheveux en roux.

— Merci.

Je baisse les yeux sur la robe empire verte que ma belle-sœur a fait concevoir pour moi. Le bal est sur le thème de la Régence, nous avons donc tous dû porter une tenue adaptée à cette époque.

— Je ne suis venue au bal que parce que la Reine Anna voulait que je sois présente. Je n'aime pas danser et les danses qu'ils ont faites avaient l'air compliquées, dis-je en agitant la main en l'air comme un serpent. Des lignes de danseurs s'entrecroisant et se tournant d'un côté et de l'autre.

Sara sourit.

— Ça a l'air drôle. J'espère qu'on refera un bal de Noël l'année prochaine. On pourra emmener Henry, cette fois.

Adrian avait le sentiment qu'il était trop tôt pour exposer Henry à autant de microbes.

— Je vais m'en assurer, promet Adrian en l'embrassant sur la tempe.

Ils se regardent dans les yeux et l'amour entre eux devient presque palpable.

— Salut, marmonné-je avant de sortir et de fermer doucement la porte derrière moi.

Je descends d'un pas lourd vers ma chambre d'amis au deuxième étage. Je compte me changer et recommencer à étudier pour le MCAT. C'est le test d'admission pour l'école de médecine, que je vais passer au printemps. À partir de maintenant, je serai entièrement concentrée sur le boulot. Même les amis avec bénéfices sont trop compliqués à gérer. De toute évidence, je suis très mauvaise en matière de relations. Je ne savais même pas que j'étais en couple jusqu'à ce qu'il me fasse sa demande. À partir de maintenant, je garderai mes distances de la moindre relation pour que personne ne soit blessé.

~

C'est l'après-midi de Noël et je suis blottie sur un fauteuil moelleux dans ma chambre, occupée à lire le dernier *Journal de médecine de Nouvelle-Angleterre* sur mon ordinateur portable. Mis à part les festivités et la remise de cadeaux du matin de Noël, je suis surtout restée dans ma chambre à lire des journaux médicaux et à étudier. D'habitude, la lecture constitue une pause relaxante pour moi, mais aujourd'hui, je me sens agitée.

Je tourne la tête vers ma petite poupée troll, Badableu, avec ses cheveux bleus en pétard, perchée sur la table de chevet. Je l'ai acheté dans un marché aux puces il y a des années, et il voyage partout avec moi pour me porter chance.

— Je pense que c'est l'heure du goûter, pas toi ?

Son large sourire demeure en place.

Ça m'a tout l'air d'un oui.

Je pose mon ordinateur de côté, me lève et m'étire, avant de descendre à la cuisine, où quelques domestiques sont en train de nettoyer pour le déjeuner.

— Salut, Eileen, tu as encore ces emporte-pièce en forme de notes de musique ?

Eileen, une femme d'âge moyen aux cheveux noués dans un chignon brun, sourit.

— Bien sûr, mademoiselle Chloé. Vous en voulez en dessert de Noël ? Je peux vous en préparer une fournée tout de suite.

— Ça vous dérange si je les fais moi-même ?

J'ai déjà fait ça lors d'une autre de mes visites, ce n'est donc pas une requête inhabituelle.

— Pas du tout, répond-elle en m'invitant à approcher d'un geste. Mais vous devrez avoir terminé d'ici quinze heures, parce que c'est l'heure à laquelle le chef revient pour préparer le dîner.

Je la remercie et me mets au boulot. Je pourrais préparer des biscuits sucrés dans mon sommeil. Ceux-là seront un gage de paix pour Michael, qui aime la musique.

Une fois que j'ai terminé, j'emprunte l'une des vieilles Renault que prennent les domestiques pour se déplacer sur l'île et descends la colline en direction du cottage de Michael. Sa voiture n'est pas garée dans l'allée. Je lui envoie un message pour lui demander où il est, mais il ne répond pas. J'appelle et tombe sur la messagerie. Je ne sais pas s'il a bloqué mon numéro ou éteint son téléphone. Le soleil commence à peine à se coucher, je dois donc me dépêcher avant qu'il fasse trop sombre.

Déterminée à aller au bout de mon idée, je récupère le grand récipient en plastique qui contient les biscuits, là où je les avais soigneusement coincés sur le sol du siège passager, puis je me dirige vers la salle de musique sur le flanc du cottage. Il va là-dedans tous les jours, et il se trouve que je sais que la fenêtre ne ferme pas bien. Elle est cassée et il n'a jamais pris le temps d'en faire installer une neuve. Je secoue l'encadrement de métal et le relève autant que je peux, à savoir pas beaucoup. Je suis petite et j'ai besoin de prendre un peu de hauteur pour l'ouvrir en entier. Je comptais poser les biscuits sur l'étagère sous la fenêtre, mais ils ne passeront pas par une si petite ouverture.

Je réfléchis un instant à la meilleure manière d'atteindre mon objectif. *Je sais !* Je m'avance vers le porche, pose les biscuits et récupère le pot en terre cuite dans lequel pousse un sapin miniature, qu'il a planté là pour Noël. Je traîne le pot jusqu'à la fenêtre et le dépose juste en dessous. Il y a juste assez de place de chaque côté de l'arbre fin pour y poser mes pieds. Je retourne chercher les biscuits. OK, je peux y arriver. Je tiens le récipient à biscuits dans une main et me serre de l'autre pour me retenir au rebord de la fenêtre, puis je monte sur la terre dans le pot. *Oh, là.* Mes pieds s'enfoncent jusqu'aux chevilles. Mes pauvres baskets blanches sont désormais marron. Il a dû l'arroser récemment.

OK, je peux encore le faire. J'ai pris un peu de hauteur, maintenant. J'ouvre un peu plus la fenêtre et fais glisser le récipient dans l'ouverture avec prudence, avant de le poser en haut de l'étagère. Puis je sors mon discours écrit de ma poche de jean et le dépose sur le récipient. Je l'ai élaboré pendant que les biscuits cuisaient, et je l'ai noté par écrit pour m'assurer d'employer les bons mots. Je suis bien contente d'avoir fait ça, parce que ce brouillon est devenu la note amicale parfaite.

Je m'apprête à redescendre du pot quand un soudain accès de nervosité me fait me figer sur place, les yeux fixés sur cette note. Je la reprends, sors mon téléphone de ma poche arrière de jean et allume la lampe pour la lire, en ignorant l'humidité qui imbibe mes chaussettes dans le pot. Ma note est courte et va droit au but : Je n'ai jamais voulu te blesser. J'espère qu'on pourra rester amis.

J'hésite à trouver un stylo pour ajouter mon nom en signature. Il y en a peut-être un dans la boîte à gant de la voiture. Je ne suis pas retournée chercher mon sac à main dans ma chambre, vu que je ne pensais pas en avoir besoin. Je tourne la tête vers la voiture juste à temps pour la voir descendre la colline. *Merde !* Je remets la note et mon téléphone dans mes poches et descends du pot de fleurs. L'un de mes pieds reste coincé dans ce fichu pot, qui bascule et me jette par terre. *Aïe.*

OK, rien de cassé. Je me relève d'un bond et me précipite après la voiture.

— Attends ! Stop !

Qu'est-ce que je raconte ? Il n'y a personne au volant.

Je cours tout en agitant frénétiquement les mains pour persuader la voiture de s'arrêter. Comme si j'avais un pouvoir magique me permettant d'inverser la gravité. J'ai dû oublier de tirer le frein à main. Je ne suis pas très habituée à conduire, vu que je vis en ville.

Je t'en supplie, ne heurte pas un autre cottage.

La route s'incurve sur la gauche, mais pas la voiture. Elle continue tout droit, en direction d'une falaise. *Oh non. Non, non, non.* Je me plaque les mains sur la bouche et regarde, horrifiée. *Recule ! Recule !*

La voiture s'arrête net, déjà à moitié dans le vide et emmêlée dans les broussailles. Je pousse un soupir soulagé et la rattrape. Au moins, aucune personne et aucun cottage n'est en danger. Il n'y a qu'une plage, en contrebas.

J'étudie la situation sous tous les angles, me demandant s'il y a un moyen de faire remonter ou descendre la voiture en toute sécurité. Non. Je vais avoir besoin d'une remorqueuse. Je pousse un soupir et mes épaules s'affaissent.

Je me retourne et remonte la colline en direction de son cottage. Au moins, je pourrai lui donner ma note.

Je redresse le pot, puis dois me servir de mes mains pour remettre la terre dedans et la tasser suffisamment pour avoir une surface solide sur laquelle remonter. *OK, c'est reparti.* J'essuie mes mains sur mon jean, me hisse à nouveau sur le bord de la fenêtre et glisse la note sous le récipient à biscuits.

Je ravale la boule dans ma gorge, ferme la fenêtre, descends du pot avec prudence et le ramène sur le porche.

Je lance un dernier regard au cottage – qui représentait autrefois mon oasis chaleureuse et heureuse – puis me détourne. Le palais est tout en haut d'une longue route sinueuse. J'envisage d'appeler pour qu'on vienne me chercher, mais je n'ai pas envie que cette mésaventure revienne aux oreilles de Sara. Elle se tracasserait pour moi, et puis elle me réprimanderait. C'est compliqué, quand votre grande sœur est aussi votre mère.

Je grimpe la route en direction du palais, mes pieds couinant à chaque pas.

Puis une pluie glaciale commence à tomber, me martelant le visage.

Quand j'atteins la cour du palais près de la porte d'entrée, mes pieds sont engourdis, mes mollets me brûlent après avoir grimpé la pente abrupte de la colline, et j'ai mal au visage. Je retire mes chaussures boueuses et mes chaussettes avant d'entrer dans le grand hall, où un domestique, un vieil homme appelé Pierre, s'empresse de venir m'aider. Je lui explique ce qui s'est passé avec la voiture et il m'assure que quelqu'un va s'en occuper tout de suite. Il ne pose aucune question, Dieu merci. Puis il récupère mon chapeau, mon manteau, mes chaussures et mes chaussettes trempés pour les emporter à la laverie, s'arrêtant le temps de prévenir un garde pour la voiture.

Oui, j'ai bien l'impression que Michael va entendre parler de cette histoire très bientôt. Les autres gardes sont comme des frères, pour lui. À bien y réfléchir, remonter la colline sous une pluie glacée n'était pas très malin de ma part – j'aurais dû appeler quelqu'un – mais je suis assez affectée par cette situation pour ne pas avoir les idées claires.

Pierre s'arrête et se tourne vers moi.

— Voulez-vous qu'une domestique vienne vous aider à rejoindre votre chambre, mademoiselle Chloé ?

— Non, merci.

Il incline la tête, se retourne et s'en va. Il a la gentillesse de ne faire aucun commentaire concernant mon apparence. Je dois ressembler à un chien errant, où c'est l'impression que j'ai, en tout cas.

J'ai monté la moitié des marches quand j'entends Henry pleurer en bas. Sara doit être en chemin vers sa chambre. Je ne peux pas la laisser me voir comme ça. Je suis trop épuisée pour supporter plus de mélodrame aujourd'hui.

Je cours à l'étage, malgré les protestations de mes mollets endoloris. Les plaintes d'Henry se rapprochent de plus en plus. Je n'arriverai jamais à rejoindre ma chambre au bout du couloir sans qu'elle me remarque. Je tente d'ouvrir la première porte sur ma droite. Verrouillée. La deuxième. *Oui !*

Je fonce à l'intérieur et referme doucement la porte derrière moi. Puis je me retourne et entrouvre les lèvres de surprise. Un Rourke à demi nu se tient devant moi. Les hommes de la famille Rourke pourraient tout aussi bien être tous sortis du même moule. Qui laisse sa porte déverrouillée pendant qu'il s'habille ?

Je lève les yeux de son torse large vers son visage sublime aux yeux bleus étincelants, aux pommettes aiguisées et à la barbe taillée avec soin. Ce n'est pas n'importe quel Rourke. C'est celui que j'ai repéré dans la salle de bal, intriguée par son large sourire. Il ressemblait au genre de personne avec qui on est assuré de passer un bon moment – tout l'opposé de moi, en bref – et je mourais d'envie de savoir ce que ça faisait. Et j'avais raison. Quand j'ai interrogé Sara à son sujet, elle m'a répondu qu'il était réputé pour aimer faire la fête. Je n'aime même pas les ambiances festives. Qu'est-ce qui n'arrête pas de m'attirer vers lui ? J'ai raté l'occasion de le rencontrer au bal, après ma tentative malavisée pour m'excuser auprès de Michel, ce soir-là (il était en service et il m'a envoyée promener), et maintenant, le revoilà. À moitié nu.

Ses doigts sont encore posés sur le bouton central d'une chemise blanche ouverte, qui expose des abdos en tablette de chocolat. Je ne regarde pas son caleçon bleu marine. Une chaleur m'envahit les joues et ma bouche devient sèche. J'ai regardé.

— Euh, salut, dit-il d'une voix grave teintée d'amusement. Tout va bien ?

2

Brendan

Chloé, la belle rousse qui a disparu du bal avant que j'aie pu l'inviter à danser, vient de faire irruption dans ma chambre. *Et joyeux Noël !* J'ai interrogé la reine – la source de toutes les infos concernant la famille – à propos de Chloé, après l'avoir vue au bal quelques jours plus tôt. Je voulais m'assurer qu'on ne soit pas de la même famille, parce que... ça a été le désir au premier regard. On ne sait jamais qui est de votre famille ou pas, durant ces réceptions royales. Je ne l'ai plus revue depuis, jusqu'à ce qu'elle entre dans ma chambre.

Elle croise les bras, s'étreignant étroitement le corps, et frissonne. Un instinct protecteur que je n'avais jamais soupçonné chez moi me submerge. Je fais un pas vers elle, avant de me souvenir que je ne porte pas de pantalon.

Je lève un doigt.

— Une minute. Laisse-moi m'habiller et je t'aiderai.

J'attrape mon pantalon de costume bleu marine que j'avais abandonné sur le lit et l'enfile.

— Je suis Brendan.

Elle hoche la tête.

— D… désolée, je ne voulais pas faire irruption comme ça, dit-elle en claquant des dents. Je suis C… Chloé.

Je récupère ma veste en cuir dans le placard et la passe autour de ses épaules. Elle est si petite qu'elle ressemble à une robe, sur elle.

— Qu'est-ce qui s'est passé ? Tu as eu un accident, ou quelque chose ?

Ses cheveux roux pendent en touffes frisottées et mouillées sur ses épaules, son pull rose et son débardeur assorti sont mouillés au niveau du col et son jean est trempé, taché de boue et d'herbe. En plus de ça, elle est pied nu.

Elle frissonne à nouveau et resserre la veste autour d'elle.

— C'est une l… longue histoire. Ça te va si je me contente de dire que j'ai été surprise par une averse glaciale ? demande-t-elle d'une voix aiguë et fluette.

Une alarme primitive résonne dans mon cerveau. *Femme en détresse. Moi dois la secourir.*

— Bien sûr, pas de problème, dis-je d'une voix apaisante.

Je réfléchis à la meilleure manière de la réchauffer rapidement quand elle se raidit et écoute avec attention les voix dans le couloir. Elle porte un doigt à ses lèvres pour m'intimer de garder le silence. J'entends un bébé pleurer, puis deux personnes qui sont sûrement les parents du bébé en train de discuter, mais je n'arrive pas à déterminer de qui il s'agit, ni ce qu'ils se disent. Il y a plusieurs bébés, au palais, plus une jeune enfant (qui peut encore pleurer comme un bébé, quand elle en a envie).

Une fois qu'ils sont passés, elle se détend.

— Ma sœur et sa famille. Elle passe toujours par ma chambre en chemin vers la sienne.

— Et tu ne veux pas la voir ?

— Je ne veux pas qu'elle me voie comme ça, précise-t-elle.

Sa voix s'étrangle et ma poitrine se serre. Il lui est arrivé quelque chose, et je n'ai qu'une envie : tout arranger pour elle.

— Je n'ai pas envie d'affronter d'autres mélodrames aujourd'hui, tu comprends ?

— Oui.

— C'est ma grande sœur, mais elle m'a élevée, alors elle est comme ma mère. Elle va en faire toute une histoire.

Qu'est-il arrivé à ses parents ?

Elle retire ma veste et me la rend.

— Merci. Je vais aller me changer. Je suis au bout du couloir.

— Tu es sûre de ne pas avoir besoin d'aide ?

— Je vais bien.

Elle ouvre la porte, jette un œil de l'autre côté et s'empresse de la refermer.

— Elle est en train de frapper à ma porte.

— Tu veux que je lui dise que tu es partie quelque part ?

Elle sort son téléphone de sa poche arrière de jean.

— Je vais lui envoyer un message pour lui dire que j'étudie dans la bibliothèque.

Elle regarde son téléphone un long moment, l'air de lire un message, se mord la lèvre inférieure, puis se met à pianoter rapidement.

Son expression se décompose et ses dents se remettent à claquer. Je remets ma veste sur ses épaules et aperçois le message par-dessus son épaule. *J'ai besoin de cesser de te voir pour l'instant, d'accord ?*

Je recule d'un pas. Ça ne ressemble pas à ce que dirait une grande sœur. On dirait plutôt qu'un mec l'a larguée.

Au bout d'un moment, elle pousse un soupir tremblant et lève la tête.

— C'est bon.

Et elle reste plantée là, à serrer la veste autour d'elle, visiblement perdue.

— Va prendre une douche chaude dans la salle de bain. Tu vas attraper froid.

Je me dirige vers la commode et en sors une chemise en coton à manches longues et un pantalon de survêtement. Je fais un signe du menton pour l'inviter à me suivre.

— Viens. J'ai des vêtements de rechange bien chauds pour toi.

Je fais couler l'eau en espérant qu'elle me suive. Je ne crois vraiment pas qu'elle devrait attendre plus longtemps avant de se réchauffer. Et puis, j'ai envie de lui parler, de m'assurer qu'elle va bien et de vérifier si je peux faire quelque chose pour l'aider.

— Merci, dit-elle à voix basse en entrant dans la salle de bain.

Elle a abandonné ma veste derrière elle et paraît si petite et vulnérable, trempée de la tête aux pieds, frissonnante et la mine tendue. J'ai juste envie de la prendre dans mes bras et de repousser le monde entier pour que rien ne puisse plus jamais la déranger. Je ne suis pas d'humeur si héroïque, d'habitude, mais quelque chose éveille ce genre d'instincts, chez moi.

— J'y vais, dis-je en réalisant que je l'empêche d'entrer sous la douche.

Pendant que Chloé prend sa douche, je finis de m'habiller. Le repas de Noël a lieu dans la salle à manger formelle, ce qui veut dire que je dois porter une veste, une chemise et un pantalon de costume. Je dresse la limite à la cravate. On ne s'entend pas bien, elle et moi. J'ai toujours l'impression d'être à deux doigts de la pendaison.

Je m'assois sur le canapé gris du salon de ma suite, pose les pieds sur la table basse et sors mon téléphone. Un peu plus tard, j'entends le sèche-cheveux – cet endroit est entièrement équipé pour les invités – et réalise qu'elle est presque prête. J'essaie de trouver un moyen de la faire parler. Je songe un peu tard qu'elle avait peut-être des égratignures ayant besoin d'être examinées. Elle a l'air d'être tombée. S'est-elle fait jeter d'une voiture ? Une moto ? Un vélo ? Chacun aurait provoqué un niveau de blessure différent. Et où sont passées ses chaussures ?

J'entends la porte de la salle de bain s'ouvrir et quelques instants plus tard, elle apparaît devant moi. Elle nage dans mes vêtements, même avec les manches de la chemise relevées et le pantalon de survêtement remonté aux chevilles. C'est comique, mais aussi très mignon.

Elle tend les bras et sourit. Mon cœur se met à battre plus fort. Elle est belle quand elle sourit. Ça illumine tout son visage.

— Je sais que j'ai l'air ridicule, mais je me sens tellement mieux. Merci.

— Pas de problème. Tu veux me parler de ce qui s'est passé ? Tu es blessée quelque part ?

Son sourire s'évanouit.

— Je survivrai.

— Assieds-toi, l'invité-je avec un geste vers le canapé.

— Je ferais mieux d'y aller.

Je me lève.

— Tu es sûre d'aller bien ?

Elle lève les paumes, les longues manches pendant sous ses bras comme des ailes d'ange. Elle ressemble à un ange. Ses cheveux roux retombent en une vague légère sur ses épaules, ses yeux verts pétillent d'intelligence, ses traits sont délicats – pommettes fines, nez étroit, petite moue sur la lèvre inférieure. Une vive pointe de désir m'assaille. *Pas maintenant.* Je dois vérifier qu'elle va bien.

— Chloé ?

Elle pince les lèvres.

— Tu veux la vérité ?

— Je ne demande que ça.

Ses lèvres tressaillent.

— Je me suis retrouvée en couple avec un ami par accident.

— Je déteste quand ça arrive, remarqué-je.

J'ai une certaine expérience dans ce domaine. Les femmes tombent toujours amoureuses de moi quand je les préviens que je ne cherche pas une relation sérieuse. C'est comme si elles voyaient ça comme un défi.

— Oui, dit-elle doucement. Il ne veut plus me voir, même si j'ai essayé de m'excuser. J'ai cuisiné des biscuits sucrés. C'est stupide.

Elle détourne la tête, les lèvres pincées. J'éprouve l'envie de l'attirer dans mes bras, et une fois qu'elle ira mieux, j'ai envie de coller mon poing dans la tronche du type qui lui a fait du mal. Elle a pris le temps de préparer des biscuits au sucre. Mince, il aurait au moins pu montrer un peu de reconnaissance. *Aucune femme n'a jamais fait la cuisine pour moi. Ça demande un vrai effort.* Je crispe la mâchoire.

— Il s'avère qu'on n'a jamais vraiment été amis, continue-t-elle.

Elle cligne rapidement des paupières, croise les bras et pose les yeux sur ma poitrine.

— Mais c'est dur, parce que cet endroit est ma deuxième maison quand je ne suis pas à la fac, et qu'il était mon seul ami ici.

C'est alors que la seule chose que je n'aurais jamais cru dire à une femme qui m'attire s'échappe de ma bouche.

— Je serai ton ami tant que tu es ici.

Qu'est-ce que je fous ? Je suis en train de me mettre dans la friend zone !

Elle hausse les sourcils au-dessus de ses grands yeux verts.

— Oh, merci. Tu viens ici souvent ?

— Je suis l'un des Rourke de Brooklyn, expliqué-je.

La racaille. C'est comme ça qu'une partie de l'ancienne génération nous appelle, depuis que mon père a abdiqué le trône pour épouser ma mère, une roturière. Il a été banni à cause de ça.

— On s'est récemment retrouvés, avec les Rourke de Villroy, alors je serai sûrement ici pour les fêtes et les trucs de famille.

— Ma sœur a épousé Adrian Rourke.

Je sais. La reine m'a raconté ça.

— Cool. C'est mon cousin.

Je réalise soudain quelque chose qui me fait l'effet d'une tape sur le crâne. *Oubliez le désir au premier regard.* Compte tenu de la connexion entre nos familles, une aventure sans lendemain est inenvisageable. Il y aurait trop de potentielles retombées et rencontres futures embarrassantes. *Zut.* J'ai appris à rester prudent, s'agissant des femmes, et à m'assurer qu'elles n'attendent rien de sérieux de ma part. Évidemment, ça ne fonctionnerait jamais avec quelqu'un de connecté à ma famille. Ne jamais mélanger la famille et les flirts. Ou un truc comme ça.

Le moindre faux pas de ma part remonterait immédiatement le long du réseau familial. Et même si les Rourke de Villroy et ceux de Brooklyn sont à nouveau en bons termes, c'est récent. On ne peut pas effacer des décennies entières de bannissement en quelques visites. Je n'ai pas envie que mon père perde son royaume pour la deuxième fois à cause de moi. Ça compte beaucoup, pour lui, d'être à nouveau le bienvenu sur ses terres ancestrales.

Je suppose que la friend zone était une bonne idée, pour finir. Ah, bon sang.

— Salut, lance-t-elle en agitant les doigts. Je te rendrai tes vêtements après les avoir nettoyés.

— Ce n'est pas nécessaire.

— Ce n'est pas moi qui le ferais. Ce sera un domestique, rappelle-t-elle, avant de plisser le nez. C'est étrange, non, d'avoir des domestiques ?

— Ça ne me dérangerait pas d'avoir un chef cuisinier à la maison à plein temps.

— Oui, hein ?

Elle sourit et je lui rends son sourire. Nos regards se croisent pendant un moment intense, puis elle détourne la tête. Clairement, l'attirance n'est pas à sens unique.

— Je vais juste récupérer mes vêtements dans la salle de bain. Je les ai enroulés dans une serviette pour minimiser les dégâts.

— Je vais les chercher.

— Non, je m'en occupe.

Elle se retourne et s'éloigne. Mon pantalon de survêtement glisse sur ses hanches et elle le rattrape d'une main. Ma chemise descend sous ses fesses, je n'ai donc rien vu d'intéressant. *Non, je ne m'engagerai pas sur cette voie.* Je détourne les yeux et me répète que ça vaut mieux comme ça. Chloé est mon amie. Une amie femme. Ça, c'est une première.

~

Je suis assis dans la salle à manger formelle pour le repas de Noël, et je ne peux m'empêcher de remarquer que Chloé n'est pas là. J'espère qu'elle va bien. On commence par boire un verre, du champagne brut. Le roi Gabriel est assis en bout de table avec sa femme, la reine Anna, d'un côté et sa mère, l'ancienne reine, de l'autre. Tout est très vieux jeu et traditionnel, ici, même si d'après ce que j'ai pu voir, le roi et la reine règnent sur un pied d'égalité. Leur fille de deux ans, Mila, est assise sur les genoux de mon père et lui parle d'un ton surexcité. Quelque chose en rapport avec le jardin secret des fées.

J'ai fait exprès de m'asseoir du côté opposé de la table, où il reste des chaises libres, dans l'espoir que Chloé vienne s'asseoir près de moi. Je jette un œil vers l'autre côté de la table où la sœur de Chloé, Sara, est assise avec Adrian et leur bébé, Henry. Je fais une grimace au bébé quand il me remarque, écarquillant les yeux et tirant la langue. Il me rend mon regard sans ciller, les yeux comme des soucoupes, avant d'être distrait quand Adrian le passe à Sara. Chloé ne manquerait quand même pas le repas de Noël, hein ?

Noël est un événement important, dans ma famille. C'est le seul moment où tout le monde quitte le boulot pour se rassembler et passer un bon moment. Même si je vois très souvent mes cinq frères au boulot, puisqu'on est les copropriétaires de Byrne Construction (l'entreprise de mon oncle avant qu'il prenne sa retraite) et de la nouvelle entreprise qu'on a créée, Rourke Management, spécialisée dans le développement immobilier. Mon boulot est de trouver de nouvelles propriétés prêtes à être développées à Brooklyn. Jusqu'ici, je nous ai trouvé une école primaire fermée qu'on a convertie en espace de bureaux commerciaux, et notre projet actuel, une ancienne usine de cordes marines près du front de mer qu'on convertit en lofts pour les locataires créateurs et artistes. Je suis toujours à l'affût du projet suivant. J'ai repéré des entrepôts peu utilisés près du front de mer, qu'on pourrait transformer en espace résidentiel.

— Le père Noël t'a apporté tout ce dont tu rêvais ? demande mon petit frère, Garrett, interrompant mes réflexions.

On l'appelle le Fauve à cause de son corps exagérément musclé. Ce mec soulève bien plus de poids que nécessaire. Dans notre appartement, ses haltères encombrent la moitié de sa chambre. Qu'est-ce qu'il cherche ? À ressembler à Hulk ?

Je me penche et réponds à voix basse :

— Tu sais quoi, je crois bien que oui. J'ai retrouvé la jolie rousse que j'avais aperçue au bal un peu plus tôt.

Même si je ne compte pas aller plus loin avec elle.

Il ricane.

— Toutes les femmes peuvent être fougueuses. Qu'elles soient rousses, blondes ou brunes.

Je dis toujours que j'aime les rousses parce qu'elles sont plus fougueuses. Même si je dois bien admettre que Chloé a l'air plus du genre réfléchie que fougueuse.

Je hausse une épaule.

— Qu'est-ce que tu veux que je te dise ? J'ai un type.

— Je les aime toutes, sourit-il, ses yeux bleu vert pétillant d'amusement.

Il est le seul d'entre nous à avoir hérité des yeux bleu vert de mon père, assortis à la couleur de la mer, ici. À ce qu'on dit, c'est le signe qu'on est le véritable souverain de Villroy. Même si le plus jeune fils de l'ancienne famille exilée ne sera jamais roi. Je crois que Garrett doit être, voyons voir... douzième en lice pour le trône. Après le roi Gabriel, il y a mes cousins – quatre princes et deux princesses – puis notre famille, avec cinq frères devant Garrett. Ou bien, attendez, la petite fille du roi Gabriel doit s'intégrer aussi quelque part là-dedans. Garrett est peut-être plutôt treizième sur la liste. Ça porte bonheur.

J'émets un petit rire.

— Aime-les toutes et fais des folies. Ça me paraît bien normal, à vingt-quatre ans.

Il secoue la tête en souriant.

— Je n'ai pas encore rencontré la bonne, c'est tout. Elle est quelque part, à m'attendre.

Je réprime un rire. Sous cette façade de gros dur, c'est un vrai nounours. *La bonne.* Comme s'il n'y avait qu'une femme qui nous soit vraiment destinée. C'est des conneries. Il devrait profiter de cette période de sa vie où les femmes proches de son âge ne cherchent pas autant une relation à long terme. Pour les femmes que je rencontre, et qui sont plus près de mon âge (vingt-six ans), c'est au premier plan de leur esprit. OK, j'ai une raison spécifique de vouloir rester prudent : Mallory. Il y a deux mois – alors qu'on couchait ensemble tous les samedis soir depuis seulement trois semaines – elle m'a soudain balancé, « Où on va, Bren ? Je mérite de le savoir. » Je n'aurais pas dû passer la nuit chez elle. Ça lui a fait se faire des idées. Je l'avais prévenue dès le départ que je ne cherchais rien de sérieux. Le pire, c'est qu'elle a pleuré, quand j'ai tout arrêté. Vraiment à chaudes larmes. Puis elle m'a jeté l'un de ses talons aiguilles en pleine tête. J'ai esquivé juste à temps. Je ne vais pas mentir, je me sens vraiment minable, quand j'y repense. Je n'ai pas envie de faire pleurer les femmes. Raison pour laquelle je suis plus prudent, maintenant.

Ne vous méprenez pas. L'engagement est un truc merveilleux, pour certains hommes. Comme mes grands frères – Dylan est marié et a un bébé qui arrive dans quelques semaines ; Sean se marie bientôt, le jour de la Saint-Valentin (je sais, beurk) ; Jack se marie en juin et Connor vient de se fiancer, sans avoir décidé de la date de mariage pour l'instant. Sans parler de mes parents.

Je tourne les yeux vers mon père au moment où il fait tinter sa flûte de champagne contre celle de ma mère. Ils sourient en se regardant dans les yeux. Il a tout abandonné pour l'épouser, une roturière originaire de Brooklyn, à New York. Ça a été dur, pour lui, d'être exilé de son royaume et de se retrouver sans rien. Aucune pension, pas même un peu d'argent pour l'aider à se repartir à zéro. Tout ça pour être avec « la meilleure femme au monde ». Des mots qu'il a maintes fois répétés. Alors je sais que pour *certains* tous ces trucs d'amour et d'engagement fonctionnent. Et peut-être qu'un jour, quand je serai trop vieux pour continuer à folâtrer – quand j'aurai la quarantaine – je me caserai. Mais pas tout de suite.

Je tourne la tête vers la porte de la salle à manger quand elle s'ouvre, un afflux d'espoir m'envahissant. Non, ce n'est pas elle, juste un domestique dans son uniforme composé d'une chemise blanche et d'un pantalon noir. Le type s'avance pour dire un mot au roi et à la reine. Puis il s'arrête pour parler à la sœur de Chloé, qui se lève, murmure quelque chose à son mari et sort avec le bébé dans les bras. *Quelque chose ne va pas avec Chloé ?* Elle est peut-être en plus mauvaise condition que je ne le pensais. Elle avait l'air d'aller bien, quand elle a quitté ma chambre. J'aurais dû m'en assurer.

Je brûle de curiosité, mais je sais que je suis mal placé pour intervenir. Sara s'en occupe. Une autre tournée de champagne est apportée et la conversation devient plus bruyante. Mon père fait le tour de la table pour bavarder avec tout le monde, Mila dans les bras. Il tente de la divertir en attendant le début du repas. En général, ça prend un bon moment, avant d'arriver au bout d'un repas officiel avec tous ses plats, et je pense que la reine veut attendre que tout le monde soit arrivé avant de commencer.

Un peu plus tard, une voix douce s'élève.

— Désolée d'être en retard, tout le monde.

C'est elle. L'adrénaline me parcourt et toutes mes terminaisons nerveuses sont soudain en alerte. Ses joues roses ressortent en contraste avec sa peau crémeuse et ses cheveux roux. Elle a son neveu blotti contre sa poitrine. Ma propre poitrine se serre à cette vue. Elle semble si aimante et à l'aise, avec un bébé dans les bras. Comme un ange magnifique.

Redescends sur Terre, Bren. Arrête ces conneries avec les anges.

Le plus drôle, c'est que mes parents me surnommaient le petit diable, parce que j'étais un enfant très facétieux. J'ai toujours aimé m'amuser. L'ange et le diable. Ah ! Ce n'est pas voué à fonctionner sur le long terme, mais ça vaut bien un ou deux tours de piste. Si seulement elle n'était pas connectée au clan des Rourke, j'aurais pu me lancer.

Pourquoi me suis-je porté volontaire pour être son ami ? C'est trop demander, pour un homme au sang chaud comme moi.

Je croise son regard et lance :

— Joyeux Noël, Chloé.

Elle m'adresse un sourire chaleureux.

— À toi aussi.

Elle rend son neveu à sa sœur et s'assoit en face de moi avant de déplier sa serviette de table, l'air gênée. Elle porte un gilet blanc par-dessus une robe rouge qui moule ses courbes fines. Mon estomac se contracte. Sa tenue n'a rien de particulièrement sexy, la robe la recouvre jusqu'au cou, mais je distingue ses clavicules, le creux entre elles est si féminin et tentant que j'ai envie de le suivre des doigts, de l'embrasser et de le goûter. *Oh, là, on se calme.*

Je cligne des paupières et me détourne en réalisant que j'avais les yeux rivés sur elle. Sûrement avec une expression avide sur le visage, en plus. Je suis bien plus subtile, d'habitude.

Je tourne les yeux vers le Fauve, qui m'adresse un sourire narquois. *Grillé.* Je dois la jouer détendue.

Quelques instants plus tard, le premier plat arrive – des huîtres et du caviar. Les huîtres ne sont-elles pas un aphrodisiaque ? Non pas que j'en aie besoin, dans mon état actuel. Je n'arrête pas de jeter des regards furtifs vers elle. Elle parle à voix basse, principalement à Sara et Adrian. Ses mouvements sont gracieux, sa voix douce. Est-elle timide ? Elle n'en avait pas l'air, tout à l'heure. Elle n'est clairement pas bouleversée. Mais non vraiment heureuse non plus, plutôt neutre. Sérieuse.

Quelques domestiques circulent et proposent du vin, qu'elle décline. Je fais pareil, étant plutôt un buveur de bière.

Je reporte mon attention sur ma nourriture. On mange toujours bien, ici, et il y a toujours beaucoup de fruits de mer, vu que Villroy est une île et que leur industrie de la pêche est ce qui les soutient financièrement depuis des siècles. Plus récemment, l'industrie de la pêche a été employée pour créer des cosmétiques de luxe, utilisés dans leur spa de jour. Ils ont aussi un casino, où mes frères et moi comptons aller y passer du bon temps demain, avant de rentrer à la maison dans le jet royal le lendemain matin. Au final, ça vaut le coup, d'être né prince. J'aime bien lâcher ça dans une conversation quand je drague les femmes. Elles ne me croient jamais, au début, mais elles ont toujours *envie* d'y croire. Maintenant, je peux le prouver en leur montrant les photos de moi au mariage de mon frère aîné, Dylan, à Villroy. Les femmes deviennent folles d'excitation quand elles voient ça, et demandent inévitablement à visiter le palais.

Je la surprends à m'observer. Elle baisse les paupières et se tourne à nouveau vers sa sœur. Elle était en train de me reluquer. Je redresse les épaules et bombe le torse. Puis je me souviens de son état vulnérable, un peu plus tôt. Je dois être son ami et son protecteur héroïque. Si ignorer mes instincts naturels n'est pas héroïque, je ne sais pas ce que c'est. Que quelqu'un me donne une médaille.

Les plats arrivent l'un après l'autre – du homard, de l'oie farcie, de la purée de pommes de terre (avec du homard), des choux de Bruxelles et un genre de légume que je ne reconnais pas. Je me joins à la conversation, plaisantant avec mes frères et baissant parfois la voix quand mon père me lance un regard appuyé m'intimant de ne pas oublier mes bonnes manières. Il m'arrive d'être un peu bruyant. Mon père est très pointilleux sur les bonnes manières à cause de son éducation stricte de membre de la royauté. Même alors, je n'arrête pas de reporter mon attention sur Chloé encore et encore. Chaque fois que je croise son regard, elle détourne la tête. Je sais qu'elle m'observe à la dérobée, elle aussi. Je le sens.

Après une délicieuse bûche de Noël en guise de dessert, nous sommes invités à rejoindre le petit salon pour un verre de brandy près du feu. J'aime le petit salon, c'est la pièce la plus confortable du palais, avec ses canapés en cuir et ses fauteuils club, mais d'abord, je dois savoir si Chloé sera là aussi. J'ai vraiment envie de vérifier qu'elle va bien.

Elle sort de la salle à manger avant tout le monde, et je la suis.

— Eh, Chloé, tu comptes aller boire un verre dans le petit salon ?

Elle se retourne et secoue la tête.

— Je ne bois pas.

— Pourquoi pas ?

— Je n'ai pas encore vingt et un ans.

N'avais-je pas dit qu'elle ressemblait à un ange ? J'ai entendu dire que l'alcool était très populaire, à la fac.

Je réduis la distance et étire les lèvres en un petit sourire.

— On est à Villroy, l'âge légal est de dix-huit ans, pour boire.

Elle plisse son adorable nez.

— Non merci.

— Eh bien, tu n'es pas obligée de boire. Tout le monde va juste traîner un peu ensemble. Viens, ce sera marrant.

Son regard vert scrute le mien.

— Tu es en train de me draguer ?

Mec, je suis nul en tant qu'ami.

Une chaleur me remonte dans le cou.

— Non. Quoi ? Non. Qu'est-ce qui te fait dire ça ?

Je fais un geste dans le couloir et ajoute :

— Je me demandais juste si tu allais te joindre à nous.

Elle m'étudie un long moment.

Ai-je nié avec trop d'insistance ?

— OK, répond-elle. Je vais retourner dans ma chambre, maintenant.

— Pourquoi ?

— Pour lire des journaux médicaux.

J'écarquille les yeux, surpris. Je croyais qu'elle était à la fac. Elle lit déjà des journaux médicaux ? Ce n'est pas un truc de médecin, ça ?

Je la dévisage.

— Tu veux devenir médecin ?

Elle hoche la tête.

— J'ai l'intention de devenir chercheuse en médecine et de trouver un remède contre le cancer.

J'en reste bouche bée. Je ne peux pas m'en empêcher. Pas seulement parce que c'est une si noble cause. C'est la façon dont elle l'a dit, avec simplicité, désinvolture, presque.

— Waouh. OK.

Elle hausse le menton.

— C'est un métier important.

— C'est certain, acquiescé-je en plongeant les mains dans mes poches. Mais tu n'as jamais entendu dire que travailler tout le temps sans jamais se divertir abrutissait le cerveau ?

Elle se renfrogne.

— Tu viens de me traiter d'abrutie ?

Je souris.

— Pas toi, ton cerveau. Tu dois t'accorder un peu de temps pour toi si tu veux garder un esprit aiguisé.

D'autres membres de ma famille se déversent dans le couloir, en bavardant et en riant. Je les regarde par-dessus mon épaule, avant de reporter mon attention sur elle.

— Alors on pourrait peut-être faire un truc, au lieu de boire dans le petit salon. Un truc drôle.

J'ai envie de passer du temps avec elle, que ça mène à plus ou pas. Elle est si différente des femmes que je rencontre d'habitude. Et j'ai envie d'entendre son histoire, ce qui s'est vraiment passé aujourd'hui pour qu'elle se retrouve dans ma chambre et l'air d'avoir été jetée d'un véhicule en train de rouler.

— Un truc drôle, répète-t-elle.

Elle fronce les sourcils comme si elle devait y réfléchir très fort. J'ai presque envie de rire. Qui doit réfléchir à ce point quand on lui propose de s'amuser ?

Sa sœur apparaît avec Henry endormi sur son épaule.

— Salut, Brendan.

Je l'ai rencontrée durant son mariage avec mon cousin, mais je n'avais pas vu Chloé, à l'époque. Sûrement parce que ce mariage était la première fois depuis des décennies que ma famille venait à Villroy, après le bannissement de mon père. C'était un moment tendu.

— Salut, Sara. On dirait que ton petit bonhomme s'est déjà endormi.

Henry a la bouche grande ouverte.

— Oooh, roucoule Chloé en lui caressant la joue, avant de l'embrasser.

Quelque chose remue au niveau de mon cœur.

Sara sourit au bébé, puis reprend une expression sérieuse et lève la tête vers Chloé.

— Je vais le mettre au lit. Et me coucher aussi. Je suis encore réveillée au moins trois fois par nuit. Je voulais juste vérifier que tout allait bien de ton côté. Ça va ?

Elle parle d'un ton très maternel et inquiet.

Chloé me lance un regard, l'air embarrassée.

— Je vais bien, assure-t-elle d'une voix tendue.

— Tu es sûre ? insiste Sara. Ça ne me dérange pas, si tu veux venir dans ma chambre pour étudier un peu.

Chloé secoue la tête.

— Non, tu as besoin de sommeil. Ça ira.

— Vraiment ?

Chloé pousse un brusque soupir.

— Je m'apprêtais justement à faire un truc avec Brendan.

Sara nous regarde tour à tour avec curiosité, puis elle fait un pas en arrière.

— OK. On se voit demain matin, alors. Bonne nuit.

Puis elle s'éloigne dans le couloir.

Chloé a les yeux baissés sur le sol de marbre, les sourcils froncés d'un air renfrogné. Rien de mieux qu'une grande sœur / maman pour vous prendre à rebrousse-poil, je suppose.

Je penche la tête pour croiser son regard et souris.

— Je suis tout à toi, la fêtarde.

3

Chloé

C'est si embarrassant, la façon dont Sara vient vérifier comment je vais encore et encore. Je vais bien. Et on a eu une longue discussion un peu plus tôt, durant laquelle je lui ai dit précisément ça. Je lui suis reconnaissante pour tout ce qu'elle a fait pour moi, mais je suis assez grande pour avoir besoin d'elle en tant que sœur plus qu'en tant que mère.

Je croise le regard de Brendan. Il hausse les sourcils au-dessus de ses yeux bleus brillants – un bleu si saisissant qu'il est difficile de décrocher son regard – l'air d'attendre quelque chose. Je détourne la tête de ses yeux hypnotiques, mais je ne peux me détourner totalement de lui. Ses cheveux brun foncé sont plus longs et ébouriffés au sommet de sa tête, sûrement doux au toucher. Ses cheveux, combinés à sa barbe bien taillée et à son sourire diabolique, lui donnent un air canaille. J'ai découvert ce mot dans les livres de romance historique de ma belle-sœur. Je n'en ai lu qu'un juste pour voir d'où elle tenait son statut de best-seller. Et je parie que Brendan est une canaille, toujours à la recherche de sa nouvelle conquête.

— Je ne cherche pas d'aventure, l'avertis-je avant que ça aille plus loin. Juste pour que ce soit clair.

Ses lèvres tressaillent.

— Ce serait comme embrasser ma cousine. Dégoûtant.

Je me raidis. J'aurais pu jurer qu'il me reluquait, plus tôt, durant le repas. Je détourne les yeux et mes joues deviennent brûlantes. Je me sens vraiment bête, d'avoir cru qu'il s'intéressait à moi. Il devait me regarder pendant le dîner parce que je n'arrêtais pas de le lorgner. Ce n'était pas intentionnel. Mais il est juste... eh bien, n'importe quelle femme remarquerait à quel point il est sexy et sublime, encore plus que tous les autres hommes Rourke, parce que ses yeux pétillent et qu'il a toujours l'air prêt à sourire. Il a l'air d'un bon moment n'attendant que de se déclencher. Ma rougeur se répand sur mon cou à cette pensée. Je ne m'engagerai pas sur cette voie.

Il se penche près de mon oreille et son souffle chaud se déploie sur ma peau, me provoquant un frisson le long du dos.

— Soyons amis, murmure-t-il.

Le ton de sa voix a plutôt l'air de dire « couchons ensemble. »

Mais c'est juste mon esprit qui me joue des tours. Ces mots sont si opposés à la réaction de mon corps à sa présence que je suis prise de court.

Il s'écarte, un petit sourire narquois sur le visage et une lueur complice dans les yeux.

— Ou bien tu peux toujours aller traîner avec ta grande sœur. Elle a l'air de s'inquiéter pour toi.

Ça suffit à me faire prendre ma décision. Je n'ai pas besoin que ma sœur plane en permanence au-dessus de mon épaule pour s'assurer que je vais bien. Et rien que pour le prouver, je ne rentrerai pas directement dans ma chambre pour étudier. Je vais faire exactement ce que j'ai dit que je ferais. Traîner avec ce type, qui m'a tout l'air d'un potentiel ami platonique. Ou cousin. Super. Très bien. Ça. Sera. Marrant.

— Viens, dis-je avec un signe de tête pour lui indiquer de me suivre.

Je sors de la salle à manger et me dirige vers la tour au bout du couloir. J'entends encore des gens parler dans la salle à manger, l'air pas pressés de partir. Au bout d'un moment, ils se rejoindront tous dans le salon, mais je ne suis pas d'humeur à me retrouver au milieu d'une foule.

À mi-chemin de la salle de la tour, je ralentis le pas. Michael s'avance vers nous, ses cheveux blonds coupés court et son T-shirt gris humide de sueur. Il s'entraînait sûrement dans la salle de sport du rez-de-chaussée.

— Où est-ce que tu m'emmènes ? demande Brendan sans se rendre compte de la confrontation imminente.

Je ne sais pas quoi dire. Le regard de Michael rebondit entre moi et Brendan et il fronce les sourcils.

— La terre à… commence, Brendan, avant de s'interrompre quand Michael s'arrête devant moi.

Un muscle tressaute sur la mâchoire de Michael.

— Merci pour les biscuits.

— De rien.

Il vient se placer juste en face de Brendan. Ils sont de la même taille et la même carrure – un mètre quatre-vingt d'épaules larges et musclées – mais Michael est formé à désarmer, neutraliser et détruire si nécessaire. C'est le capitaine des gardes du palais. Mon cœur me remonte dans la gorge. Brendan ne recule pas.

— Si tu la touches, tu es mort, articule Michael entre ses dents.

Puis il se redresse et adresse un salut à Brendan.

— Je plaisante. C'est mon devoir, et un honneur, de protéger les Rourke.

Il laisse retomber la main et s'éloigne d'une démarche de soldat. C'est drôle, mais ça ne l'est pas du tout.

Je me remets à marcher vers la salle de la tour, sans trop savoir que dire après ça.

— Ce n'était pas perturbant du tout, remarque Brendan à voix basse.

Je lui lance un regard en coin.

— C'est un garde du palais.

— Tu as apporté des cookies à ton assassin entraîné, alors ?

— Tu voudrais rester dans ses bonnes grâces aussi, à ma place, non ?

Il s'arrête et arbore soudain une expression sérieuse.

— Il t'a menacée ? Il pourrait te faire du mal ?

— Non. La famille royale l'a nommé capitaine des gardes. S'ils lui font confiance, pourquoi ne le pourrais-je pas ?

Il secoue la tête.

— Il est trop massif pour que je lui fasse confiance.

Il sourit et un éclat diabolique brille dans ses yeux.

— Toi, par contre, je pourrais te faire très confiance. Tu es si minuscule.

Il mime le geste de me lancer au loin comme un ballon de rugby, puis laisse échapper un petit sifflement pour imiter le son que je ferais en m'élevant dans le ciel.

J'émets un son mécontent et continue de marcher vers la tour.

— Je ne suis pas minuscule. Je suis menue.

— J'ai tellement envie de te jeter en l'air, vers un endroit où tu pourras atterrir en douceur, bien sûr, mais ton ex me tuerait si je te touchais, alors c'est *inenvisageable*.

Il secoue la tête comme s'il était attristé, un sourire jouant sur ses lèvres.

— Me jeter n'a jamais été une possibilité, espèce d'idiot.

J'ai l'impression que Brendan n'est jamais sérieux. Après tout, Michael vient plus ou moins de le menacer, et il n'en a même pas été ébranlé. Tout ça me rend un peu nerveuse. Pas pour moi, pour Brendan. Le pauvre se montre juste gentil. Il ne me voit même pas comme ça.

Je me dirige vers le fond de la tour et pousse à deux mains une bibliothèque en bois qui sert aussi de porte menant à un passage secret.

Brendan écarquille les yeux, avant de me lancer un regard chaleureux et appréciateur.

— Cool.

Je lui rends son sourire. J'ai presque l'impression qu'il me trouve cool, moi aussi. On ne m'a jamais qualifiée ainsi. Je me glisse de l'autre côté et traverse un passage incliné en pierre et au plafond bas. Il y a peu de lumière, juste ce qui filtre à travers le passage ouvert.

Brendan sort son téléphone de sa veste bleu foncé et allume la lampe. Je regarde son expression tandis qu'il examine le couloir. C'est Sara qui m'a montré cet endroit. C'était une issue de secours menant à la sortie latérale du palais, une forme de défense, mais elle sert aujourd'hui de zone de stockage.

— Qu'est-ce que c'est que ça ? demande-t-il en pointant sa lampe vers une sculpture de pierre. Des Cupidon ?

— Ce sont des chérubins, dis-je.

Le couloir en est rempli, la plupart étant accrochés au mur, et d'autres appuyés contre lui.

— Ils faisaient partie d'une section plus ancienne du palais, qui a été rénovée après le grand incendie.

— C'est vraiment cool.

Je le suis tandis qu'il pointe sa lumière sur chaque chérubin à mesure que nous traversons le couloir. Certains sont cassés, mais ils sont encore mignons. Un sentiment de paix m'envahit. C'est drôle, de révéler une partie du palais que peu de gens connaissent, et j'adore ces chérubins, avec leurs beaux visages potelés qui n'attendent qu'à voir des visiteurs les admirer à nouveau.

Brendan se tourne vers moi et abaisse son téléphone pour ne pas m'éblouir avec la lumière.

— Je ne savais pas qu'il y avait ça ici. C'est ton ex qui t'a montré cet endroit ?

Mon humeur s'assombrit.

— Non, c'est ma sœur. On peut éviter de parler de mon ex ? C'est une situation un peu sensible.

Il retrousse la lèvre en un rictus et grogne :

— Si tu la touches, tu es mort.

Puis il reprend de sa voix normale :

— Compris. Ex taré.

— Il est juste un peu énervé parce que j'ai rejeté sa demande.

— Oh, merde. Il t'a demandée en mariage ? C'est un sacré

pas. Je croyais que vous aviez une relation plus légère. Pas étonnant qu'il m'ait sauté dessus.

— Eh bien, c'était il y a trois mois.

Il incline la tête.

— Et pendant combien de temps tu t'es retrouvée en couple avec lui par accident ?

Je grimace en l'entendant me renvoyer mes propres mots.

— OK, il y a une chose que tu dois comprendre. C'était une relation par intermittence, qui s'est étendue sur onze mois, seulement quand j'étais ici, pendant les vacances scolaires.

— Onze mois ! C'est très long, pour une relation légère.

Il sourit et ajoute :

— C'est sympa de rencontrer quelqu'un d'encore moins doué que moi pour les relations.

Je me raidis et me mets sur la défensive.

— J'ai été claire depuis le début, et je lui ai expliqué que je n'avais pas de place dans ma vie pour une relation. Je suis très concentrée sur mes études. Je suis en deuxième année à Columbia, et il m'en reste encore une avant d'entrer en école de médecine. Après ça, je continuerai ma formation avec un internat et une bourse. J'ai encore un long chemin devant moi.

Je lève les paumes et reprends :

— Et quand je dis long, je ne plaisante pas. Quand je serai devenue chercheuse contre le cancer, je chercherai quelqu'un avec qui me mettre en couple.

Il pose une main sur mon bras.

— Chloé, tu n'as aucune explication à me donner. Je comprends.

— Oh. Merci, dis-je en me calmant.

— Et puis, tu es quoi, un génie ? Tu vas passer ton diplôme à Columbia en trois ans au lieu de quatre ? C'est une école prestigieuse. Même le meilleur élève de mon lycée n'a pas été accepté à Columbia.

Je hausse une épaule.

— Je travaille dur, c'est tout.

— Bien sûr. Dooonc, tu connais d'autres passages secrets ?

— Juste un. Il mène aux donjons.

— Tu es sérieuse ? Allons voir ça.

Je secoue la tête.

— Il est vraiment dégueu. Il y a des araignées et je ne sais pas quoi d'autre qui rampent là-dessous, et ça sent la moisissure flippante.

— Je n'avais jamais entendu parler de moisissure flippante, rit-il.

— Tu n'as vraiment pas envie d'aller là-bas le soir. C'est froid et sombre.

Je croise les bras et réprime un frisson à cette pensée.

— Je crois qu'il y a aussi des chauves-souris.

Il s'adosse au mur et croise les bras sur son torse.

— Tu veux qu'on reste un peu ici ?

— Oui. Je peux t'emprunter ta lampe ? J'ai laissé mon téléphone dans ma chambre.

— Bien sûr, mais d'abord, j'aimerais te demander quelque chose.

Je me fige, soudain méfiante.

Il éclate de rire.

— On dirait que je m'apprête à te demander ton premier-né, plaisante-t-il en me donnant un petit coup d'épaule. Je voulais juste savoir comment tu t'étais retrouvée trempée, sale et frissonnante dans ma chambre, tout à l'heure.

Je m'appuie contre le mur à côté de lui. Quelque chose, dans cet espace intime, rend plus facile de se confier. Alors je lui raconte toute cette histoire ridicule.

Il se tourne vers moi et demande :

— Tu tenais à ce point à préserver votre amitié ?

— Je m'en voulais de l'avoir blessé.

— C'est héroïque, ce que tu as fait.

— Non.

— Si, insiste-t-il.

Je pousse un brusque soupir.

— Il s'avère que les amis avec bénéfices, ça n'existe pas. La partie amitié est fausse.

Il garde le silence un instant, l'air de réfléchir à ça, puis finit par dire :

— Tu as sûrement raison. Aucun homme n'a envie de ne redevenir qu'un ami après avoir franchi la limite.

Je me redresse et tends la paume pour qu'il me donne son téléphone.

— J'ai bien retenu la leçon.

Il me le donne, les yeux rivés aux miens.

— Tu as bon cœur.

— Tu crois ?

L'espace d'un instant, j'éprouve de l'espoir, puis je réalise qu'il ne me connaît pas assez bien pour voir la vraie moi, à l'intérieur. Celle qui est brisée.

— Bien sûr. Tu as dépensé beaucoup de temps et d'efforts pour faire ces biscuits et les lui apporter. Tu as souffert pour te racheter. Seule une personne au grand cœur ferait tout ça. La plupart des gens seraient juste partis.

— J'aurais peut-être *dû* me contenter de partir.

Il me donne une petite tape sous le menton.

— Eh, il n'y a rien de mal à avoir un grand cœur. C'est sûrement ce qui te rend si déterminée à guérir le cancer. Tu veux donner de ta personne pour rendre le monde meilleur.

Une chaleur se déploie en moi. Il a raison sur une chose – laisser quelque chose au monde est important, à mes yeux.

— Merci.

Il incline la tête.

Je me détourne et me sers de la lampe de son téléphone pour avancer plus loin dans le passage, examinant les chérubins sur mon chemin jusqu'à avoir atteint ma sculpture préférée : une paire de chérubins. Je m'arrête pour les admirer, éternellement figés de chaque côté d'un contrefort en pierre. Ils ont l'air de se jeter des regards à la dérobée. Si proches, et pourtant si loin.

Je m'avance vers lui et lui rends son téléphone.

— Merci. Je suis prête à y aller.

J'ouvre la marche jusqu'à la sortie.

— Tu t'es assez amusée pour ce soir, hein ? dit-il dans mon dos.

J'entends le sourire dans sa voix. Il se moque de moi parce que je ne m'amuse jamais.

— Pour ton information, je prends le temps de m'amuser avec ma colocataire, Lindsey, tous les week-ends qui suivent nos examens.

— Ah ouais ? Et vous faites quoi ?

— Une soirée ciné, une soirée à se refaire une beauté, ou on va parfois au planétarium.

— Tu appelles le dernier une soirée intellos ?

Je pince les lèvres. J'ai déjà entendu cette blague très souvent dans ma vie. Je ne suis pas une intello. Je suis une étudiante sérieuse. Il y a une différence.

J'attends qu'on soit de retour dans la salle de la tour et qu'on ait refermé la porte-bibliothèque derrière nous avant de répondre.

— Je préfère quand mes amis sont moins insultants.

Il lève les paumes.

— Je disais ça dans le sens géniale et brillante. Je pense vraiment que tes objectifs sont nobles.

Il fait un geste vers moi et ajoute :

— C'est un genre de vocation.

Je prends une grande inspiration, la fierté me faisant me redresser.

— Merci.

— Tu fais quoi pendant les soirées à te faire une beauté ? m'interroge-t-il en baissant les yeux sur mes ongles. Tu n'as pas l'air de mettre du vernis ou d'appliquer beaucoup de maquillage.

Je suis bien maquillée, mais c'est subtil. C'est assez flatteur, qu'il pense que je ressemble à ça de manière naturelle.

— Durant la dernière soirée beauté après mes examens, je me suis teint les cheveux en roux. Elle a teint les siens en violet.

Il ferme les yeux.

— Non, lâche-t-il, l'air terriblement déprimé.

— Quoi ?

Il rouvre les yeux.

— Tu n'es pas une vraie rousse ?

— Non, je suis blonde, comme Sara. Quelle importance ?

Il balaie cette question de la main.

— Aucune, ne t'en fait pas. Eh, j'ai apporté mon ordina-teur portable. Tu veux qu'on regarde le dernier *Fast and Furious* ?

— C'est cette longue série de films sur les courses de voitures ?

— Oui, c'est génial. Un nouveau vient de sortir.

Je me tapote le menton.

— Hum, j'ai peur d'être totalement perdue, vu que je n'ai vu aucune des courses de voitures précédentes.

Il tire sur une mèche de mes cheveux.

— Petite maligne. On va commencer par le premier.

Je me perds un instant dans ses yeux bleus pétillants. Je parie que sa vie n'est composée que de bons moments en permanence. Il doit avoir eu la vie facile, en grandissant, entouré de gens qui l'aimaient, de joie et de bonne humeur. Il n'a sûrement jamais ressenti la solitude une seule fois dans sa vie. Jamais. Le contraste avec ma propre vie est presque risible. Sara et moi pouvons compter l'une sur l'autre, et c'est tout. J'ai connu de longs moments de solitude, pendant qu'elle était au boulot. C'est peut-être pour ça que je me suis plongée dans les études. Je dois admettre qu'on a beau être très doué en science, ça n'offre pas la même sensation chaleu-reuse que celle éprouvée rien qu'à se tenir auprès de Brendan et sa famille.

Inutile de souhaiter ce que je n'ai jamais eu. L'éducation est mon tremplin vers une vie meilleure, à la fois en termes de sécurité financière et s'agissant de faire une différence dans le monde. Quand j'étais petite, ma sœur et moi arrivions à peine à joindre les deux bouts. Je suis vraiment tiraillée entre le moment agréable qu'il me promet et mon besoin de me remettre au boulot.

— Je ne sais pas, Brendan. J'ai l'impression que ça risquerait de prendre un sacré bout de temps.

— Non. Juste quelques heures, et ensuite tu pourras rattraper les autres films à ton rythme.

J'envisage les choses sous un autre angle. Si je regarde un film avec lui sur son ordinateur portable, nous serons très proches l'un de l'autre. Je suis attirée par lui, je ne peux pas le nier. D'un autre côté, il m'a dit que m'embrasser serait comme embrasser sa cousine. OK, le plus malin serait de conserver mes distances. Comme ça, il y aura mon de risque que j'agisse de manière impulsive, en écoutant mes instincts biologiques parfaitement naturels.

— Ça va te plaire, je te le promets, dit-il d'une voix cajoleuse. Tout le monde aime, même les futurs médecins, c'est universel. C'est quoi, ton nom de famille ?

— Travers.

— Même toi, docteur Travers.

Je réprime un sourire. J'ai attendu toute ma vie que quelqu'un m'appelle Dr. Travers. J'*adore* ça. *Dr. Chloé Travers.*

Chloé Travers, MD.

Dr. Travers, on a besoin de votre opinion sur cette formation de cellules atypique.

Je hausse les épaules.

— D'accord.

Il sourit et me guide vers sa chambre. On s'installe sur un canapé gris moelleux dans le salon pour regarder le film sur son ordinateur portable posé sur la table basse. Il est affalé sur le canapé, les yeux rivés au film. Je suppose que je n'ai pas à craindre qu'on se retrouve en trop grande proximité. De toute évidence, il est plus intéressé par un film qu'il a déjà vu que par moi. Pas de problème. Je me mets à l'aise et m'oblige à garder les yeux posés sur l'écran, faisant semblant d'être seule et ignorant la chaleur de son corps et son odeur sexy et boisée. *Concentre-toi sur les courses de voitures et les hommes qui roulent des mécaniques.*

D'un seul coup, je me réveille en sursaut, essuyant la bave

qui coule de ma bouche. Oh mon Dieu. Je me suis endormie et j'ai la tête posée sur son épaule.

Je me redresse lentement et lève les yeux vers lui.

Il sourit, ses yeux bleus chaleureux posés sur moi.

— Quelle est ton opinion professionnelle sur le film, docteur Travers ?

J'affiche un large sourire, ma poitrine se réchauffant à cette tournure de phrase.

— J'ai bien aimé.

— Quelle partie ?

Je repense au tout début du film, avant que je m'endorme.

— Le moment où le type sexy a roulé des mécaniques.

— Hum hum. Un type sexy en particulier ?

Je regarde l'écran de l'ordinateur et tente de me souvenir du nom de l'acteur. L'écran de veille s'est mis en route, affichant des étoiles filantes. Depuis combien de temps est-ce que je dors ? Est-il resté assis là à me laisser dormir sur son épaule pendant des heures ? C'était si gentil de sa part.

— Vin Diesel ? suggère-t-il. Tu aimes les méchants ?

Je ris et croise son regard pétillant. Puis mes yeux se posent sur ses lèvres sensuelles, qui semblent toujours vouloir sourire. Soudain, je ressens cette attraction, comme si je voulais me rapprocher. L'alchimie est un concept puissant.

— Chloé, dit-il d'une voix rauque.

Je me lèche les lèvres.

— Tous les mecs étaient sexy.

Et je suis sérieuse.

Je devrais partir, mais je suis incapable de bouger.

Il se lève et me tend la main. Je me lève du canapé toute seule, n'osant pas le toucher. Je me sens proche de lui, pour une raison que je ne saurais expliquer. C'est ridicule. Tout ça parce que je me suis endormie sur lui et qu'il m'a laissée pioncer pendant… je ne sais même pas combien de temps.

Je l'étudie un instant et il me rend mon regard. Nous restons debout l'un en face de l'autre devant le canapé. C'est comme s'il essayait de déterminer la prochaine étape. Est-on vraiment amis ? Si c'est le cas, on pourrait traîner ensemble demain aussi. Je ne sais pas si je devrais le proposer.

Il pointe le pouce vers la porte et demande :

— Tu veux que je te raccompagne à ta chambre ?

— Je suis juste au bout du couloir, je pense pouvoir retrouver mon chemin toute seule.

Il rit.

Il a si bon caractère. Certaines personnes sont déstabilisées par mon humour pince-sans-rire.

— Bonne nuit, Brendan. Merci pour le film.

— Aucun problème.

Le coin de sa bouche s'étire et une fossette apparaît sur sa joue mal rasée. C'est très attirant. Je me rappelle que c'est juste un petit pli, et que ce n'est pas comme s'il le faisait volontairement.

— Merci de m'avoir montré ton passage secret.

Il ferme les yeux un instant, puis reprend :

— Et je ne voulais pas dire ça de manière graveleuse. Tu penses que tu regarderas d'autres films *Fast and Furious* ?

— Non.

Il hausse les sourcils, les yeux pétillants d'amusement.

— Je vais devoir te dénoncer auprès du fan-club de Vin Diesel.

Je pouffe de rire, avant d'étouffer aussitôt ce son. Ça ne me ressemble vraiment pas, de pouffer. Je m'en vais en agitant les doigts par-dessus mon épaule pour le saluer.

Quand je rejoins ma chambre, j'ai un sourire sur les lèvres, ce qui prouve bien que je sais comment m'amuser.

4

Brendan

C'est mon dernier jour à Villroy, et je vais en profiter à fond, en jouant au poker au casino avec mes frères et mes cousins dans une salle privée. Est-ce qu'on pourrait rêver mieux ? Des boissons gratuites en bonne compagnie, et j'ai gagné quelques centaines d'euros. Deux parties sont en cours et mêlent les habitants de Villroy et ceux de Brooklyn. Adrian est celui que je dois surveiller à ma table, un vrai requin. Il n'a pas besoin d'argent. Cet endroit lui appartient et il a beaucoup de succès, mais il joue chaque main comme si sa vie en dépendait.

Quelque chose me dit qu'Adrian va nous prendre par surprise avec une main pleine. Il nous a déjà surpris deux fois. J'ai juste eu de la chance avec ma dernière main, et je le sais. Je n'arrête pas de repenser à Chloé. Je suppose qu'une partie de moi espérait pouvoir s'amuser encore un peu avec elle. Je m'en vais demain matin. Elle a évité les repas de famille et ne s'est pas jointe à nous au casino non plus. Adrian m'a expliqué plus tôt qu'elle restait à Villroy pour trois semaines, avant de reprendre la fac. Ce n'est pas comme si elle aurait envie de me revoir une fois à la maison, quand l'école aura repris, alors c'est le moment de se divertir un peu.

Je ne sais pas pourquoi je n'arrête pas de penser à elle. C'est juste...

Son sourire.

Ça m'a fait l'effet d'une telle victoire, de la voir sourire, surtout quand j'ai réalisé à quel point elle était de nature sérieuse, si concentrée sur ses études. C'est *moi* qui ai fait ça.

Le Fauve me donne un coup de coude dans les côtes.

— Ta rouquine est ici.

Je lève vivement la tête. Elle vient d'entrer avec sa sœur. Elle ressemble à une jeune étudiante, avec son pull vert par-dessus un débardeur assorti, son jean et ses bottines en daim noires. Évidemment qu'elle ressemble à une étudiante, c'en est une. Elle n'est pas faite pour moi. Elle est trop sérieuse, trop motivée, trop... docteuresque.

Une connexion de famille. Les retombées. La gêne.

Un ex psychopathe et meurtrier. La mort.

Puis elle se mordille la lèvre inférieure et m'adresse un signe hésitant de la main. J'ai l'impression de recevoir un coup de poing dans le ventre.

Je me lève et jette mes cartes sur la table.

— Je me couche.

Un chœur de protestations s'élève.

— Quoi ? répliqué-je, les yeux rivés sur Chloé.

Elle est en train de parcourir la pièce des yeux tout en discutant avec sa sœur.

— T'es sérieux ? demande le Fauve.

— C'est naze, mec ! aboie l'un de mes frères.

Je ne prends même pas la peine de vérifier lequel a parlé. Je traverse déjà la pièce, m'obligeant à conserver une démarche lente et égale pour ne pas avoir l'air aussi impatient que je le suis. Je croise son regard et souris. Elle me rend mon sourire et une chaleur se déploie en moi.

— Salut, Chloé, lancé-je quand je l'atteins enfin. Tu fais une pause ?

— Non, j'étudie l'anatomie en ce moment même, répond-elle d'un ton très sérieux.

— Celle de quelqu'un en particulier ?

Je regarde autour de moi et repère un homme chauve en train de circuler avec des boissons.

— C'est le chauve, c'est ça ? demandé-je du bout des lèvres.

Elle pouffe de rire, puis se plaque une main sur la bouche. Je souris.

— Vin Diesel serait tellement jaloux.

— Je vais participer à une partie, dit Sara à Chloé.

Je réalise que je me suis montré impoli. Sa sœur était juste à côté depuis le début.

— Salut, Sara, je suis content de te revoir.

— Bien sûr, oui, répond-elle avec un sourire dans la voix avant de rejoindre Adrian.

Elle va sûrement prendre ma place dans la partie.

Chloé secoue la tête.

— Elle dit que tu es mon nouveau *toy boy*.

— Ridicule. Je suis un homme, et « boy » veut dire « garçon ».

— *Toy man*, ça ne rimerait pas.

— Hum, et pourquoi pas *bam man* ?

Elle hausse un sourcil.

— Sérieux ? Comme dans bim, bam, boum, merci madame ? Ça n'a rien d'un compliment, de dire que tu es du genre à en finir vite.

Je me redresse à cette insulte.

— Ce n'est pas le cas, crois-moi. Bref, quoi de neuf ?

— Sara m'a obligée à sortir de ma chambre.

— Elle t'a traînée par les cheveux ?

— Elle peut se montrer très persistante.

— OK, eh bien, tu es là, maintenant. Tu aimes le poker ?

— Pas vraiment. Je sais jouer. Sara est excellente et on a joué ensemble très souvent. Mais je ne trouve pas ça très drôle.

— Et les machines à sous ? Il y a de la roulette en bas, du craps et…

— Je sais, Brendan. Je suis venue ici souvent.

J'incline la tête.

— C'est vrai. Alors qu'est-ce que tu aimes faire ?

— La plupart du temps, je me contente de traîner dans le coin assez longtemps pour que Sara me lâche la grappe, et ensuite je repars étudier dans ma chambre.

— C'est vraiment ce que tu as envie de faire ? m'étonné-je en levant les paumes. Après tout, tu as face à toi un ami charmant prêt à jouer avec toi.

Elle glousse et se plaque à nouveau une main sur la bouche. Je la lui abaisse.

— Pourquoi tu caches ton rire, la fêtarde ?

— Ça me surprend à chaque fois. Tu es drôle.

Je bombe le torse.

— Oui, je sais. Alors… qu'est-ce que ce sera ?

Elle pose les mains sur les hanches, les laisse retomber, puis croise les bras.

— Je ne sais pas.

Elle semble si mal à l'aise, dans cet espace bruyant, que je réalise qu'une personne passant la majeure partie de son temps à étudier doit être plus habituée à un silence de bibliothèque. Elle n'aurait jamais survécu à une enfance dans le foyer des Rourke – six garçons turbulents dans une maison de trois chambres. Par chance, mes parents ont transformé le sous-sol en salle de jeux / chambre supplémentaire pour nous donner plus de place où nous déployer.

— Tu veux qu'on aille dans un endroit plus calme ? proposé-je.

Ses yeux verts s'illuminent.

— Oui.

— Descendons au bar. Il n'y a pas beaucoup de monde. Adrian a dit qu'il y avait plus de monde dans le casino à la Nouvelle Année qu'à Noël. Tu pourras prendre une boisson sans alcool.

— Oui, d'accord.

J'ouvre la marche.

— C'était calme, de grandir avec juste une sœur ? l'interrogé-je. Parce que j'ai cinq frères et que chez moi, ça n'était jamais calme.

— En fait, oui, mais c'est aussi parce que mes parents sont morts quand j'avais six ans. Je ne me souviens pas vraiment de l'époque où on était tous les quatre.

Pas étonnant qu'elle soit si sérieuse. Six ans, c'est très jeune pour perdre ses parents.

— Ça a dû être dur.

Elle accélère un peu le pas.

— Oui. Après ça, on a vécu avec mon oncle à Brooklyn, mais quand j'avais neuf ans, il est parti refaire sa vie à Nashville, où il a essayé de percer en tant que chanteur de country. Depuis lors, il n'y a plus que moi et Sara. Elle a sept ans de plus que moi et a beaucoup travaillé pour subvenir à nos besoins. Bref, c'est pour ça que je suis habituée à passer beaucoup de temps seule et au calme.

— Je suis désolé. Je ne voulais pas aborder un sujet sensible.

Elle hausse les épaules.

— C'est ma vie. Inutile d'essayer de réécrire l'histoire ou de souhaiter quelque chose de différent. J'ai dû faire au mieux avec ce qu'on m'avait donné.

C'est vrai. Mais j'ai de la peine pour elle. Pas étonnant que Sara s'en fasse à ce point pour elle. Elle l'a presque élevée comme une mère célibataire. J'ai de la peine pour Sara aussi. Elles n'ont pas eu de chance dans la vie, toutes les deux.

— Parlons d'autre chose, dit-elle quand nous arrivons en vue du bar. Ta famille est très bruyante. Les Rourke de Brooklyn et ceux de Villroy. C'est un trait génétique, ou tu crois que c'est une question de survie, un moyen d'essayer de se faire entendre par-dessus la foule pour obtenir sa part des ressources ?

J'aboie un rire juste au moment où nous entrons dans l'espace bar. Il est plus de neuf heures et la salle est quasiment vide, comme je l'avais prédit. Il n'y a que le barman et deux jeunes types au fond du bar. Les hommes reluquent Chloé, remarquent mon regard noir et reportent leur attention sur le match de boxe à la télé.

— C'est génétique, dis-je à sa question concernant les

Rourke bruyants. Mais si on roupille trop, on rate la nourriture. Dès qu'un pot de glace entrait dans la maison, il était vidé en cinq minutes.

Je m'assois au bar et elle s'installe sur le tabouret à côté de moi.

— Je n'ai jamais eu le sentiment de devoir me battre pour obtenir quoi que ce soit d'autre. J'obtenais toute l'attention de mes parents que je voulais rien qu'en étant moi-même. Ils m'appelaient le petit diable facétieux, avoué-je avec un clin d'œil.

Elle me lance un regard en coin.

— J'imagine ça sans mal.

Je souris et me cogne le torse du poing.

— Oui.

— Qu'est-ce que je peux vous servir ? demande le barman, un homme d'un certain âge aux cheveux bruns clairsemés.

Je tourne la tête vers la sélection de bières en pression et demande une bière belge.

— Vous avez quelque chose de fruité ? s'enquiert Chloé.

— Bien sûr, répond le barman, avant de lui tendre le menu des boissons.

Je me penche pour le lire avec elle. Il y a un tas de cocktails aux noms marrants en référence à la royauté et à Villroy : le royaltini, la brise de Villroy, et même la pince de homard.

— Je peux tous les faire sans alcool, précise le barman. On a aussi du soda.

Il indique l'arrière du menu du doigt.

— Vous pouvez me laisser quelques minutes pour décider ? demande Chloé.

Il incline la tête et s'éloigne le long du bar pour aller verser ma bière.

Chloé se penche vers moi pour me confier :

— Ma sœur dit que j'étais une vraie tornade infernale, quand j'étais petite, même si je ne m'en souviens pas du tout.

— Toi, vraiment ?

Elle hoche la tête.

— Elle dit que j'arrachais mes vêtements pour me mettre à

courir toute nue sur la plage, que je détruisais les châteaux de sable qu'elle et la princesse Silvia m'avaient aidée à construire, que je jetai notre déjeuner aux mouettes et que j'arrachais les pattes des crabes.

La princesse Silvia est la jumelle d'Adrian, ce qui veut dire que Chloé a été proche des Rourke de Villroy, à une époque.

— Ça, c'est mon genre de fille. Qu'est-ce qui t'a amenée à Villroy, quand tu étais petite ?

Avant l'apparition du casino et du spa, ce n'était pas vraiment une destination touristique.

— Mon père était originaire de France et gardait de bons souvenirs de ses étés à Villroy. J'ai passé tous mes étés ici quand j'étais petite. Sara était proche de Silvia et d'Adrian, vu qu'ils avaient tous le même âge. J'étais la petite sœur cinglée qu'ils devaient supporter.

En bref, la famille royale connaît Chloé depuis sa naissance. Et maintenant, mon cousin est son beau-frère. Oui, je vais vraiment devoir faire attention à ne pas dépasser les bornes avec celle-là. Tu parles de retombées familiales.

— Quels autres actes infernaux as-tu commis ? l'interrogé-je.

Elle sourit et baisse la tête.

— Apparemment, j'ai aussi avalé un poisson, mais c'était accidentel. Je croyais pouvoir le garder en vie dans la salive de ma bouche et le ramener à la maison pour en faire mon animal de compagnie.

— Ça, je ne l'ai jamais fait. Une fois, j'ai mis la carte de crédit de mon père dans une boîte aux lettres. Je voulais la voir glisser dans la fente. Bon sang, il était furieux.

Elle secoue la tête.

— Les enfants, hein ? remarque-t-elle en étudiant à nouveau le menu. Je n'ai jamais bu d'alcool dans ma vie, mais toutes ces discussions à propos de l'époque où on était insouciants me donnent envie d'essayer.

Elle croise mon regard, un petit sourire sur son beau visage angélique.

— J'ai envie de me lâcher un peu.

Je me raidis et passe en alerte maximale. Chloé ne peut pas se lâcher. Elle en deviendrait bien trop tentante. Les femmes qui se lâchent, c'est mon quotidien. Je ne peux pas faire ça ici ! Je suis en territoire familial.

— Mauvaise idée, dis-je.

— Pourquoi ?

Je secoue la tête dans l'espoir désespéré de tirer une bonne raison de mon cerveau paniqué.

— Parce que.

— Juste un verre. Et je peux appeler au palais pour que quelqu'un me ramène. Ce sera à la fois raisonnable et marrant.

Elle reporte son attention sur le menu, et aspire sa lèvre inférieure dans sa bouche tout en l'étudiant. Mon estomac se serre. Il y a quelque chose, dans ces lèvres, avec la moue au sommet et la lèvre inférieure plus pleine... *C'est si sexy.* Je détourne les yeux de la tentation.

Ma bière arrive et j'en bois une longue gorgée. Me sentant plus calme, je m'efforce de prendre la voix responsable de mon grand frère.

— Mieux vaut éviter l'alcool, vu que tu n'as développé aucune tolérance. Bois de manière responsable.

Attendez. Je crois avoir entendu ça dans une pub encourageant les gens à boire, mais de manière responsable.

Elle se tourne vers moi.

— La brise de Villroy m'a l'air rafraîchissante, avec les fraises. C'est sucré, le rhum ?

J'ouvre la bouche pour répondre que le rhum a le goût de sirop pour la toux et qu'il doit être évité à tout prix, mais c'est trop tard.

Elle lève la main vers le barman.

— Je vais prendre la brise de Villroy, s'il vous plaît. Avec alcool.

Je laisse tomber ma tête entre mes épaules. C'est une catastrophe. Maintenant, elle va être toute décontractée et détendue, exactement comme j'aime mes femmes. Si elle se lâche, je suis foutu.

Elle prend ma bière, en boit une gorgée et tire la langue.

— Beurk.

— Tu vois ? Laisse tomber. Je parie que ta boisson sera dégueu aussi.

Je me détourne et bois une autre longue gorgée de ma bière. Dès que je l'aurai terminée, je reprendrai la partie de poker. Je la laisserai avec sa sœur et je garderai mes distances pour le restant de la soirée.

Elle me donne un coup de coude dans les côtes.

— Empêche-moi de faire des trucs dingues ou embarrassants.

Je ravale ma salive.

— Comme quoi ?

— Je ne sais pas, répond-elle en agitant la main en l'air. N'importe quoi.

Elle n'arrive même pas à imaginer un truc dingue à faire. Excellent. L'alcool n'aura peut-être aucun effet sur elle. Elle va se contenter de pouffer de rire, ou un truc comme ça.

Je me détends et lui explique ce que le terme « se lâcher » peut signifier. C'est drôle, parce qu'elle ne ferait jamais rien de tout ça.

— Comme danser nue sur une table ?

Elle sourit.

— Non. Je ne danse pas.

Parfait. Maintenant, je vais pouvoir m'amuser avec elle.

Je baisse la voix pour que le barman, occupé à préparer sa boisson à l'autre bout du bar, ne m'entende pas.

— Faire un strip-tease pour ce vieux monsieur derrière le bar ?

Elle écarquille les yeux.

— Pourquoi je finis toute nue à chaque fois ?

Je lève ma bière, dissimulant un sourire.

— Tu m'as bien dit que tu aimais être nue, quand tu étais petite.

Elle secoue la tête.

— Oui, hein ? Je suis une vraie trouillarde, maintenant.

— C'est sûr.

— Eh !

Je ris tout bas et elle me lance un regard noir. Elle n'est pas habituée aux taquineries.

— Je n'ai fait qu'approuver ce que tu disais, remarqué-je.

Quelques minutes plus tard, je la regarde prendre sa première gorgée prudente.

— Mmm, c'est délicieux !

Mon instinct protecteur s'éveille aussitôt.

— Fais attention, parfois, le goût sucré dissimule celui de l'alcool et on le boit trop vite.

Je ne suis pas sûr de savoir si c'est elle que je protège, ou moi.

Elle boit une autre gorgée et presse les doigts sur son front.

— Je me suis gelé le cerveau. Et si on partageait des nachos au homard ? J'ai sauté le dîner.

Je me redresse sur mon siège.

— Chloé, il ne faut jamais boire l'estomac vide.

— Oui monsieur, répond-elle d'un ton sec.

Ai-je employé un ton trop brusque ? Je suis le type détendu avec qui on fait la fête. Mec, c'est dingue, tout ça.

Je tente de prendre un ton amical.

— Mais d'accord, je suis toujours partant pour des nachos.

Elle prend la commande, puis se tourne à nouveau vers moi.

— J'aime bien avoir un ami homme. C'est comme si tu étais un répulsif naturel contre tous les autres types qui pourraient avoir envie de m'approcher.

Elle incline la tête vers les deux mecs assis au bout du bar. Ils ont la vingtaine'' et sont probablement originaires d'ici.

Je crispe la mâchoire. *C'est ce que j'ai toujours voulu être... un répulsif à hommes.*

Une bière, et je me tire d'ici.

J'engloutis une bonne quantité de mon verre. Je commence à ressentir les effets de l'alcool, parce que c'est ma troisième bière de la soirée. J'en ai bu deux plus tôt, pendant la partie de poker. On a bien fait de commander des nachos. Je devrais ralentir avec cette bière-là.

— Devine quoi ? lance-t-elle en enfonçant son doigt dans ma poitrine.

Elle me touche.

— Quoi ? demandé-je en tournant la tête.

Oh, merde. Elle a presque vidé son verre.

— Je me sens super heureuse.

Elle lâche un hoquet et demande :

— C'est ça, qu'on ressent, quand on est pompette ?

Je réprime un rire.

— Oui.

Elle rit et vide son verre.

— Excellent travail, monsieur le barman. Vous pouvez m'en apporter un autre ?

Il incline la tête et se met au boulot.

— D'accord, mais mange avant d'en boire un autre, recommandé-je. Compris ?

Je parle comme un vrai rabat-joie. Je *suis* un rabat-joie. Mais je ne veux pas que cette situation dégénère.

— Bren… dan, dit-elle, étirant mon nom d'une voix amusée. Je vais bien.

— Je te dis ça en tant qu'ami ayant de l'expérience avec l'alcool. Tu es petite et tu n'as aucune tolérance.

Et maintenant, je parle comme si j'avais un balai dans le cul. Je me console en me disant que c'est à cause de cet instinct protecteur qu'elle éveille chez moi. Je n'en reste pas moins un type marrant. Vraiment.

— Petite, raille-t-elle. Je peux frapper très fort.

Elle me donne un coup de poing dans l'épaule, et ça me fait l'effet d'une petite tape. Et je ne plaisante pas. C'est comme si elle n'avait jamais donné de coup de poing de sa vie.

Je grimace comme si j'avais mal et elle me frotte l'épaule.

— Désolée, chantonne-t-elle. Maintenant, tu es obligé d'admettre que je suis un mètre soixante-et-un de pure puissance.

Le barman approche avec son verre et je l'écarte d'un geste.

— Vous pouvez l'apporter avec les nachos ?

— Brendan Rourke ! s'exclame-t-elle.

— Docteur Travers.

Elle se calme aussitôt.

— Je me comporte de manière embarrassante ?

— Tu es juste un peu bruyante.

— OK, c'est toi l'expert.

Elle fait un signe de tête au barman pour lui indiquer de garder le verre de côté. Je me détends.

— C'est vrai. Je suis l'expert des brises de Villroy pour les vierges en alcool.

— Oh, je ne suis pas vierge.

J'ai foncé droit dedans.

Je secoue la tête tandis qu'elle se penche tout près de moi. Je suis sûr qu'elle s'apprête à me confier plus qu'elle ne le devrait.

— Ne…

Elle m'interrompt dans un murmure beaucoup trop fort.

— Je l'ai perdue avec Mike, durant un stage d'été en ingénierie biochimique, quand j'avais seize ans. J'avais une bourse complète pour les stages particuliers de Penn réservés aux passionnés de science, parce que je suis comme ça.

Mes épaules se raidissent. *Mike était-il un autre étudiant ou un professeur ? Et c'est quoi, son truc avec les types qui s'appellent Michael ?*

— Et quel âge avait Mike ?

— Seize ans.

Je me détends.

— Il n'était pas très doué pour ça, au début, mais…

— Pas la peine de…

Elle lève un doigt pour m'interrompre.

— Mais d'ici la fin de l'été, il avait *enfin* trouvé le bouton magique.

Elle me tire par l'épaule pour chuchoter bruyamment à mon oreille :

— Je reste polie parce qu'on est en public. Bien sûr, le terme anatomique est…

Elle éclate de rire et je recule vivement pour préserver mon audition.

— J'en ressens vraiment les effets, maintenant, Bren !

Je ne peux m'empêcher de rire.

— J'avais remarqué.

Elle pousse un soupir heureux.

— J'aime bien avoir un ami homme. Maintenant, tu vas pouvoir me parler du point de vue masculin. Pourquoi les hommes pensent-ils qu'une femme assise seule à la bibliothèque a envie de parler de ce qu'elle a prévu pour le week-end ?

Elle a l'air perplexe. *Ne se rend-elle pas compte à quel point elle est belle et sexy ?*

Elle secoue mon épaule.

— Allez, tu es un homme. Dis-moi pourquoi ils font ça.

Je pousse un soupir. *Rappelez-moi comment je me suis retrouvé dans le rôle du pote masculin ?* C'est difficile, de ne pas franchir la ligne. J'opte pour une réponse simple et m'en tiens aux faits.

— Tu es une jolie fille…

— Femme.

— Tu es une jolie femme assise seule, alors ils se disent que tu es célibataire. Ils espèrent pouvoir se mettre avec toi.

Elle secoue la tête.

— Mais c'est la bibliothèque. Je suis ici pour étudier, c'est évident.

— C'est pour ça qu'ils t'invitent à sortir plus tard. La plupart des gens sortent, le week-end.

— La plupart des gens n'ont pas pour objectif d'entrer à l'école de médecine d'Harvard. Et puis, mes besoins physiques sont déjà satisfaits. Pour quelle autre raison aurais-je besoin d'un homme ?

— Rien.

Je suis d'accord avec elle sur ce point. Qu'y a-t-il d'autre à attendre, à moins de vouloir entrer en territoire plus sérieux et s'engager ?

Elle arbore un large sourire et mon cœur se met à battre plus fort. Elle est irrésistible, quand elle sourit. Et aussi quand elle ne sourit pas.

Ah, bon sang. Je dois partir d'ici. Mais je me sens responsable d'elle, maintenant. Je ne pensais pas qu'elle serait ivre après un verre. Bien sûr, je ne savais pas non plus qu'elle avait sauté le dîner. Je ne peux pas laisser une femme saoule toute seule dans le casino. Elle risquerait de faire un truc qu'elle regretterait plus tard. Dès qu'elle aura terminé son deuxième verre et mangé sa part de nachos, je la raccompagnerai à sa chambre. Et ce sera tout.

Avec un peu de chance, elle aura la gueule de bois et décidera de ne plus jamais torturer un autre homme comme ça.

5

Chloé

Brendan est teeeeellement dégoûtant. Je suis bien contente de ne pas avoir grandi avec des frères. Il a des fils de fromage des nachos pris dans sa barbe. Je le lui dirais bien, mais il n'a pas besoin d'être plus sexy qu'il ne l'est déjà, merci beaucoup. J'aime déguster des boissons fruitées et alcoolisées avec lui. Je suis un tout petit peu éméchée, mais c'est pas grave. Brendan est assez raisonnable pour nous deux.

Les nachos sont délicieux et j'en dévore une bonne partie. Je prends mon temps avec le deuxième verre, voulant le faire durer. Hors de question d'en boire trois. C'est Brendan qui l'a dit. C'est lui, l'expert. J'ai aussi bu un grand verre d'eau. Je vais sûrement me réveiller pour aller faire pipi à trois heures du matin.

— Alors, qu'est-ce qui t'a donné envie de trouver un remède contre le cancer ? m'interroge-t-il.

Je mâche et avale.

— C'est le fléau de notre existence, et je veux aider l'humanité. Le monde entier.

Je m'essuie la bouche du dos de la main.

— Je veux dédier ma vie à ça.

— Est-ce que quelqu'un en a souffert dans ton entourage ?

— Non. Mes parents ont été heurtés par un camionneur ivre pendant qu'ils marchaient sur le trottoir.

Je tourne la tête à son silence. Oh non, pas ça, tout sauf ça. Il me regarde avec de la compassion dans les yeux. Je pose la main sur ses yeux.

Il sourit et bon sang, il a toujours l'air sublime.

— Qu'est-ce que tu veux m'empêcher de voir ?

— C'est toi que je ne veux pas voir, Brendan-bo-bendan.

Je laisse retomber ma main et retire le morceau de fromage de sa barbe, avant de le lui tendre. Il le fourre dans sa bouche.

— Beurk, les garçons sont dégoûtants.

— Les hommes.

Je ris.

— Les hommes sont dégoûtants.

— Je suis très bien entraîné. Je rabaisse toujours le siège des toilettes.

— Ta mère t'a bien élevé.

— Oui, mais mon père est aussi très strict s'agissant des bonnes manières et de l'étiquette, vu qu'il a été élevé pour devenir roi. Plus sérieusement, qu'est-ce qui te rend si déterminée à faire des recherches contre le cancer ? Il existe d'autres manières d'aider l'humanité.

J'attrape le dernier nachos et le lève devant mes yeux un instant, surprise qu'il m'ait laissée le prendre.

— Dans mon lycée, on avait un cours de recherche scientifique. J'ai été associée à un mentor professionnel impliqué dans la recherche contre le cancer. Ça a piqué ma curiosité et plus je lisais à ce sujet, plus je savais que c'était ce que je voulais faire. C'est mon but dans la vie.

Je fourre le nachos dans ma bouche en entier et le mâche, fermant les yeux quand le homard, le fromage et le goût salé de la chips fondent dans ma bouche. *Fantastique.*

Je rouvre les yeux et découvre qu'il a les yeux rivés sur moi.

— Désolée, tu voulais le dernier nachos ?

Il éclate de rire.

— C'est un peu tard pour poser la question.

— On peut toujours en commander d'autres.

— Ça ira. C'est cool, ce que tu fais de ta vie.

Je hoche la tête.

— Je suis particulièrement enthousiasmée par les recherches sur le CRISPR. Tu en as déjà entendu parler ? Il permet de modifier les gènes. Les chercheurs essaient d'utiliser le propre système immunitaire des patients pour combattre le cancer.

— Je n'en ai jamais entendu parler. Dis-m'en plus.

Et c'est ce que je fais. Je pourrais parler de trucs biomédicaux pendant des heures. Et il a vraiment l'air intéressé, il suit mes raisonnements et pose des questions intelligentes. Jamais personne dans ma vie ne m'a écouté avec autant de passion, mis à part Sara.

On parle pendant des heures, jusqu'à la fermeture du bar. Je ne suis plus aussi pompette, après être restée assise là aussi longtemps. Brendan m'a parlé de l'entreprise de construction et de développement immobilier de sa famille, à Brooklyn. J'ai grandi là-bas, on a donc aussi parlé un peu de ça, se disputant gentiment pour décider quel était le meilleur endroit où trouver des pizzas, des bagels et presque tous les types de plats dont on pourrait avoir envie. Les quartiers de Brooklyn sont un vrai melting pot de nationalités. Il a grandi dans un quartier bien plus agréable que moi. Sara a fait du mieux qu'elle pouvait, avec ses deux boulots et le chèque de pension mensuel insignifiant que nous envoyait notre oncle, après nous avoir abandonnées pour poursuivre ses rêves à Nashville. Il n'est jamais devenu une star. C'est bien fait pour lui. Sans vouloir me montrer rancunière.

— Je vais appeler une voiture, dit-il en sortant son téléphone.

Ils doivent sûrement encore être en train de jouer au poker, à l'étage, mais le bar ferme pour accorder une pause au barman, quand le service est aussi lent qu'en ce moment.

— Tu veux attendre dehors ou ici ? demande-t-il en remettant son téléphone dans sa poche.

— Allons dehors.

Nous récupérons nos manteaux et nous dirigeons vers la sortie. Brendan est très silencieux, d'un coup, et arbore une expression assez sérieuse. Soudain, je crains d'avoir trop parlé.

— Tout va bien ? l'interrogé-je.

— Oui.

— J'ai trop parlé de mes recherches ?

Il secoue la tête et m'adresse un petit sourire.

— Pas du tout.

Je me mords la lèvre inférieure. J'ai trop parlé, c'est sûr. Je crois que je l'ai fait mourir d'ennui. *Excellente manière de lui faire passer un bon moment, Chloé. En le barbant avec tes intérêts personnels.* J'aurais dû lui poser plus de questions sur lui-même.

Il ouvre l'une des portes d'entrée vitrées pour moi et je sors dans l'air frais de la nuit. Les étoiles brillent dans le ciel sombre, la lune est presque pleine. J'attends qu'il me rejoigne. Je m'apprête à lui demander ce qu'il préfère dans son boulot quand il me prend de court.

— Tu m'impressionnes tellement, Chloé. Tu vas laisser ta marque sur le monde et aider tant de gens. C'est... tu es extraordinaire.

Mes joues rougissent à ce compliment et je baisse les yeux, embarrassée.

— Ce n'est pas si spécial. Des tas de gens font ce genre de boulot.

Il me fait relever le menton.

— Tu es héroïque, dans ta noble cause.

J'arrête de respirer, le cœur battant.

— Merci.

Il me lâche et se détourne. Je suis surprise par la déception que je ressens.

— Qu'est-ce que tu préfères dans ton métier ? l'interrogé-je.

Il secoue la tête.

— Ce n'est pas comme toi, je peux te le dire. Je suis né

dans l'entreprise familiale. Je n'ai jamais envisagé de faire autre chose.

— Ça ne te plaît pas ?

— Si, si. J'aime travailler avec mes frères et l'équipe. Je ne peux pas me plaindre.

— Qu'est-ce que tu préfères ?

— J'aime travailler avec des outils. Plus récemment, je me suis mis à chercher des propriétés à développer.

— C'est cool aussi. Les gens ont toujours besoin d'un endroit où vivre et travailler.

Il pousse un soupir.

— Oui, je suppose.

Merde. Je croyais qu'on passait une soirée amusante, mais maintenant, il a l'air déprimé parce qu'il pense que mon boulot est plus important, et que le sien ne l'est peut-être pas.

— Tout le monde fait ce pour quoi il est doué, dis-je. Je serais nulle si je devais me servir d'une perceuse ou faire je ne sais pas quoi avec des tuyaux, et j'aurais trop peur pour toucher au moindre câble électrique.

Il émet un petit rire.

— Tu es mignonne, mais des tas de gens pourraient faire mon job.

— Le mien aussi.

Il secoue la tête, incrédule.

— C'est vrai ! Personne ne travaille tout seul. Il existe toute une communauté scientifique à l'échelle globale, tout comme il existe une main-d'œuvre globale dans le bâtiment. Le monde a besoin de toutes sortes de gens dans toutes sortes de métiers.

Il sourit.

— Juste au moment où je crois que tu n'es pas une rouquine fougueuse, tu me montres toute ton ardeur.

Je le dévisage et cherche une répartie, sans succès. Je suis blonde, et il n'y a rien de mal à ça. Il est si obsédé par les rousses. Peut-être à cause d'un ex ?

Notre voiture, une Mercedes argentée, arrive, et le chauffeur sort pour nous ouvrir la portière.

— Merci, Eli, dis-je.

Je suis venue ici assez souvent pour connaître les chauffeurs.

— De rien, répond-il d'un ton aimable.

Une fois qu'on est assis sur le siège arrière, Brendan semble s'égayer.

— Je suppose que tu vas encore étudier ce soir, hein ?

Il recommence à me taquiner. J'ai envie de lui prouver qu'il se trompe. Je peux m'amuser pendant une période étendue. Au moins pendant deux jours sur mes vacances d'hiver de trois semaines.

— Non. Pas ce soir.

— Ah non ? s'étonne-t-il, un sourire dans la voix. Mais Chloé, il est plus de minuit. Tu ne vas pas te transformer en citrouille ?

— Tu essaies de m'énerver ?

— C'est marrant, de te voir rendre honneur à ta couleur de cheveux.

J'attrape le bout de mes cheveux longs jusqu'aux épaules et les jette en l'air.

— C'est quoi, ton problème avec les rousses ?

— Elles sont passionnées, répond-il en griffant le vide.

— Je peux être passionnée aussi. Le sexe n'est que de la biologie, c'est totalement naturel. Je n'ai aucun blocage et aucune inhibition à ce niveau-là.

C'est l'entière vérité.

— Tu es encore saoule ? demande-t-il d'une voix qui semble étranglée.

— Non, j'ai l'impression que c'est passé. Je me suis bien amusée, ce soir. Tu seras encore là demain ?

Il regarde droit devant lui.

— Je m'en vais demain matin.

Oh. Je suppose qu'il est temps de se dire au revoir, alors.

Zut. Je n'ai pas envie que ces bons moments s'arrêtent.

J'étudie son profil. Sa mâchoire est crispée, mais je suis distraite pas ses lèvres sensuelles. Je meurs d'envie de toucher sa courte barbe. Est-elle douce, ou rêche ? Qu'est-ce que ça ferait, s'il la frottait contre moi ? Je n'ai jamais embrassé d'homme barbu.

Les paroles prononcées par Brendan un peu plus tôt me reviennent en tête : *ce serait comme embrasser ma cousine. Tellement dégoûtant.*

Je me détourne et regarde par la fenêtre. Je dois arrêter de baver sur lui. Ce soir, il s'est plus comporté comme un grand frère surprotecteur que comme un type attiré par moi.

Nous gardons le silence pendant tout le reste du trajet, mais c'est un silence pesant, presque comme si une question était suspendue dans l'air – va-t-on continuer de s'amuser ? À moins que je me fasse des idées. Je ne suis pas prête à ce qu'on mette fin à cette soirée ensemble.

Une fois dans le palais, nous nous dirigeons vers l'escalier menant à nos chambres, toujours en silence. Je le surprends à me regarder plusieurs fois, sûrement parce que je lui jette des coups d'œil furtifs.

Nous atteignons d'abord sa chambre. Il s'arrête devant sa porte.

— Je proposerais bien de t'accompagner jusqu'à ta chambre, mais tu as dit pouvoir la rejoindre toute seule. La dernière fois, je veux dire.

Je scrute ses traits, ses cils épais qui encadrent ses yeux plus bleus que bleus. Il a une cicatrice près du sourcil droit, une ligne fine. La seule imperfection visible. Soudain, j'ai envie de lui arracher ses vêtements et de l'étudier des pieds à la tête pour en trouver d'autres. *Oh mon Dieu. Calme-toi.*

D'un autre côté, il s'en va demain matin et je ne le reverrai jamais.

Non. On a dit qu'on serait amis. Mais il est si sexy qu'il me rend brûlante de partout.

— Bonne nuit, Chloé. On se revoit un de ces quatre à Villroy.

Je me frotte le cou.

— Oui, à plus tard.

Je fais un pas en arrière, même si tout en moi a envie de se rapprocher.

Et puis merde.

Je réduis la distance, lui attrape la tête et l'embrasse.

Il ne me rend pas mon baiser. Pas du tout.

Je le lâche, le visage en feu.

— Désolée.

— Oui, marmonne-t-il en attrapant la poignée derrière lui pour ouvrir la porte. Bonne nuit.

Et il disparaît.

Je me couvre le visage des mains, si mortifiée que je n'arrive même plus à bouger. *Qu'est-ce qui cloche, chez moi ?*

Je laisse retomber mes mains et mon regard se perd au loin. Bon sang, il s'est comporté en bon ami quand j'en avais besoin. N'ai-je pas retenu la leçon avec Michael ? Les amis avec bénéfices gâchent les amitiés.

Je m'empresse de traverser le couloir jusqu'à ma chambre. J'espère juste ne pas avoir à le revoir avant Noël prochain. Je resterai collée à Sara pendant toute la visite. Je ne supporte pas l'idée de me retrouver à nouveau face à lui. Avec un peu de chance, un an suffira à lui faire oublier ce baiser non sollicité.

6

_____

Six mois plus tard...

Brendan

Vivre seul n'est pas aussi agréable que je le croyais. J'ai toujours vécu avec l'un de mes frères. Mon colocataire actuel, le Fauve, garde la maison de notre grand frère, Sean, et de sa femme actrice, Josie, pendant leur séjour à Vancouver pour un film qu'elle tourne. Un genre de film policier où elle joue l'un des suspects. C'est tout ce qu'elle a pu nous dire. Bref, je ne peux pas en vouloir au Fauve d'avoir accepté leur proposition de garder leur maison. Ils vivent dans un appartement chic du quartier de Park Slope, à Brooklyn. Ils ont même une salle de cinéma avec un énorme écran plat qui descend du plafond grâce à une télécommande. C'est pourquoi je suis seul un samedi après-midi, à regarder la télé et à m'efforcer de ne pas trop songer au fait que je suis solo.

Mes pensées dérivent vers Chloé, comme souvent dans les moments de calme. OK, j'ai le courage de l'admettre : je ne me suis plus autant amusé avec une femme depuis que j'ai passé

Noël à Villroy avec elle. Voilà. Je l'ai dit. (Dans ma tête. Personne n'a besoin de connaître cette vérité embarrassante.) Je ne sais pas pourquoi elle s'attarde autant dans ma tête, sachant à quel point on est différents. Je veux dire, ouais, elle est très agréable à regarder et j'admire aussi son intellect. Ce qu'il y a de bien, avec les femmes intelligentes, c'est qu'on peut compter sur elles pour avoir un point de vue rationnel et avisé sur un sujet, au lieu de faire des crises émotionnelles gênantes. Elle n'a jamais jeté de talon aiguille pointu vers ma tête, tout en pleurant toutes les larmes de son corps à cause de moi, contrairement à *certaines*. *Mallory.*

D'un autre côté, j'ai repoussé Chloé pour une bonne raison. M'écarter d'elle, ce soir-là, était la chose la plus difficile que j'aie jamais faite.

Malgré tout, je ne peux m'empêcher de me demander comment elle va. J'ai fait des recherches pour savoir comment on entrait à l'école de médecine d'Harvard. A-t-elle réussi le MCAT ? (c'est le test d'admission en école de médecine.) Est-elle heureuse ? Est-elle célibataire ?

Ce ne sont pas mes affaires.

Je me lève du canapé. C'est une journée ensoleillée de juin. Je devrais aller courir, brûler quelques calories en attendant de pouvoir aller boire un verre dans un bar, ce soir. Je déterminerai qui est disponible pour sortir plus tard. Je prends mes baskets dans ma chambre, m'assois au bout du lit et fais mes lacets. C'est étrange, comme l'éventualité de faire des rencontres au bar m'a parue si peu attrayante, ces derniers temps.

J'ouvre la porte d'entrée et descends en trottinant juste au moment où quelqu'un monte, portant une pile de cartons empilée plus haut que sa tête. C'est clairement une femme, à en juger ses petites mains.

— Laissez-moi vous donner un coup de main, proposé-je.

Elle s'arrête et me jette un œil de derrière les cartons.

— Je peux me débrouiller.

Je me fige. Elle a les cheveux blonds, mais je reconnais ce

visage. Ces yeux verts, ses traits fins et la moue au-dessus de sa lèvre.

— Chloé ?

— Brendan ?

— Qu'est-ce que tu fais ici ? demandons-nous en même temps.

Je ris.

— Je vis ici.

— Moi aussi. Juste pour l'été.

Je prends les deux cartons au sommet de la pile, ne lui en laissant qu'un, et remonte à l'étage.

— Au premier ou deuxième étage ?

— Au premier.

L'adrénaline m'envahit. C'est là que je vis aussi. Il y a quatre appartements au deuxième étage, et mes voisins sont un couple, qui est parti hier pour passer l'été en famille en Italie. Chloé va emménager juste à côté de chez moi.

Bordel de merde.

Des questions affluent dans ma tête – comment peut-on se retrouver voisins ? Que fait-elle, cet été ? Se souvient-elle de ce baiser ?

— Tu savais que je vivais ici ? l'interrogé-je.

Elle hausse les sourcils.

— Non. C'est Sara qui m'a trouvé cet appartement. Le couple qui le loue est parti en Italie pour l'été.

— Oui, ce sont les Marchetti.

Comment suis-je censé résister à la tentation alors qu'elle est juste à côté ?

Je me remémore pourquoi je lui résiste au départ. Notre connexion familiale. C'est probablement à cause de ça qu'elle se retrouve ici. C'est mon cousin Phillip qui nous a parlé de ce bâtiment. Le propriétaire est un ami à lui. En tant qu'ambassadeur de l'eau potable pour l'ONU, Phillip connaît presque tout le monde. Je parie que Sara a appris qu'un appartement se libérait ici grâce à son mari, qui a demandé à son frère.

C'est très mauvais signe. Je ne peux pas être la cause d'une autre brouille entre les Rourke de Villroy et ceux de

Brooklyn. Ça tuerait mon père, s'il redevenait indésirable dans son royaume. Quand on a été élevé pour devenir roi, notre royaume représente tout à nos yeux.

Je m'arrête devant sa porte et attends qu'elle la déverrouille.

— Je vis juste à côté.

Elle reste concentrée sur la porte, mais je ne manque pas de remarquer que tout son corps s'est crispé à cette nouvelle.

— Le monde est petit.

— C'est à cause de notre connexion familiale. C'est Phillip qui nous a parlé de cet immeuble. C'est sûrement aussi par lui que Sara en a entendu parler.

Je la suis à l'intérieur et pose les cartons. Elle pose le sien à côté, retire l'ordinateur portable à son épaule et le pose sur la table basse en bois clair.

— Tu as autre chose à monter ? demandé-je en me frottant les mains.

— Juste ma valise.

— Je m'en occupe.

Je descends et récupère la grosse valise noire à roulettes là où elle l'a laissée, dans le vestibule. Je n'arrive pas à croire qu'elle va vivre juste à côté de chez moi. Dois-je l'ignorer ? Mais et si elle veut qu'on traîne ensemble en tant qu'amis, comme on l'a fait à Villroy ? Je ne peux pas me montrer impoli, si elle me demande ça, surtout après avoir rejeté son baiser. J'avais tellement envie de le lui rendre. Voilà ce qui arrive, quand on prend la bonne décision. Ça nous revient en pleine face plus tard. *Tu croyais que ta volonté avait été mise à l'épreuve ? Qu'est-ce que tu penses de ça ?*

Je pousse sa porte encore ouverte et dépose sa valise à l'intérieur. C'est un appartement d'une chambre, et il se trouve que je sais que sa chambre est attenante à la mienne. Disons que j'ai déjà entendu le matelas grincer, à côté, sous l'effet des ébats entre jeunes mariés. J'ai dû m'acheter des boules quies.

Chloé parcourt l'appartement des yeux, l'air satisfaite. C'est douillet, avec un canapé rembourré beige, deux chaises en bois incurvées et des tables en bois assorties. Une série de grandes photos encadrées en noir et blanc sont accrochées au mur, représentant le mariage des Marchetti en Italie. Classe.

— Alors, quoi de neuf ? demandé-je.

Elle écarte les bras.

— Pas grand-chose. Je commence mon stage dans un laboratoire lundi.

— Il dure combien de temps ?

— Huit semaines. Ensuite, je rends visite à Sara à Villroy jusqu'à ce qu'il soit temps de retourner à la fac.

Huit semaines. C'est assez long pour vraiment se rapprocher de quelqu'un. Quand on cherche une relation, en tout cas. Ce qui n'est pas mon cas. Le vrai problème, dans cette histoire, c'est que huit semaines, c'est assez long pour finir par se laisser tenter. Ce que je n'ai absolument pas l'intention de faire.

Est-elle encore en contact avec son ex psychopathe ? Celui qui m'a menacé de mort si je la touchais ?

Quelle importance ? Ce n'est pas comme s'il allait prendre l'avion jusqu'à Brooklyn pour me tuer. Je ne pense pas, en tout cas.

Un silence gênant s'installe entre nous pendant que j'essaie de trouver quoi dire à la femme que j'ai fait tant d'efforts pour oublier.

— Comment se sont passés les cours, ce dernier semestre ? lancé-je.

Elle enroule une mèche de ses cheveux blonds longs jusqu'aux épaules et à l'air doux, puis tourne les yeux vers la porte.

— Bien.

Elle veut que je m'en aille ?

— Tu t'en es bien sortie au MCAT ?

Elle incline la tête.

— Tu es au courant pour le MCAT ?

— Oui, un ami à moi l'a passé, marmonné-je, ce qui est un mensonge éhonté.

Je ne connais personne ayant été en école de médecine, mis à part mon docteur. Mais je ne lui ai jamais demandé comment ça se passait. Bref.

— Je suis satisfaite de mon score, répond-elle en croisant les mains devant elle.

J'observe ses mains jointes et elle les déplace, les plaçant plutôt dans son dos. Elle porte un débardeur vert émeraude, un jean et des baskets blanches. Le même genre de vêtements qu'à Villroy. Elle aime le combo débardeur – jean, même si là-bas, elle ajoutait un pull. Mon regard se pose sur le creux entre ses clavicules, la courbe de son cou et sa mâchoire délicate.

Soudain, je réalise que je l'observe depuis trop longtemps, sans tenir ma part de la conversation.

— Bien. Tant mieux. Tu as faim ? On pourrait…

Je fais un geste vers la porte.

— Pas vraiment. J'ai déjeuné il y a quelques heures.

Je hoche la tête. *Logique. C'est l'après-midi.*

— Tu as besoin d'aide pour déballer tes affaires ?

Juste un aimable voisin.

Elle croise les bras, puis les décroise.

— Ce sont juste mes documents de recherche et mes carnets de notes. Je peux m'en occuper toute seule.

Je me frotte la nuque. *Pourquoi est-ce aussi dur ?* C'est juste une femme avec qui j'ai passé de bons moments en toute amitié. Une amie. La seule amie féminine que j'aie eue de ma vie.

— Bon, je suis juste à côté. Tu n'as qu'à venir frapper si tu as besoin de quelque chose.

— OK.

Elle s'avance vers la porte.

Je suppose que c'est le signe que je dois partir.

— À plus tard, lancé-je avant de sortir.

Je reste planté dans le couloir un instant, les pensées tourbillonnant dans ma tête. Ça n'aurait pas plus être plus embarrassant. Je dois trouver comment me comporter en voisin avec elle. Je n'ai pas envie de passer l'été à écouter le moindre son dans l'appartement d'à côté, à me demander ce qu'elle fait, où avec qui elle le fait.

Merde. Vais-je devoir l'écouter coucher avec des mecs ?

Je descends en trottinant, plus agité à chaque pas que je fais. Ça ne va *jamais* marcher. Je dois trouver une solution, et vite.

Je me demande si je pourrais emménager avec le Fauve. Non. Ce serait une solution de lâche. C'est chez moi. Et Chloé Travers ne m'obligera pas à partir. Peu importe que la situation soit embarrassante.

~

Chloé

Je m'avance vers la petite cuisine américaine, hébétée. Brendan Rourke. L'homme que j'espérais ne plus revoir en face à face avant un très long moment vit juste à côté. Je prends un verre d'une main tremblante et prends de l'eau à l'évier. C'était si embarrassant. Il a dû se souvenir de ce baiser non désiré. Je me sens si… mortifiée. Il doit sûrement se dire *merde, la femme qui en pince pour moi vit juste à côté. Je vais devoir esquiver ses avances tout l'été, maintenant.*

S'il savait. Après mûre réflexion, j'en suis venue à la conclusion que s'il était mon fantasme privilégié avec mon vibromasseur, Blaze, c'était parce que mon esprit avait imaginé une fin différente à cette soirée à Villroy. De la légitime défense pure et simple. Dans ma version fantasmée, il me rend mon baiser et m'attire dans sa chambre. De nombreux orgasmes s'ensuivent. *Merci, Blaze.*

Je pousse un brusque soupir. Personne ne doit jamais savoir ça, surtout pas mon nouveau voisin. Il est tout aussi facile de deviner pourquoi son visage n'arrête pas de me revenir en tête, avec ses yeux bleus saisissants, son sourire facile et sa fossette attirante. Il a constitué une touche de clarté durant une période vulnérable et solitaire de mes vacances. Mon autre théorie, c'est que quand je suis submergée de travail, comme je l'étais au semestre dernier, mon esprit repense à la dernière fois où je me suis amusée. Il était si drôle. Deux théories plausibles expliquant pourquoi je n'arrive pas à l'oublier. C'est logique, quand on étudie la situation de manière objective. Eh bien, je ne risque plus de l'oublier, maintenant ! Il est juste *à côté*.

Sara savait-elle qu'il vivait dans cet immeuble ?

Je lui envoie un message rapide pour lui faire savoir que je suis bien arrivée. Puis je lui pose la question pour Brendan.

Sara : *Brendan qui ?*

Elle ne savait pas. C'est juste à cause de notre lien familial avec Phillip, comme l'a suggéré Brendan.

Moi : *Brendan Rourke vit juste à côté.*

Sara : ...

Elle est sûrement en train de demander à Adrian. Il fait nuit, à Villroy, ce qui veut dire qu'ils sont tous deux en train de bosser au casino, dont ils sont copropriétaires et qu'ils dirigent.

J'apporte mon verre d'eau jusqu'au canapé et m'y laisse tomber lourdement.

Sara : *Adrian dit que c'est sûrement dû à notre connexion mutuelle avec Phillip. Cet immeuble appartient à un ami à lui. Mais c'est cool, hein ? Tu as pas mal traîné avec Brendan à Villroy, à Noël dernier. Vous vous êtes tout de suite bien entendus.*

Je ne lui ai jamais parlé de mes avances non sollicitées. C'était trop embarrassant.

Moi : *Oui, on a traîné ensemble.*

Sara : *Super ! Maintenant, je sais que tu ne passeras pas tout ton temps à travailler, au moins, cet été. Amuse-toi ! Dis-lui bonjour de la part d'Adrian. Je dois y aller. Je t'aime !*

J'envoie un rapide « je t'aime aussi » en réponse et pose mon téléphone sur la table basse. Je tourne les yeux vers le mur que je partage avec Brendan et l'adrénaline me submerge. Il est temps de se distraire un peu.

Quelques minutes plus tard, je suis plongé jusqu'aux genoux dans les papiers et les carnets de notes, occupée à déballer mes cartons. J'ai eu de la chance de me trouver un internat de huit semaines centré sur les dynamiques du génome du cancer, dans un centre contre le cancer affilié à l'université de New York et situé en ville. Je vais passer tout l'été à travailler. Je vais effectuer mes recherches, passer encore plus de temps à remplir des candidatures en école de médecine, et étudier pour prendre l'avance sur le semestre prochain. Sachant la charge de travail que j'ai, c'est toujours bien de prendre une longueur d'avance. Mon vibromasseur aura droit à beaucoup d'action, mais bon. Au moins, Blaze ne me distrait pas une fois qu'on a fini. Il a gagné son nom grâce à la manière effrénée dont il se précipite vers la ligne d'arrivée. En fait, je m'en servirai ce soir pour apaiser un peu la tension.

Me sentant un peu mieux, je m'organise un espace d'étude sur la longue table couverte de cadres photo. Je déplace les photos sur d'autres guéridons éparpillés dans le salon. J'accroche mes vêtements de boulot dans le placard de la chambre – quelques jupes et chemisiers que je pourrai assortir – et je place le reste de mes habits dans les deux tiroirs qui ont été vidés pour moi.

Une fois que j'ai terminé d'organiser mes affaires, je sors faire les courses, puis rejoins mon nouvel appartement. Il n'est pas très loin de l'endroit où j'ai grandi, je n'ai donc pas trop de mal à me repérer. Je range la nourriture, m'assois sur le canapé et tente de déterminer par quoi commencer. Devrais-je faire à dîner ? Examiner les publications du directeur de recherche sous les ordres de qui je vais travailler ? Ou me charger du problème de la porte d'à côté ?

Je dois crever l'abcès avec Brendan. Je vais tâter le terrain pour voir s'il se souvient de ce baiser, et si oui, je lui assurerai qu'il n'a aucune inquiétude à se faire. Je prétendrai peut-être que j'étais saoule. Non, je suis certaine de lui avoir dit que l'ivresse s'était dissipée, à la fin de la soirée. Pourquoi suis-je toujours aussi directe et honnête ? C'est une malédiction. Il est hors de question que je traîne avec lui cet été, et que je prenne le risque de laisser mes pulsions indésirables prendre à nouveau le dessus. Il est bien trop attirant pour que je me torture comme ça. Je dois juste cesser de m'inquiéter pour ça. D'accord ? *Prêt, feu, allons à côté !*

Je déambule dans la cuisine, retardant au maximum le moment de gérer le problème d'à côté. Il est bientôt l'heure de dîner. Je vais préparer des macaronis au fromage avec une salade. Je trouve une casserole, la remplis d'eau et la pose sur la plaque. Je soupire. *Ça ne me dit rien.* J'ai faim, mais je ne suis pas d'humeur à faire la cuisine. Je pourrais me faire livrer. Je reçois une bourse pour la durée de mon internat, et je n'ai pas d'autres dépenses à faire cet été. Sara paie mon loyer, affirmant que ça fait partie de mon éducation. Elle s'est occupée de moi toute sa vie, mais maintenant qu'elle a sa propre famille, je suis déterminée à payer l'école de médecine, même si ça signifie prendre un prêt étudiant. Elle a Henry, maintenant, et doit investir dans son éducation.

Je fais les cent pas dans l'appartement, rassemblant mon courage pour affronter le voisin d'à côté. C'est juste un type ordinaire. Pas la peine d'en faire toute une histoire.

Je vais aller me balader.

À mi-chemin de la porte, j'entends un son dans le couloir et me fige, mon cœur se mettant à battre plus fort. Est-ce Brendan ? Je ne peux pas sortir maintenant. Je donnerai l'impression de faire exprès de tomber sur lui.

Je me passe les deux mains dans les cheveux et ferme les yeux. C'est ridicule. *Arrête de faire ta trouillarde.*

Un coup frappé à la porte me fait sursauter. C'est lui ? C'est forcément quelqu'un qui vit dans l'immeuble. Autrement, il aurait dû sonner à l'interphone pour qu'on lui ouvre la porte du bas. Il a peut-être eu la même idée que moi, et veut éclaircir la situation. Le niveau de gêne crevait le plafond, tout à l'heure. Il l'a forcément remarqué.

Je me dirige vers la porte et jette un œil dans l'œilleton.

C'est lui.

J'ouvre la porte.

— Salut.

C'est tout ce que je trouve à dire.

Brendan s'appuie contre l'encadrement et croise les bras, son T-shirt bleu moulant ses biceps. Ses avant-bras sont dessinés et musclés. Il porte un jean délavé. J'adore l'effet que fait un jean sur les fesses d'un homme. Oui, mon désir pour lui est toujours bien présent. C'est tellement embarrassant.

Je croise son regard bleu ciel, qui pétille d'un air malicieux. Une pointe de sourire joue sur ses lèvres révélant sa fossette à peine visible sous sa courte barbe. Il est exactement comme dans mes souvenirs.

— Coucou, dit-il.

— Coucou.

Jusqu'ici, tout va bien.

Je prends une grande inspiration.

— Bon, dis-je.

— Je me disais… commence-t-il en même temps que moi.

— Toi d'abord, disons-nous en même temps.

Je ris un peu.

— C'est bizarre, hein ? Je te jure que je ne savais pas que tu vivais ici, assuré-je en levant les paumes. La situation n'a pas à être aussi embarrassante. Je suis tout à fait capable de rester dans mon coin. Tu ne sauras même pas que je suis là.

Il se redresse.

— Tu n'as pas besoin de te cacher.

Je mordille ma lèvre inférieure, hésitant à aborder le sujet du baiser et à lui assurer que je ne recommencerai jamais. Il a peut-être oublié ?

Un silence embarrassant s'installe entre nous.

Il jette un œil par-dessus mon épaule et y regarde à deux fois.

— Qu'est-ce que c'est que ça ?

Je tourne la tête.

— C'est mon espace d'étude.

Il reste bouche bée.

— Qu'est-ce que c'est que ce truc affreux au visage ridé et aux cheveux bleus hirsutes ?

J'éclate de rire.

— C'est ma poupée troll. Elles portent bonheur. Je l'emmène partout avec moi.

Un sourire joue sur ses lèvres.

— Une poupée troll, hein ? Comment elle s'appelle ?

— Badableu.

Son sourire s'élargit, illuminant tout son visage.

— Parce qu'on dirait que ses cheveux ont fait badaboum, devine-t-il, écarquillant les yeux et ébouriffant ses cheveux avec ses doigts.

Je rougis.

— Oui, et j'ai trouvé que c'était une manière sympa d'intégrer le bleu de ses cheveux dans son nom.

Il m'étudie un instant, puis demande :

— Toi et Badableu êtes prêts à passer l'été à étudier, la fêtarde ?

Je me raidis. Il m'a surnommée la fêtarde plusieurs fois, lors de cette soirée au bar, à Villroy, ce qui veut dire qu'il se souvient de l'incident que je tente désespérément d'oublier. Ma tentative de séduction ratée. Je dois affronter ça de manière mature et responsable. Ensuite, on pourra passer à autre chose.

Je fais un geste vague derrière moi.

— Oui, c'est mon style habituel, en plus du boulot au laboratoire, bien sûr. Cette dernière soirée à Villroy a un peu dérapé. Je ne bois jamais. Je n'étais pas du tout moi-même.

Il baisse les yeux vers ma clavicule.

— Je me souviens.

— Oui. Ah ah. Une soirée dingue ! Bref, je suis repassée en mode études.

Il lève les yeux, ses pupilles plus bleues que bleues me faisant cesser de respirer. J'aimerais tellement ne pas être attirée par lui. J'espère qu'il ne s'en rend pas compte.

— Je vais te laisser tranquille, dit-il en levant la main en guise de salut.

Je me souviens un peu tard qu'il s'apprêtait à dire quelque chose, avant que je me mette à lui débiter de ne pas s'inquiéter pour la femme concupiscente qui vit à côté de chez lui.

— Qu'est-ce que tu voulais me dire, tout à l'heure ? Je t'ai coupé. Quand tu es arrivé, tu as dit « je me disais », et puis je t'ai interrompu.

Il remue la mâchoire un instant avant de répondre :

— Rien.

— Mais tu es venu pour une raison, non ?

Il pince les lèvres et secoue la tête.

— À plus tard, marmonne-t-il.

Puis il se retourne et s'en va.

Je croise les bras. C'était bizarre. Et je ne crois pas que ça ne venait que de moi. Qu'est-ce qu'il se passe dans sa tête ?

7

Brendan

Je retourne dans mon appartement, allume la télé et m'écroule sur le canapé. C'était bizarre. Je voulais éclaircir les choses pour que ça ne soit pas gênant à chaque fois qu'on tomberait l'un sur l'autre. Je comptais lui dire que je serais super occupé cet été, mais qu'elle pouvait me le faire savoir si elle avait besoin de quoi que ce soit. Je me comporte en bon voisin, sans être trop amical. J'avais besoin d'établir certaines bases pour qu'elle ne s'attende pas à ce qu'on traîne ensemble comme on l'a fait à Villroy. Je n'arriverai jamais à me la sortir de la tête, si je passe les huit semaines suivantes avec elle. Ce serait presque comme si je vivais avec elle.

Bref, j'ai l'impression que c'est elle, qui va être super occupée, entre le travail et ses études avec Badableu. J'esquisse un rictus. Je ne m'attendais pas à ce qu'elle ait une poupée, encore moins une aussi affreuse. Elle trouve sûrement ça mignon. Qu'est-ce qu'elle aime d'autre ?

J'éteins la télé, dégoûté d'avoir perdu mon temps à penser à la femme à qui je me suis juré de ne plus penser, et je sors de l'appartement. J'envoie un message au Fauve pour savoir s'il est chez lui. On pourrait peut-être récupérer dîner ensemble.

Secrètement, j'espère qu'il fera la cuisine. Mon petit frère est presque un chef cuisinier tant il est talentueux, et les bons petits plats qu'il préparait quand il vivait avec moi me manquent. OK, il n'est plus si petit et il n'a que deux ans de moins que moi, mais je suis obligé de lui casser un peu les pieds. C'est ce qu'on fait. Ce mec est capable de préparer des plats délicieux. Du chili, des enchiladas, des tortellinis faits maison avec de la sauce à la crème, de la paella, du steak avec de la purée de pommes de terre. Je ne sais pas où il a appris à cuisiner comme ça. Il dit qu'il a juste récupéré des recettes en ligne et qu'il a commencé à se faire une idée de comment ça marchait. Je parie qu'il a pris des cours de cuisine. Vous devriez le voir avec un couteau – coupe, coupe, coupe – comme un grand chef.

Je sors et regarde sa réponse. *Passe me rejoindre.*

Une demi-heure plus tard, je monte les marches de l'im-meuble du coin de la rue dans le quartier de Park Slope et sonne à la porte. C'est l'appartement de mon frère Sean et de sa femme, Josie. Le Fauve garde leur maison. Il ouvre la porte, vêtu d'un tablier rouge par-dessus un T-shirt gris et un jean.

— Excellent timing. Je suis en train de préparer des enchiladas.

L'eau me monte à la bouche.

— Génial.

Je le suis jusqu'à la cuisine, où se trouve un grand îlot central avec des tabourets pivotants dont le dos est décoré de gravures en fer compliquées. Cet endroit est si cool. Je sais que Sean s'est occupé de la majeure partie des rénovations lui-même, mais c'est Josie qui a décoré. Elle gagne beaucoup d'argent, maintenant, et a plusieurs films à son actif. Pas éton-nant que le Fauve ait accepté de garder leur maison. La cuisine contient un équipement dernier cri, contrairement à celle de chez nous.

Il ouvre le frigo et sort une bière pour moi, qu'il ouvre avant de me la tendre.

— Merci.

— Pas de souci.

Il boit une gorgée de sa bière et se tourne à nouveau vers la gazinière pour remuer quelque chose.

J'observe ses épaules massives.

— Tu soulèves encore des poids ?

Il a dû laisser ses haltères chez nous.

Il me regarde par-dessus son épaule.

— Oui, Sean a des poids au sous-sol.

— Le Faaauuve, lancé-je en mettant les mains en coupe devant ma bouche.

— Oui, ouais. Reproche-moi d'aimer être en bonne forme physique si tu veux.

J'envisage de lui parler de ma nouvelle voisine. Il la connaît après l'avoir rencontrée à Villroy, mais qu'est-ce que je pourrais dire ? La jolie rouquine vit dans l'appartement d'à côté et on est amis, mais pas vraiment ? Il voudra savoir pourquoi je ne tente rien, puisque j'ai parlé d'elle comme si j'étais intéressé, par le passé. Comment expliquer qu'une aventure sans lendemain est impossible, compte tenu de la connexion entre nos familles, et que je ne peux pas risquer de foutre en l'air notre relation ? Je ne suis même pas sûr de savoir comment être en couple. Je ne l'ai jamais été. Et comment oublier son ex psychopathe assassin ? Je suis sûr que je le reverrai durant ma prochaine visite à Villroy. Peut-être même que Chloé sera dans le coin aussi. On en revient toujours au problème du lien entre nos familles.

Je n'aborderai pas le sujet.

Je bois une gorgée de ma bière.

— Qu'est-ce que tu fais ce soir ?

— Je rejoins les gars au bar un peu plus tard pour jouer au billard.

Il éteint la plaque et sort un long plat de cuisson d'un placard sous l'îlot.

— Le week-end prochain, on va à un festival de musique dans le Delaware, les gars et moi.

Il adore faire la tournée des festivals de musique. Il y rencontre toujours une tonne de femmes, en plus.

— Cool.

Je pourrais me joindre à lui pour la soirée billard. Je connais ses amis, mais je ne suis pas d'humeur à aller au bar. Je suis ami avec quelques-uns des gars de notre équipe, et en général, on rejoint des soirées clandestines en villes – certaines partent pas mal en vrille – mais ça ne me dit rien non plus.

Mais bon, je ne vais pas rester tout seul chez moi alors qu'*elle* est juste à côté, en train d'étudier comme une dingue. Je parie qu'elle passe toutes ses soirées à la maison à étudier, ce qui veut dire que *je* vais devoir sortir tous les soirs. Je suis épuisé rien que d'y penser. Parfois, on a juste envie de rester assis chez soi avec une bière et de regarder un match à la télé.

— Devine qui a emménagé à côté de chez nous, lancé-je plus fort que je n'en avais l'intention.

Il arrête de disposer les enchiladas dans le plat pour me dévisager.

— Mallory ?

Mon ex qui a pleuré toutes les larmes de son corps quand notre *je ne sais quoi* de trois semaines a pris fin. Je croyais qu'il ne s'agissait que d'une aventure sans prise de tête. Elle croyait qu'on était en couple. Un cauchemar.

— Non, dis-je. Bon sang, ce serait l'enfer. À la limite du harcèlement.

— Tu as l'air agité. C'est la seule femme que tu as jamais mentionnée et qui a paru te laisser une forte impression.

— Oui, parce qu'elle m'a jeté un talon aiguille en pleine tête.

Il lâche un petit rire et se retourne pour recouvrir les enchiladas des ingrédients alignés sur le comptoir.

— Et puis, comment tu sais que c'est une femme, qui a emménagé à côté ?

Il ne prend pas la peine de se retourner.

— Si c'était un homme, tu me l'aurais déjà dit. Au lieu de ça, tu tournes autour du pot.

Il me regarde par-dessus son épaule avec un sourire entendu.

Il est du genre perspicace. C'est si agaçant.

— OK, très bien. C'est la belle-sœur d'Adrian.

Il ne répond pas et reste concentré sur sa tâche.

— La rouquine de Villroy.

— Hum hum.

J'agite une main en l'air.

— Elle vient d'emménager à côté. Maintenant, elle va passer tout son temps à étudier juste à côté de moi.

J'incline ma bouteille, avale une bonne gorgée et la repose sur le comptoir.

— L'immeuble appartient à un ami de Phillip, et cette connexion entre nos familles nous a rendus voisins. Phillip ne nous a même pas prévenus. Je devrais lui passer un coup de fil.

— Hum hum.

— Je veux dire, c'est pas normal. On est cousins. C'était si dur que ça, d'envoyer un message du genre : *devinez quoi, Chloé Travers emménage à côté pour l'été*. Sérieux !

Silence.

Je le regarde terminer son plat et le faire glisser dans le four. Il lance le chronomètre, se retourne et croise les bras, me lançant un autre regard entendu.

— Quoi ? demandé-je, déjà sur la défensive.

— Phillip pense-t-il que Chloé est quelqu'un de louche ? Une criminelle potentielle ?

Je tords les lèvres.

— Non.

Il me taquine, mais j'ai compris. Pourquoi Phillip penserait-il que ça poserait le moindre problème, de rendre service à un autre membre de la famille ? Il connaît sûrement mieux Chloé que moi ou mes frères.

— Mais quand même, ça aurait été sympa d'être prévenus.

— Quel est le problème ? Tu es agité parce que ta voisine étudie beaucoup ?

Je secoue la main dans le vide.

— J'avais le droit d'être prévenu. C'est tout ce que je dis.

Il incline la tête.

— Elle t'a repoussé, c'est ça ?

— Non. On est amis.

Il sourit.

— C'est ça. Parce que tu as des amies femmes, maintenant.

— Va te faire foutre. Je pourrais avoir des amies femmes, si j'en avais envie.

Il dissimule un sourire derrière sa bière et en boit une gorgée.

— Content de savoir que tu évolues.

Je pointe le doigt vers lui.

— Tu sais, si tu n'étais pas en train de préparer des enchiladas, je me tirerais d'ici.

Il s'avance vers le tabouret face au mien, le tire et s'y assoit.

— Parle-moi de la rouquine.

— Elle est blonde, maintenant.

— Premier coup dur.

— Non, ça… lui va bien.

C'est angélique. Je fronce les sourcils en songeant à un autre problème.

— Sa chambre est attenante à la mienne.

— Et ?

— Je vais l'entendre quand elle sera avec d'autres types !

— Et c'est un problème parce que…

Je lui lance un regard noir.

— Hum… les amis ne laissent pas leurs amis coucher avec d'autres hommes ? suggère-t-il.

Je lui donne une tape dans l'épaule.

— La ferme.

— OK, tu as la permission de prendre ma chambre en attendant mon retour, ce qui devrait être vers la mi-juillet, d'après Sean et Josie. Problème résolu.

— Ce n'est pas seulement ça.

— Alors quoi, Roméo ?

J'ouvre la bouche, puis la referme, à court de mots. Je ne sais pas où j'en suis, la concernant. Tout ce que je sais, c'est que je passe beaucoup trop de temps à penser à elle.

— Bren.

— Quoi ? demandé-je en me tournant vers lui.

— Contente-toi de l'inviter à sortir.

— C'est compliqué.

Je bois une longue gorgée de bière froide. Je dois garder Chloé à distance. Il y a trop de retombées potentielles. Mais comment faire ça quand elle est si proche ?

Il me dévisage un instant, et je m'efforce de conserver un visage impassible.

— Tu as couché avec elle, c'est ça ? finit-il par demander. À Villroy.

Il se renfonce sur son siège et croise les bras sur son torse massif.

— Je vois où est le problème. Tu te retrouves avec une fille à qui tu pensais avoir dit adieu, et qui vit désormais juste à côté de chez toi, ce qui rend la situation très gênante. Tu n'as pas envie qu'elle se rapproche trop, parce qu'elle risquerait de se faire des idées et de penser qu'il y a quelque chose entre vous.

— Il ne s'est rien passé à Villroy. Je te l'ai dit, on est juste amis.

Il boit une gorgée de sa bière.

— Alors ça ne te dérange pas si je passe l'inviter à sortir ?

— Si !

Il sourit et se penche en avant.

— Grillé.

Je me renfrogne.

— C'est pas drôle.

Il lâche un petit rire.

— Si, un peu.

Et ne prononce pas un mot de plus. Ce n'est pas nécessaire. Il sait que j'en pince pour Chloé, et moi aussi. Elle est la première femme que j'ai *vraiment* écoutée, et avec qui j'ai apprécié de discuter. J'éprouve cette drôle d'envie de la rendre heureuse, rien que pour la voir sourire. Cette envie est même plus forte que mes pulsions charnelles, et ce n'est pas comme ça que je fonctionne, d'habitude. Le fait est que je tiens assez à elle pour ne pas me mettre sur son chemin. Elle a besoin de rester concentrée sur ses études. Elle fera de grandes choses dans sa vie. Je ne serais qu'une distraction.

Et n'est-ce pas la raison la plus importante pour garder mes distances ? Au-delà de notre connexion familiale, de son ex et de la quasi-certitude que je ferais tout foirer, si on se mettait en couple – je ne ferai jamais rien de bien de ma vie, contrairement à elle. Elle m'a indiqué clairement qu'elle avait encore un long chemin devant elle, et pas de place pour une relation. C'est pour ça qu'elle a refusé la demande de son ex. Chloé est en mission. Et mon boulot, s'est de me mettre de côté, de libérer la voie pour lui permettre de continuer sa quête héroïque.

La seule solution logique face à la tentation qu'elle représente en tant que voisine, c'est de sortir autant que possible. De ne jamais être chez moi. Je suis fatigué rien que d'y penser, mais c'est la meilleure chose à faire.

Chloé

On est vendredi soir et j'essaie de me détendre après une première semaine de stage épuisante. Évidemment, je suis heureuse de prendre part aux recherches dans une structure aussi moderne. Par contre, le chercheur en chef, le docteur Ruhan, ne me connaît pas bien et me fait effectuer le boulot le plus abrutissant qui soit. Je sais qu'on doit commencer tout en bas, que tout le monde dans l'équipe a un rôle important, et *bla, bla, bla*. Mais j'effectuais des tâches plus avancées au lycée. Lundi, j'espère trouver un moment pour lui rappeler mes accréditations de recherche. J'ai déjà été publiée en tant que co-auteure avec des professeurs, dans deux journaux médicaux.

Je pose mon bol de ramen vide sur la table basse et zappe de chaîne en chaîne. Puis j'abandonne et éteins la télé. J'entends des pas dans le couloir et tends l'oreille. Est-ce Brendan. Il n'a pas l'air d'être souvent chez lui. Je suis là tous les soirs après le boulot, et je n'entends jamais rien à côté. Je pense qu'il sort tous les soirs. Ce n'est pas comme si c'étaient mes affaires.

Je vais lire. Un tas de recherches sont sorties du centre contre le cancer où je travaille, et que je n'ai pas encore lues. Je prends mon ordinateur portable et un verre d'eau, puis me blottis sur le canapé pour me plonger dans la science. Trois articles plus tard, je suis encore plus tendue que quand je suis rentrée. Peut-être qu'un peu de musique me ferait du bien ? Ou bien je pourrais récupérer Blaze pour apaiser la tension avec un bon gros orgasme. En voilà, un bon plan.

Je rejoins la chambre, verrouille la porte même si je suis toute seule, retire mon jean et ma culotte et grimpe sur le lit. Je me sens déjà plus détendue. Je sors Blaze de la table de chevet et le laisse opérer sa magie. *Aaaah, ouais, ça fait du bien.* Je ferme les yeux et laisse le plaisir tournoyer en moi. Des yeux bleu ciel scintillent dans mon esprit et j'ouvre vivement les paupières, alarmée. Brendan ne doit pas continuer à faire partie de mes fantasmes. Il vit juste à côté ! J'essaie d'oublier son existence ! À qui d'autre puis-je penser ? Je fouille dans mon inventaire mental et m'arrête sur ce type arrogant dans *Fast and Furious.*

Aaah... c'est beaucoup mieux. Je referme les yeux et me laisse aller contre le matelas. Un sourire sexy à fossette apparaît dans ma tête. *Suivant !* Une silhouette masculine appuyée contre l'encadrement de ma porte, bras croisés, biceps saillants. OK, OK. Il faut se rendre à l'évidence. Je n'ai plus couché avec un homme depuis longtemps. C'est la seule raison pour laquelle mes pensées n'arrêtent pas de se tourner vers Brendan, le dernier homme avec qui j'ai passé du temps. Je n'ai pas besoin d'un homme. C'est pour ça que j'ai Blaze.

Je vais juste garder les yeux ouverts et me concentrer sur Blaze. Une invention merveilleuse pour les femmes indépendantes. Revenons-en à nos affaires. C'est du sérieux. Je regarde le plafond, refusant de penser à *lui,* attendant que le plaisir revienne. À ce rythme, je vais finir par user les piles. *Oh. OK. Ça arrive.*

Oui. Oui. Oui. Plus vite, plus vite. Je dois semer les souvenirs. Plus de puissance, Blaze !

Je pousse un cri rauque quand l'orgasme me transperce. Haletante, je reviens peu à peu à la réalité, ralentissant la puissance des vibrations jusqu'à les désactiver.

Un coup brusque frappé à la porte me fait sursauter. Je me sépare de mon fidèle petit ami et saute du lit, avant de m'habiller en vitesse. Ma culotte est humide, mais je ne peux rien y faire. Avec un peu de chance, je ne ressemble pas trop à une femme qui vient de prendre son pied.

Nouveau coup à la porte.

Ce doit être un voisin. *Est-ce que c'est lui ?*

Qu'est-ce que je fais ? Si c'est lui, je ne peux pas ouvrir la porte juste après avoir eu un orgasme. Je dirai que j'avais des écouteurs dans les oreilles et que je n'ai pas entendu ses coups. La curiosité a raison de moi. Je m'approche sur la pointe des pieds et regarde dans l'œilleton.

Brendan.

Je m'empresse de reculer et cogne ma cheville nue dans le bout pointu de la table basse en bois. Je pousse un cri de douleur et manque de perdre l'équilibre, mais parviens à rester debout.

— Chloé, tu vas bien ? lance-t-il depuis l'autre côté de la porte.

Il a l'air inquiet.

Je grimace. *Je suis obligée d'ouvrir, maintenant.*

— Oui, dis-je. Une petite minute.

Je lisse mes cheveux, prends une grande inspiration et ouvre la porte.

— Eh, comment ça va ?

Brendan regarde aussitôt par-dessus mon épaule.

— Qu'est-ce qui s'est passé ?

— Rien. Je me suis cogné la cheville sur la table basse.

Je lève ma cheville derrière moi, y jette un œil et la laisse rapidement retomber. L'égratignure a laissé un petit filet de sang. Ce genre d'entailles superficielles fait toujours un mal de chien. Sûrement l'effet de toutes ces terminaisons nerveuses qui protestent.

Il regarde par-dessus mon épaule.

— Ça te dérange, si j'entre ?

— Pas du tout.

Il entre dans l'appartement, ses cheveux bruns humides comme s'il sortait de la douche. Il sent le savon et ce parfum boisé qui fait presque rouler mes yeux dans mes orbites. Un T-shirt blanc ajusté, un jean délavé, des baskets. *Essaie-t-il de me tenter ? Parce que je n'ai rien contre une soirée à multiples orgasmes. C'est mal. Si mal.*

Il s'avance dans la cuisine et jette un œil dans le petit couloir, vers ma chambre. *Merde.* Il m'a entendue, tout à l'heure ? Il cherche un homme ? C'était juste une initiative solitaire ! Ce n'est pas mieux pour autant, si ?

Joue-la détendue. Peut-être qu'il ne sait pas. Il est peut-être juste curieux de connaître la disposition de mon appartement comparé au sien.

— Tu as besoin de quelque chose ? demandé-je d'un ton décontracté.

Il se fige, puis parcourt la cuisine des yeux, avant de faire un geste vers le frigo.

— Je me demandais juste si tu avais le même vieux frigo que moi. Je comptais suggérer une mise à niveau au propriétaire.

Il plaque les mains sur les hanches et regarde mon frigo.

Je remue d'un pied sur l'autre, mal à l'aise.

— Euh, d'accord. Ce serait sympa d'en avoir un nouveau.

Il se tourne lentement vers moi.

— Oui, lâche-t-il en se frottant la nuque. Donc…

Il sort de la cuisine, sourcils froncés.

Je l'observe, m'attendant à ce qu'il passe la porte, mais il s'arrête soudain et se tourne vers moi. Un sourire joue sur ses lèvres.

— Tu étais en train de, euh, faire du sport ? Tes joues et ton cou sont rouges.

— Oui ! J'aime faire un peu de sport après le boulot. Ah. Après l'effort, encore plus d'efforts. Je suis une travailleuse acharnée. C'est comme ça que je me suis cogné la cheville.

Je me félicite pour cette explication parfaitement raisonnable. Je la joue *tout à fait* détendue.

— Tu es sûre que ça va ?

Il réduit la distance et pose la paume de sa main sur mon front. Ses sourcils se haussent au-dessus de ses yeux bleus pétillants.

— Chloé, tu es brûlante.

C'est sans espoir. Un mélange détonant de chaleur post-orgasme, de désir brut et d'embarras. Malgré ça, je m'obstine à nier.

— C'est juste l'épuisement. Je dansais.

Il incline la tête.

— Il n'y a pas de musique et lors de cette soirée au bar de Villroy, tu m'as dit que tu ne savais pas danser.

Super ! Parle de cette soirée. Est-ce qu'on peut encore empiler d'autres raisons d'être embarrassée au-dessus de tout ça ?

Je fais un geste désinvolte de la main tout en m'efforçant de trouver une explication plausible.

— C'était de la danse interprétative. Je n'ai pas besoin de musique. Ce n'est pas officiellement reconnu comme une forme de danse par la, euh, culture de la danse. Alors d'après des gens bien plus experts en la matière que moi, je ne *danse* pas, techniquement.

Il croise les bras, une lueur amusée dansant dans ses yeux.

— Hum hum. Qu'est-ce que tu faisais vraiment ?

Je tente un pas de danse interprétative – tendant les poings devant moi avant de les ramener vers moi plusieurs fois.

— C'est une danse de la victoire pour célébrer le week-end. Ma colocataire et moi faisions toujours ça pour célébrer le vendredi soir.

Il étire les lèvres en un sourire sexy.

— Je dois absolument rencontrer cette colocataire.

— Elle est rentrée au Texas pour l'été. Il n'y a plus que moi. Alors, quoi de neuf ?

Je rebondis presque d'un pied sur l'autre. Je suis rendue fiévreuse à cause de mes efforts récents et de sa simple présence, avec ce sourire sexy. Même si je n'ai pas l'intention de lui sauter dessus. J'ai déjà fait ça, et j'en garderai le souvenir gênant toute ma vie.

Il se rapproche et mon pouls accélère.

— Qu'est-ce que tu fais demain soir, la fêtarde ?

— Je ne sais pas. Et toi, qu'est-ce que tu fais ?

Il m'adresse un sourire qui me fait cesser de respirer.

— On va *essayer* de préparer des tortellinis faits maison. Le Fauve m'en a déjà fait. C'est les meilleures que j'aie jamais goûtées, et puisqu'aucun de nous n'est très doué en cuisine, je me suis dit qu'on pourrait essayer de s'en sortir ensemble.

On a parlé de notre niveau médiocre en cuisine, à Villroy. On a parlé de beaucoup de choses, durant cette soirée au bar. Pourquoi a-t-il fallu que je gâche tout en l'embrassant ? J'ai une autre chance de développer une vraie amitié, et je ne peux pas la foutre en l'air. Je n'ai pas beaucoup d'amis proches, il n'y a que Sara et ma colocataire, Lindsey.

Je souris.

— D'accord. Envoie-moi un message pour me dire l'heure.

Je lui donne mon numéro et il m'envoie un SMS pour que j'aie le sien.

Il jette un œil à ma cuisine.

— Ta cuisine est moins grande que la mienne. On ira chez moi. J'irai chercher les ingrédients. Préparer la pâte, l'étaler et tout ça prend du temps. Ça ne te dérange pas de t'engager là-dedans pendant plusieurs heures ? Je sais que tu as beaucoup de choses à faire entrer dans ta petite tête de génie…

— Je peux le faire.

Il m'adresse un sourire chaleureux qui fait s'envoler des papillons dans mon estomac.

— Cool.

Nous restons plantés là à nous observer pendant un long moment. Ses yeux ont quelque chose d'hypnotique, tandis qu'ils passent de chaleureux à brûlants, puis à consumant. *Attendez, quoi ?* Ma gorge devient sèche. Mon attirance n'est donc pas à sens unique ?

Il cligne des paupières, fait un geste vers la porte et recule d'un pas.

— On se voit demain.

— On pourrait regarder un film, si tu veux qu'on passe du temps ensemble.

— Je sors, mais merci.

Je me frotte le cou.

— Oh. D'accord. Amuse-toi bien.

Je ne m'attends pas à ce qu'il m'invite à me joindre à lui. Il compte sûrement aller draguer des femmes dans un bar. Ce ne sont pas mes oignons.

Il s'avance vers la porte et s'arrête, une main sur la poignée.

— Tu savais que nos chambres étaient attenantes ?

— Non, dis-je lentement, une vérité indéniable se révélant à moi.

Oh mon Dieu.

Il sourit.

— Tu le sais, maintenant.

8

Brendan

Je fais la queue au supermarché avec les ingrédients pour les tortellinis de samedi, et je me surprends à sourire à l'idée de revoir Chloé plus tard dans l'après-midi. C'est ridicule. La seule raison pour laquelle j'attends ça avec impatience, c'est parce que je n'arrête pas de me demander ce qu'elle fait, à côté. Hier, j'ai entendu son cri d'orgasme en sortant de la douche et, ouais, j'ai eu un accès de jalousie. Je suis allé frapper à côté pour savoir avec qui elle était. Il s'avère qu'elle était seule. Au début, je me suis senti gêné. Soulagé, mais gêné. Eh, c'est pas comme si j'avais *envie* d'entendre ce que j'ai entendu. Elle était si rouge d'embarras que je n'ai pas pu m'empêcher de la taquiner. Ses excuses étaient hilarantes et adorables. C'est à ce moment-là que j'ai décidé que ça ne ferait pas de mal de passer un peu de temps avec elle en tant qu'ami.

J'avance dans la file et elle apparaît à nouveau dans ma tête – ses doux cheveux blonds, ses yeux verts saisissants, son corps mince et tout en courbes, ses éternels débardeurs et jeans. Parfois, elle enfile un pull par-dessus le débardeur, et parfois non. Je passe beaucoup trop de temps à me figurer la ligne délicate de sa clavicule. La moue au sommet de sa lèvre, la lèvre inférieure plus pleine.

Je lui envoie un message pour lui faire savoir que je suis sur le chemin du retour avec les ingrédients pour les tortellinis. C'est presque comme si on habitait ensemble. *Merde.* Soudain, j'ai envie de revenir en arrière. Tout ça a l'air bien trop conjugal.

Chloé : *Ton courrier s'est retrouvé dans ma boîte aux lettres par accident. Je suis passée par chez toi ce matin, mais tu n'étais pas là. Je l'ai glissé sous ta porte. Tu étais parti pour un peu d'exercice matinal ?*

Moi : *Ah, non. Je ne suis pas rentré hier soir.*

Chloé : *On dirait que la nuit a été effrénée.*

Je réfléchis à une réponse évasive. Ce n'est pas la première fois que j'échange des messages avec une femme. Elle est curieuse de savoir ce que j'ai fait hier soir ; autrement, elle aurait juste dit « OK » ou bien elle m'aurait envoyé l'une de ces émoticônes girly. Elle se demande peut-être si j'ai couché avec quelqu'un. Ça la dérangerait, si c'était le cas ? Le fait est que je ne reste plus jamais pour la nuit après une aventure. Ça ne vaut pas la peine de donner de faux espoirs aux femmes, qui risquent de s'imaginer que je cherche quelque chose de plus. Hier soir, je suis allé faire la fête avant de dormir sur le canapé d'un ami, qui a la chance de sous-louer un appartement locatif en ville. Mais Chloé n'a pas besoin de savoir tout ça.

Moi : *Pas autant que la tienne, j'en suis sûr, la fêtarde.*

Pas de réponse.

Je regarde mon téléphone d'un air renfrogné, plus agacé que je ne le devrais pas son absence de réponse. Je dois arrêter de me prendre autant la tête avec elle. La voie de Chloé, aussi noble soit-elle, ne croisera jamais la mienne. Elle pourrait finir par se retrouver en Californie, pour ce que j'en sais, avec l'école de médecine et ce qui viendra ensuite. Je suis ancré ici, avec l'entreprise de construction de ma famille. Une raison de plus de ne pas m'empêtrer avec elle.

C'est alors que je vois trois petits points apparaître sur mon écran de téléphone. Mon pouls accélère.

Chloé : *C'est bizarre, mais je suis impatiente de faire la cuisine.*

Je souris et lui réponds : *moi aussi.*

Je ne dépasse aucune limite. Mais il se peut que je m'en approche de plus en plus.

~

Chloé

— Tu as déjà cassé un œuf ? l'interrogé-je en riant.

Brendan est encore pire que moi, en cuisine.

— Eh, on ne juge pas, rétorque-t-il en récupérant la moitié de coquille tombée au milieu de son creuset de farine. On prépare de la pâte maison pour les tortellinis, ce qui veut dire qu'on doit faire un trou au milieu de la farine et y mettre les œufs avant de tout mélanger. Ma pâte est parfaite. C'est comme une expérience de chimie – on utilise les bonnes proportions dans le bon ordre, et on obtient le résultat prévu. J'attends qu'il ait terminé de casser ses œufs avant de passer à l'étape suivante. On suit la vidéo de cuisine sur son ordinateur.

Son creuset de farine s'effondre d'un côté pendant qu'il tente de retirer la coquille avec ses gros doigts. Je replace rapidement la farine comme il faut et lui donne un coup de hanche.

— Pousse-toi. Laisse faire l'experte. Ça demande la précision d'une chimiste expérimentée.

Il fait un rapide pas en arrière et réapparaît de l'autre côté de moi.

— De quoi tu parles ? Ma pâte est parfaite.

Il indique du doigt le creuset de farine que j'ai créé comme si c'était le sien.

Je secoue la tête en souriant, récupère la grosse coquille

avec prudence, puis empile les plus petits morceaux par-dessus.

— Tu as deux rouleaux à pâtisserie ?

— Euh… hésite-t-il en tordant le coin de sa lèvre. Je crois que j'ai oublié cette histoire de rouleau à pâtisserie.

— Je vais retourner chez moi pour voir si tes voisins en ont laissé un.

Je me lave les mains, les sèche et me dirige vers l'apparte-ment voisin d'un pas léger. Ma morne journée s'est ensoleillée dès que j'ai rejoint Brendan. C'est si agréable, de faire la cuisine chez lui pendant que du rock s'élève en arrière-plan. Il est si drôle et divertissant. J'essaie de ne pas trop songer au fait qu'il ne soit pas rentré chez lui hier soir. Il s'est montré assez cachottier à ce sujet, et je suis sûre que ça veut dire qu'il a passé la nuit avec une femme. Je ne *peux pas* laisser ça me déranger. De toute évidence, il préfère satisfaire ses besoins physiques ailleurs. Je ne suis que sa voisine et son amie.

Une fois de retour chez moi, je fouille dans les placards et trouve un rouleau à pâtisserie en bois. Un seul. Je suppose que la plupart des gens n'en ont qu'un. Pas grave.

Je reviens chez Brendan et le lève au-dessus de ma tête.

— Ta-da !

Il sourit et met les mains en coupe devant sa bouche pour s'exclamer :

— Victoire !

Je ris et le lui apporte.

— On peut l'utiliser chacun notre tour.

— J'ai cherché des substituts. On peut aussi utiliser une bouteille en verre.

Il lève une bouteille de vodka vide et ajoute :

— Je vais faire rouler ça, toi, sers-toi du rouleau à pâtisserie.

Je l'examine. S'est-il saoulé durant mes quelques minutes d'absence ? Je sens clairement l'odeur de l'alcool dans l'air.

— Tu n'as pas terminé cette bouteille de vodka, hein ?

Il se met à tituber de manière comique.

— Qu'ess qui t'fais dire ça ? demande-t-il en prenant une voix pâteuse.

Il se cogne contre moi, me projetant contre le comptoir, et tend le bras pour amortir le choc contre mon dos au dernier moment. Ma respiration se coince dans ma gorge et une chaleur se déploie dans tout mon corps à cette proximité soudaine avec l'homme sur qui j'essaie désespérément de cesser de baver. De près, je vois qu'il a le regard vif. Il n'est pas ivre.

— Désolé, dit-il en s'écartant de moi. J'avais oublié à quel point tu étais légère.

Je lisse mes cheveux, troublée.

— Je suis soulagée que tu sois sobre, parce que c'est toujours plus difficile de travailler avec quelqu'un de saoul. J'ai vu mon lot de gens bourrés et titubants, à la fac.

— Je n'en doute pas, répond-il d'une voix rauque.

Je regarde son large torse, dans son T-shirt noir, qui est à hauteur de mes yeux. Il a une tonne de muscles de plus que moi. Cet homme est vraiment *athlétique* de ses épaules larges à ses abdos bien définis, en passant par ses fesses d'acier. Je n'ai pas pu m'empêcher de les reluquer, dans son jean délavé, pendant qu'il se déplaçait dans la cuisine un peu plus tôt. J'aimerais tellement ne pas être à ce point attirée par lui.

Je cligne des paupières et le repousse de mon passage. Il me laisse faire.

— Alors qu'est-ce que tu as fait de la vodka ?

Il me lance un regard vide pendant un instant, puis se tourne vers le frigo et en sort une bouteille d'eau isotherme.

— La nouvelle maison de la vodka.

Je me concentre sur la bouteille plutôt que sur le bras bronzé et musclé qui la tient.

— Tu devrais mettre une étiquette dessus. Et si tu en buvais une gorgée après une séance de sport ? Ou si Garrett rentrait et croyait que c'est de l'eau ?

Il m'a dit que son petit frère était son colocataire, quand il ne gardait pas de maison.

— Ah ! Ce serait hilarant ! Il en faut beaucoup pour réussir à le saouler.

Je secoue la tête.

— Tu es affreux.

— Affreusement hilarant.

Je lui donne un coup dans l'épaule.

— Mets une étiquette.

— Avec quoi ? demande-t-il en levant ses paumes.

— Je vais m'en occuper. J'ai ce qu'il faut chez moi.

Je me dirige vers la porte, soulagée de mettre un peu de distance entre nous.

— Si tu n'arrêtes pas de repartir chez toi en roulant des hanches, on ne terminera jamais ces pâtes.

Je manque de trébucher.

— Pardon ? En roulant des hanches ?

— Oui, ta démarche de Chloé.

Il fait quelques pas énergiques en remuant plusieurs fois des hanches au passage.

J'éclate de rire, même s'il se moque de moi.

— Arrête. Je ne marche pas de manière aussi ridicule.

Il agite les sourcils.

— Tu marches de manière aussi élégante que ça.

Il fait tournoyer son doigt dans le vide et ajoute :

— Vas-y, retourne-toi et commence à rouler des hanches.

— Ne regarde pas.

Je me retourne vers la porte et m'efforce de marcher aussi normalement que possible, sans sautiller ou me déhancher.

— On dirait que tu as un balai dans le cul, maintenant.

Je lève les mains au ciel et entends son rire bas. Il adore se moquer de moi.

Je ris toute seule tandis que je rassemble ce dont j'ai besoin dans mon appartement – des post-it, un stylo, du scotch. Quand je reviens chez lui, il me tourne le dos et est en train de danser, une main sur la nuque et l'autre remuant d'avant en arrière tout en tournant lentement. Il fait la danse du Sprinkler.

Je m'arrête et me plaque une main sur la bouche pour

étouffer mon rire. Je l'observe, ravie d'avoir de quoi le taquiner, maintenant. Il continue de danser en se retournant peu à peu, jusqu'à ce qu'il croise mon regard. Il laisse aussitôt retomber ses bras et se passe une main dans les cheveux d'un geste décontracté.

— Oh, coucou. T'es de retour.

— Qu'est-ce que tu faisais ? l'interrogé-je en réprimant un rire.

— Je vais te dire ce que je ne faisais *pas*. Je ne dansais pas.

Je pouffe de rire et m'approche. Il arbore une expression de totale innocence. Il est désopilant.

— Ah non ? Alors comment tu appelles ça ?

— Une danse interprétative, répond-il, le visage impassible. Elle n'est pas officiellement reconnue par la culture de la danse.

Je le dévisage, bouche bée. Il a repris les mots que j'ai prononcés hier soir, quand il m'a surpris juste après mes activités avec mon vibromasseur et encore rougie par les endorphines. Moi qui croyais l'avoir surpris en plein acte embarrassant, il voulait juste me taquiner là-dessus. Mes joues s'enflamment.

Il me fait un clin d'œil.

Je plaque ma paume sur son visage et le pousse. Il m'attrape le poignet et s'écarte en riant. Dans un effort futile pour repousser la mortification que je ressens, je reste concentrée sur ma tâche d'étiquetage, écrivant soigneusement le mot « vodka » en lettres majuscules sur le post-it. Puis je le colle à la bouteille d'eau. Je prends aussi une bouteille d'eau froide dans le frigo, dans l'espoir d'apaiser le brasier d'embarras interminable que je finis toujours par éprouver en sa présence.

Il laisse échapper un soupir exagéré, s'appuie contre le comptoir et croise les bras sur son large torse.

— On peut se remettre au boulot, s'il te plaît ? J'aimerais bien manger avant neuf heures.

— Quel petit tyran. Le travail, toujours le travail.

Je pose ma bouteille d'eau sur le comptoir et le rejoins

devant nos bols de farine.

— OK, relance Massimo. Faisons cette farine.

C'est le nom du chef cuisinier qu'on suit sur la vidéo.

— On dirait qu'on va devenir riche.

— Riches en tortellinis. C'est parti mon pote.

Brendan appuie sur une touche et le rythme suave de l'accent italien de Massimo s'élève à nouveau, tandis qu'il nous donne ses instructions en anglais. Mais je n'arrive à me concentrer que sur l'odeur boisée et masculine de l'homme à mes côtés, sur la chaleur qui irradie de lui, ses avant-bras musclés et ses mains posées sur le comptoir, attendant les instructions.

J'ai désespérément envie de sentir ces mains sur moi. Pourquoi ne puis-je pas me détendre et profiter de notre amitié ? J'ai retenu la leçon avec Michael. Une fois qu'on a franchi la ligne, l'amitié disparaît. Même si Brendan ne m'a jamais montré le moindre intérêt. Il plaisante avec moi comme avec ses frères. Je suis sûre que lorsqu'il est intéressé par une femme, il est bien plus onctueux et charmeur. Comme avec la personne avec qui il était hier soir. Si ça ne suffit pas à apaiser mes ardeurs, rien ne le pourra.

Ça vaut mieux comme ça. Je dois rester concentrée sur mon travail. Les amis peuvent prendre contact n'importe quand, mais dans une relation, tout est différent. Je les évite parce que je sais que c'est du boulot, de trouver le temps de se voir, d'être là l'un pour l'autre. Et une relation longue distance serait compliquée, sachant que je vais partir bientôt en école de médecine. Je n'ai aucun contrôle sur l'école de médecine où je serais envoyée. Harvard est mon rêve, mais je dois viser large avec mes candidatures. Je chercherai une relation sérieuse après mes études de médecine. Aujourd'hui, je suis juste là pour m'amuser.

— Un message sur le pager du docteur Travers, dit Brendan.

Je sursaute et réalise qu'il a mis la vidéo sur pause. Ce doit être le moment d'effectuer la prochaine étape, et je l'ai manqué.

— Oui ?

— On doit fouetter les œufs, mais je n'ai pas de fouet.

— Je sais quoi faire.

— Tu t'apprêtes à repartir chez toi en roulant des hanches pour récupérer un fouet ?

Je lui donne un coup de coude dans les côtes et il émet un son exagéré, comme si tout l'air s'était échappé de ses poumons, avant de grimacer et de se plier en deux.

— Bon sang, Chloé, tu as encore soulevé des poids avec des stylos ?

Il prend mon stylo sur le comptoir et recourbe le bras comme s'il s'agissait d'un haltère, avant de palper le renflement de son biceps de l'autre main. Je ne sais pas si je dois rire ou tendre le bras pour tâter la courbe dure de son muscle. Il me sourit, ses yeux bleus pétillants de manière malicieuse.

Je sors deux fourchettes d'un tiroir et lui en tends une.

— Commence à fouetter.

Nous nous tenons côte à côte et fouettons les œufs au centre de notre bol de farine.

— Quelle est la prochaine étape, déjà ? demandé-je, vu que je me suis laissé distraire pendant la vidéo.

— On doit repousser la farine au centre petit à petit pour la mélanger.

— Compris.

— Tu as eu une absence pendant que Massimo nous expliquait tout ça. À quoi tu pensais ?

Au sexe.

— À la neurogénétique.

— Ah. Moi aussi.

Je ris.

Il me donne un coup d'épaule.

— Quoi ? Tu crois t'être accaparé le marché s'agissant des rêveries sur la neurogénétique ? Eh non. Je ne pense qu'à ça.

Je secoue la tête en souriant.

— Je n'en doute pas.

On finit de fouetter et refermons le creuset de farine, créant une pâte dégoulinante.

— Tu es sûr que ça va se transformer en pâte ? l'interrogé-je. Ça a l'air immonde.

— Attends un peu. Massimo dit qu'il aidait à préparer cette pâte quand il était gamin. Je suis sûr que deux adultes comme nous pourront nous en sortir.

Il sourit.

— Sinon, on pourra toujours commander des pizzas.

Deux heures plus tard, on a déposé la farce de viande sur plusieurs carrés de pâte, et on s'efforce de fabriquer de petites poches de tortellinis. Je m'éclate.

— Tu as mal aux pieds ? demande-t-il. Moi, oui.

— Un peu.

Il passe de l'autre côté d'un demi-mur qui fait office de comptoir et qui sépare la cuisine du salon. Il récupère deux tabourets noirs rembourrés pour qu'on puisse s'asseoir.

— J'aurais dû y penser, dis-je en m'installant.

On est debout depuis des heures.

— Tu étais trop distraite pas Massimo et la neurogéné-tique, rappelle-t-il en s'asseyant à côté de moi. Comme nous tous.

Je souris et continue de concevoir mes jolies petites poches de pâte.

— Je crois qu'on en a trop fait. On va avoir des centaines de ces petits machins.

— On n'a jamais trop de pâtes.

— Euh, si, on peut en avoir trop. Si tu manges trop de féculents, tu vas gonfler comme un bibendum.

— Il ferait mieux d'arrêter de se manger lui-même. Oooh, ça sonnait très coquin. Chloé la coquine.

Je lève les yeux au ciel.

Il garde le silence un instant, concentré sur sa tâche.

— J'ai entendu dire que c'était dur, d'entrer à l'école de médecine d'Harvard. Tu as un plan B ?

Je me fige. *Il a fait des recherches à ce sujet ?* Je lui lance un coup d'œil, mais il est concentré sur ses pâtes, alors je reporte mon attention sur les miennes.

— Oui, c'est dur. C'est mon objectif, mais, bien sûr, je vais candidater à d'autres écoles.

— Où ?

Je lui jette un regard, surprise qu'il veuille le savoir. Il me reste encore un an d'études à Columbia. Il s'attend à ce qu'on traîne encore ensemble quand viendra le moment pour moi d'entrer en école de médecine ? Je trouve ça sympa, qu'il tienne à ce point à notre amitié.

— Johns Hopkins, Penn…

— L'université de New York ?

— Oui, je vais candidater ici aussi. Et aussi à Stanford.

— C'est en Californie. L'université de New York est très bonne. Columbia aussi.

Elles sont toutes les deux à New York. Oooh, il veut qu'on continue de passer du temps ensemble. C'est si mignon.

— Je sais, dis-je d'une voix douce. Je candidaterai ici aussi. Mais mon premier choix, c'est Harvard.

— Et après ?

— Je ferai mon internat, puis j'espère obtenir un stage dans un bon centre de recherche contre le cancer.

— Et ça pourrait être dans endroit différent de ton école de médecine ?

— Oui. C'est un tout nouveau processus de candidatures.

Il secoue la tête.

— Atteindre ton objectif va te demander beaucoup de travail. Et tu vas sûrement devoir pas mal voyager, aussi.

Je lève les yeux vers lui, l'air interrogateur.

Son regard est sérieux, même s'il conserve un ton léger.

— Ce ne sera pas aussi dur que de faire des tortellinis, mais quand même.

Il y a clairement de la tension dans l'air, quelque chose qui n'était pas là jusqu'alors. Je ne sais pas quoi y faire, alors je l'ignore. Je ne peux changer qui je suis, et mieux vaut qu'il le sache tout de suite.

— En parlant de tortellinis, dis-je, rompant le silence

tendu, j'en ai fait au moins un millier, et tu n'en as que vingt et un.

— Oh, tu as remarqué ma pyramide d'excellence.

Il a aligné plusieurs rangées soignées de tortellinis — six, cinq, quatre, trois, deux, une.

Je lui jette le tortellini au sommet, et il rebondit sur son front.

— Tu vas le regretter, Travers, lance-t-il.

Il se met à me bombarder de tortellinis, les jetant deux à la fois.

— Eh ! m'exclamé-je, avant d'en attraper une poignée pour riposter.

Il continue de m'attaquer, esquivant mes tortellinis avant de me repousser contre le comptoir derrière moi, les mains de chaque côté de moi et m'emprisonnant entre elles. Mon sourire s'affaisse et ma respiration se coince dans ma gorge. Il est si près, soudain ; sa chaleur fait accélérer mon pouls et rougir mon corps d'excitation.

Puis je remarque son bras levé. Il tient le petit carton de crème fraîche épaisse juste au-dessus de ma tête.

— N'y pense même pas !

Je lui prends le bras et il agite le carton de manière menaçante.

— Attention. Tu vas tout renverser.

Je réfléchis très vite et attrape la cuillère en bois tout près de moi, avant de m'en servir pour donner une petite tape sur ses fesses.

Il hoquette et repose la crème fraîche.

— Tu viens de me donner une fessée ?

— Non, ris-je.

— Oh, la guerre est déclarée.

Il m'arrache la cuillère des doigts et je m'enfuis en courant, attrapant un coussin sur son canapé pour m'en servir de bouclier et me remettant à courir tout en le pressant contre mes fesses.

Il me pourchasse, mais je suis agile et je l'esquive, tournant autour de la table basse et me faufilant derrière un gros fauteuil inclinable. Il bondit à droite et je pars à gauche. Bientôt, nous nous retrouvons à tourner en rond autour de la table basse. Il fait semblant de tourner et je le heurte de plein fouet. Je laisse tomber l'oreiller et trébuche dessus en voulant reculer.

Il me rattrape avant que je tombe, enroulant un bras autour de moi. Sa voix est rauque et il me dévore des yeux.

— Tu vas m'attirer des ennuis.

Je ne peux pas m'en empêcher. Je me mets sur la pointe des pieds et caresse sa courte barbe, suivant la ligne de sa mâchoire carrée. Il déglutit.

— C'est toi qui vas m'en attirer.

Sa grande main se referme sur ma nuque. Le désir s'accumule dans mon ventre.

Une seconde passe dans un silence miroitant, puis sa bouche vient recouvrir la mienne. J'incline la tête pour approfondir le baiser. Une chaleur se déploie en moi tandis qu'il prend le contrôle du baiser. Je suis presque grisée par le désir, et stupéfaite par son intensité.

Il rompt brusquement le baiser et s'écarte.

— Je n'aurais pas dû faire ça.

Mon estomac se tord.

— À cause de la femme avec qui tu étais hier soir ? lâché-je.

Il regarde le sol pendant un long moment.

— Oui.

Mes lèvres me picotent. Je sens encore son goût.

Il se retourne et repart dans la cuisine.

— Remettons-nous au boulot, la fêtarde.

Je le suis, les jambes tremblantes. L'attirance est mutuelle. Mes pensées tourbillonnent un instant, avant de se concentrer sur une dure vérité – c'est la deuxième fois qu'il me rejette. Je carre les épaules. Il n'y en aura pas de troisième. Surtout sachant qu'il voit une autre femme.

9

Brendan

Ne pas dépasser les bornes, tu parles. J'ai merdé. J'étais juste en train de déconner avec elle. Ah, bordel. J'ai tellement envie d'elle que je suis incapable de garder mes distances bien long-temps. Je ne sais pas pourquoi je craque à ce point pour elle. Peut-être parce que je sais qu'elle ne cherche rien de sérieux, je n'ai donc pas cette pression. À cause de ça, je l'ai laissée se rapprocher bien plus que je ne l'autorise les femmes, en temps normal. Je sais qu'elle est destinée à de grandes choses et que je ne ferais que la ralentir, mais toutes mes bonnes résolutions s'envolent par la fenêtre dès que je me retrouve près d'elle. Même les retombées familiales ou son ex psycho-pathe ne suffisent plus à mettre un frein à ce qu'il y a entre nous.

Je la regarde récupérer les tortellinis plongés dans la sauce à la crème et les poser dans son assiette. Elle me tourne le dos, debout devant le four, alors je ne me gêne pas pour l'étudier. Elle est petite, avec des épaules fines et une taille étroite, la courbe de ses hanches soulignant des fesses en forme de cœur, dans son jean moulant. J'ai juste envie de la prendre dans mes bras et de la porter jusqu'à la chambre. Quelque chose, dans sa taille, réveille l'homme de Néandertal au fond de moi. C'est si dur, de ne pas enfreindre la limite.

Elle me regarde par-dessus son épaule.

— Tu veux que j'en mette dans ton assiette, ou tu préfères le faire toi-même ?

— Je m'en occupe.

Je contourne le comptoir où je mange d'habitude. Les tabourets sont à nouveau à leur place pour le repas.

Elle me dépasse avec son assiette, tout en gardant soigneusement ses distances. Je sais pourquoi. Ce baiser était électrique. J'ai dû mobiliser toute ma volonté pour reculer.

— Je vais t'attendre pour qu'on goûte tous les deux en même temps, dit-elle, assise au comptoir.

— OK.

Je prends une généreuse portion dans mon assiette et la rejoins.

— Prêt.

On plante tous deux notre fourchette dans une pâte et goûtons une bouchée. C'est bon. Étonnamment bon.

— Waouh, dit-elle en prenant un autre tortellini dans son assiette. Le résultat est bien meilleur que je m'y attendais, pour deux cuisiniers débutants comme nous. Ça fait vraiment toute la différence, quand on fait les pâtes soi-même.

— Pas mal, acquiescé-je en prenant une bouchée de tortellini et en la mâchant.

Je croyais que le Fauve était un chef cuisinier, mais regardez un peu le succulent repas qu'on a concocté.

Nous mangeons dans un silence béat pendant quelques minutes. J'ai peine à croire que j'ai cuisiné un truc aussi bon. Avec un peu d'aide de la part de Chloé et de notre pote Massimo. Et ça n'a pris que quatre heures. C'est clairement une bonne activité de week-end. On devrait essayer une nouvelle recette ensemble tous les week-ends. Je stoppe là le court de mes pensées. On passerait trop de temps ensemble. Les limites. Et c'est exactement pour ça que je lui ai laissé croire que j'étais avec quelqu'un hier soir. C'était plus facile que de lui expliquer la vraie raison – que je ne ferai que la retarder. Et puis, elle s'efforcera elle aussi de respecter les limites, elle aussi. Je sais qu'elle a envie de moi. Elle m'a embrassée en premier, à Villroy. Et c'est dans ses yeux, dans sa voix essoufflée, parfois, dans ses joues rouges. Mon regard se pose sur la moue de sa lèvre inférieure, que j'ai envie de lécher avec ma langue.

Je détourne les yeux et bois un verre d'eau.

— Comment se passe ton stage ?

Elle incline la tête d'un côté et de l'autre.

— Ça pourrait être mieux. Je fais surtout le sale boulot. Je sais que tout le monde doit bien commencer quelque part, mais ça me vampirise tellement. Je vais parler au directeur de recherche lundi pour aborder le sujet. J'ai quelques accréditations à mon nom. Je pourrais faire tellement plus.

— J'espère que ça se passera bien. C'est parfois délicat, les relations avec son patron.

Mon frère aîné, Dylan, est mon patron, et on s'est un peu accrochés concernant mon besoin de tenir un rôle plus important dans notre entreprise, après le départ à la retraite de notre oncle. J'étais le premier de mes frères à m'exprimer à ce sujet, et je joue un rôle essentiel, maintenant, qui consiste à repérer les projets de développement. On en a déjà deux à notre actif, et on a reçu des prix pour responsabilité sociale et amélioration de quartiers. Ma trouvaille la plus récente ne s'est pas concrétisée, par contre. Ça craint.

— Comment se passe ton boulot ? m'interroge-t-elle.

Je pousse un brusque soupir.

— C'est pas génial. La propriété que j'avais repérée, un terrain avec des entrepôts, près du front de mer… On l'a perdue contre un plus gros enchérisseur, qui veut construire des tours d'appartements. Mes frères et moi ne voulons pas participer à ce genre de projet. Nous voulons des quartiers semblables à ceux dans lesquels on a grandi.

— Désolée.

— Oui. Ça craint, parce qu'on avait déjà une propriété là-bas, qu'on a transformée en loft sympa près d'un parc sur la baie. Le plan était de démolir les entrepôts environnants et de construire des coopératives d'appartements chics, reliés à des espaces verts et à quelques œuvres d'arts créées par nos locataires créatifs. Tout aurait été certifié LEED et respectueux de l'environnement, économe en énergie et composé de matériaux recyclés du coin. Tu sais, comme les poutrelles de bois des anciens entrepôts. Maintenant, ils vont se contenter de bâtir deux immeubles de soixante-dix étages.

— Soixante-dix étages ! Ça va bloquer la vue, cacher la lumière du soleil !

— Oui, hein ? On perd l'atmosphère de quartier, quand on marche entre des gratte-ciels géants. Autant déménager à Manhattan, pour ça.

On recommence à manger. C'est trop bon pour délaisser son assiette trop longtemps.

Je termine mon assiette et vais me resservir.

— Bref, mes frères et moi avons décidé de nous spécialiser dans la restauration historique et le développement respectueux des quartiers. Ce sera notre niche.

Elle secoue la tête.

— J'espère que Brooklyn ne deviendra pas envahi par les gratte-ciels.

— Tu m'étonnes.

Je me rassois et attaque mon assiette. C'est toujours aussi délicieux.

— Tu sais, il y a un vieux centre commercial en centre-ville, Finerman's, près de l'endroit où j'ai grandi. J'aimais bien faire du lèche-vitrine là-bas, avant. Bref, il est fermé depuis un moment, maintenant, et le week-end dernier, j'ai remarqué qu'il y avait un panneau « à vendre » dessus. Tu pourrais peut-être le transformer en quelque chose de sympa.

— Je me demande quel prix ils en veulent.

— Tu pourrais regarder en ligne.

— Je vais le faire. Juste après.

Mon pouls se met à palpiter. C'est peut-être une bonne piste, cet ancien centre commercial. On pourrait le convertir en lofts, avec des jardins sur le toit. Je ne savais pas qu'il était sur le marché. Il ne doit pas y être depuis longtemps. Une autre transaction a peut-être échoué en coulisses.

— Merci, Chloé. J'ai la sensation que je tiens un truc.

— Quel genre de sensation ? Ça te gratte ? Tu es sûr que ce ne sont pas des morpions ?

J'aboie un rire. Elle commence à être à l'aise avec moi, plus taquine.

— Dégueu. Et non. J'ai mes principes, et des préservatifs.

Elle agite la main d'un air désinvolte.

— Je ne veux pas entendre parler de tes femmes.

— Pareil.

Elle prend une bouchée de tortellinis et parle la bouche pleine :

— J'ai décidé que le célibat était la meilleure solution.

— Très bien.

Elle mâche et avale.

— Je suis sérieuse.

— On va voir combien de temps ça va durer.

Elle me lance un regard dur.

— Tu veux parier ?

Je lève le menton.

— Je parie cent dollars que tu coucheras avec un homme d'ici le week-end du quatre juillet. Tu seras en congés, tu t'ennuieras et BAM !

Elle sursaute et je réprime un rire.

— Soudain, le petit laborantin nunuche te paraîtra assez attrayant.

— Pari tenu, réplique-t-elle en tendant son petit doigt.

J'enroule mon petit doigt autour du sien, une décharge me parcourant à ce contact. Je devrais arrêter de la toucher. Nos regards se croisent et elle entrouvre les lèvres. Tout en moi me hurle de réduire la distance.

Elle se lève brusquement.

— Je vais t'aider à nettoyer.

Je garde les yeux rivés sur mon assiette. Pas la peine de la reluquer à chaque fois qu'elle bouge. Elle est gravée dans mon cerveau de manière permanente.

Bon sang, ce que je suis excité. On est lundi et mes frères et moi sommes en réunion du déjeuner dans une pizzeria située près de notre dernier boulot. On bosse sur une galerie marchande dans le Queens. Ça paie les factures, mais ce n'est pas ce qu'on préfère. J'aime les projets développés à partir de zéro par Rourke Management. C'est bizarre, si j'apprécie autant que l'entreprise porte notre nom ? Toute ma vie, j'ai travaillé sous le nom de Byrne. Enfin, on a quelque chose qui nous appartient. Tous mes frères sont là sauf Sean, qui est toujours à Vancouver avec sa femme. On l'a au téléphone sur haut-parleur. Moi et le Fauve sommes sur une banquette près de la fenêtre de la façade, Connor et Jack sont en face de nous et Dylan, notre directeur, est assis sur une chaise en bout de table.

J'attends que tout le monde ait terminé sa première part de pizza, les laissant apaiser leur faim avant de me lancer :

— J'ai trouvé notre prochaine propriété, l'ancien centre commercial Finerman's. C'est un bâtiment historique, qui date de 1893, avec une tonne de touches architecturales très cool qu'on ne trouve plus dans les constructions modernes.

Je fais passer la fiche technique que m'a donnée mon père. Il travaille dans l'immobilier et a pu me faire entrer là-bas hier pour jeter un œil aux lieux. Je me tourne vers le téléphone au centre de la table et reprends :

— Tu as bien reçu ta fiche technique, Sean ?

Je la lui ai envoyée par e-mail hier soir.

— Je l'ai.

— Il fait sept étages, continué-je. Il est en plein centre-ville et il y a aussi un café à vendre juste à côté. Je pensais à des lofts, pour attirer une partie des hipsters qui ont les moyens et sont accros à la caféine. On achète aussi le café. En fait, j'aime-rais racheter toute la rue et concevoir un plan de développe-ment plus harmonieux, mais c'est tout ce qui est disponible pour l'instant.

Je suis assis tout au bord de mon siège pendant que mes frères étudient la fiche technique.

— Des ascenseurs ? demande Dylan en levant ses yeux bleus fatigués vers moi.

Il est jeune papa et dit que le bébé adore les réveiller en hurlant à quatre heures du matin.

— Oui.

— Une construction d'avant-guerre, remarque Connor avec un sourire. Becca adorerait. Elle devrait être là aussi.

C'est sa fiancée et notre gestionnaire stratégique en chef, ce qui n'est *pas* un partenariat. Je dois rester ferme là-dessus, maintenant que mes frères aînés sont tous dingues de leur femme. Sérieusement, ils seraient prêts à tout pour elles. Je dois leur rappeler nos liens du sang, à tous les quatre – Dylan, Connor, Jack et Sean. Nous sommes copropriétaires entre frères, qu'ils soient mariés ou fiancés ou pas.

— Elle se penchera là-dessus le moment venu, dis-je. Les décisions d'achat reviennent aux propriétaires. Nous.

— Josie dit que c'est joli, dit Sean au téléphone. Elle a adoré l'atrium avec l'énorme puits de lumière, quand je lui ai montré la fiche technique hier soir.

Je me mords la langue. *Oui, tant que la femme de tout le monde trouve ça « joli », on peut y aller à fond.*

Jack lève la tête et écarte une mèche de cheveux brun foncé de ses yeux. Il les laisse pousser sur le dessus et les coiffe avec un produit qui le fait ressembler à un hipster, même s'il n'en est pas un.

— Il y a beaucoup de lignes de métro pratiques tout près.

— C'est à cinq minutes en métro du centre-ville de Manhattan, précisé-je. Compte tenu du nombre de mètres carrés, je pense qu'on pourrait construire au moins cent appartements. Si on veut, on peut préserver le rez-de-chaussée et le premier étage en espaces commerciaux.

— J'aime les développements polyvalents, approuve Dylan en frottant sa mâchoire mal rasée. Tu penses qu'ils sont flexibles sur le prix ?

— Il n'y a qu'une manière de le découvrir, dis-je avec un sourire.

Un sentiment de triomphe me submerge. Si Dylan est partant, les autres suivront.

— On peut aussi demander le statut de site historique. Ça ajoutera du crédit à cette partie de notre portfolio.

Notre dernier projet dans une ancienne usine de cordes marines a lui aussi le statut de site historique.

— On pourra aussi se concentrer sur le respect de l'environnement et les économies d'énergie. Je pense que ça pourrait attirer des locataires aisés.

Dylan se renfonce sur son siège et tapote la table des doigts.

— On devrait mettre de côté quelques espaces au loyer faible, pour les mettre à disposition d'une organisation à but non lucratif. Comme l'un de ces groupes qui donnent des cours aux enfants défavorisés. Ça serait en adéquation avec nos locataires résidentiels.

On est tous d'accord sur ce point. Ça fait partie de notre mission, d'apporter quelque chose aux quartiers.

Dylan se frotte la nuque.

— Je propose qu'on fasse une offre soumise à inspection. Des objections ?

Je regarde les personnes rassemblées autour de la table des yeux. Personne n'a l'air de vouloir protester. En fait, le Fauve lorgne sa deuxième part de pizza d'un air affamé.

— Lançons-nous, alors, proposé-je.

— Je suis partant, dit Sean au téléphone.

Mes frères se penchent vers le téléphone et lancent un chœur d'approbation pour faire savoir notre avis à Sean.

— À plus tard, dit Sean avant de raccrocher.

Tout le monde recommence à manger.

— Eh, Bren, tu t'es trouvé un rencard pour mon mariage ? me demande Jack. Ryley a besoin de connaître le nombre de têtes invitées.

Son mariage est dans trois semaines.

— Non. Quand on amène une femme à un mariage, elle se fait des idées.

— Tu es sûr ? insiste Jack. On vient d'ajouter une cavalière au Fauve. Il a invité une fille rencontrée pendant un festival de musique, ce week-end. C'est un super endroit pour faire des rencontres.

Je regarde le Fauve en arquant un sourcil.

Il hausse une épaule.

— On a bien accroché.

Jack boit une longue gorgée d'eau et pointe sa bouteille vers moi.

— Tu es le seul à venir solo. Je peux peut-être te trouver quelqu'un, pour que tu ne fasses pas trop tache pendant qu'on danse tous. Tu ne vas quand même pas faire papier peint.

Je pense soudain à Chloé et sa danse ridicule. Et ma danse, qui la rendue rouge comme une betterave quand elle a réalisé que je me moquais de sa soirée orgasmique en solitaire.

— Tara a une meilleure amie qui acceptera peut-être d'y aller avec toi, propose le Fauve, la bouche pleine de pizza.

— C'est qui, Tara ? demandé-je.

— La fille de ce week-end, répond le Fauve. Mon rencard.

— Tu n'as pas peur qu'elle pense que c'est sérieux entre vous, en l'emmenant à un mariage ?

— Non. C'est juste un rencard avec de la bouffe gratuite et des danses. Elle adore danser.

Il se tourne vers Jack et ajoute :

— Ne le prends pas mal. Je décris juste les choses de son point de vue. Évidemment, pour moi, c'est un événement majeur.

Jack rit.

— Pas de problème.

Puis il se tourne vers moi, et une jubilation non déguisée danse dans ses yeux bleus. *Oh oh* Jack est le *roi* des farceurs. Ce n'est pas bon signe.

Je ravale ma salive.

— Quoi que tu penses, c'est non.

— Écoute-moi, au moins, proteste Jack en levant une paume. Maman m'a parlé…

— Non.

— D'une « gentille jeune femme de l'église », continue-t-il en mimant des guillemets avec ses doigts.

— Oh que non.

Jack continue sans se laisser décourager.

— Elle vient d'emménager en ville. Maman voulait que je la présente à tout le monde. Je vais te la présenter, à *toi*.

Il sort son téléphone.

— Laisse-moi envoyer un message à maman tout de suite.

Je saute sur son téléphone, mais il se penche hors de ma portée, un large sourire aux lèvres. Mes frères émettent des petits rires. *OK, du calme.* C'est peut-être juste une farce, peut-être qu'il envoie juste un message à sa fiancée en *faisant semblant* de jouer les entremetteurs par le biais de notre mère. Ne jamais sous-estimer les extrêmes jusqu'où Jack est prêt à aller pour une farce. Une fois, il a passé un mois entier à couper un petit bout de mes lacets de baskets tous les jours, jusqu'à ce que je ne puisse plus les nouer. C'était si subtil que je ne m'en suis rendu compte qu'à la toute fin. Ensuite, je lui ai volé ses baskets, puisqu'on fait la même pointure.

Mon téléphone bipe et je le récupère avec précaution. Comme si c'était un cobra létal sur le point d'attaquer. Je me raidis. *Nooon.*

Maman : *Brendan, c'est merveilleux. Elle s'appelle Faith. Je suis certaine qu'elle appréciera le mariage dans cette magnifique église. C'est une gentille fille catholique. OK, comment je fais pour te transférer ses coordonnées ?*

Hors de question que je l'aide.

Moi : *C'est compliqué. Je te montrerai en personne plus tard.*

Genre, jamais.

Elle m'envoie accidentellement une photo de mon père assis dans un restaurant. Puis je reçois un GIF de Snoopy en train de danser, ainsi qu'une série d'émoticônes – un visage surpris, un visage rieur et un cœur.

Je fusille Jack du regard, avant d'envoyer une réponse rapide.

Jack disait juste ça pour me taquiner. Je n'ai pas besoin de son numéro.

Je reçois enfin le numéro et l'adresse e-mail de Faith.

Maman : *Tu les as reçus ?*

Moi : *Oui, mais je ne l'appellerai pas.*

Maman : *Bren, il est temps que tu te trouves une gentille fille. Faith est formidable. Elle est institutrice de maternelle, ce qui veut dire qu'elle est capable de supporter quelqu'un comme toi. Ah ah ah.*

Elle ajoute trois émoticônes de visages à lunette de soleil.

Je grince des dents.

Maman : *Je vais l'inviter à dîner avec nous dimanche prochain. Aucune pression. Juste pour que vous fassiez connaissance, d'accord ?*

— Comment ça se passe ? demande Jack avec enthousiasme.

Je lui fais un doigt d'honneur. Le jour où je sortirai avec une femme choisie pour moi par ma mère, il gèlera en enfer. Je ne céderai jamais !

Moi : *J'ai déjà une cavalière pour le mariage.*

Maman : *Ah oui ? Mais alors qu'est-ce que Jack racontait ? Il m'a dit que tu étais le seul à ne pas avoir de cavalière.*

Moi : *Il se fichait de moi, comme d'habitude. Il croit que je l'ai inventée et qu'il doit prendre la situation en main lui-même.*

Maman : *Je ne comprends vraiment pas sa manière de penser. Bref, je suis impatiente de la rencontrer ! Je t'aime.*

La pointe de mes oreilles me brûle quand je sens les yeux de mes frères rivés sur moi.

Je t'aime aussi, dis-je rapidement, avant de reposer le téléphone à l'envers sur la table.

— Alors, je peux noter que tu seras accompagné ? m'interroge Jack avec un sourire narquois.

Je pince les lèvres.

— Oui. Je vais amener une amie. Pas cette gentille fille catholique que tu essaies de m'imposer. Qu'est-ce qui t'a pris, d'impliquer Maman là-dedans ?

Je tends la main en travers de la table et lui donne une tape sur la tête.

Il se met à rire.

Il n'existe qu'une seule femme que je puisse amener à ce mariage sans qu'elle croie qu'il y a quelque chose de sérieux entre nous. Ma seule amie femme. Si Chloé refuse, mes frères se foutront de ma gueule jusqu'à ma mort. Ma mère amènera sûrement Faith pour moi. Mon Dieu, préservez-moi des efforts d'entremetteuse de ma mère !

10

Brendan

Reste décontracté. Ne fais _pas_ comme si ça t'importait. On est samedi soir et j'ai invité Chloé à passer manger une pizza en regardant un film. J'ai tout planifié avec soin pour que ça ait l'air sans prise de tête. On ne fera pas la cuisine ensemble. On va regarder une comédie, _Monthy Python, Sacré Graal._ Je ne connais aucune femme qui trouverait quoi que ce soit de romantique à ce film. Et à un moment donné durant la soirée, je l'inviterai à m'accompagner au mariage de Jack en tant qu'amie. Je dirai que c'est pour avoir un compte équilibré d'invités, parce que c'était important pour la fiancée de Jack. Oui, ça devrait marcher.

J'essuie mes paumes moites sur mon jean et fais les cent pas dans le salon. Elle est chez elle. Je le sais, mais je ne vais pas aller vérifier pourquoi elle met autant de temps à arriver. Elle n'est pas en retard, mais bon sang, je suis juste à côté. Ça ne me dérangerait pas, si elle passait un peu plus tôt. Je devrais peut-être me débarrasser de ça dès le début. _Chloé, tu veux bien m'accompagner au mariage de mon frère ? Juste en tant qu'amie, bien sûr._

Non, je ferais mieux de commencer par insister sur le fait

qu'on est amis. *On est amis, et les amis peuvent aller à des mariages ensemble.* Je me pince l'arête du nez. Non.

Eh, qu'est-ce que tu fais dans deux semaines ? Si tu répondais « je vais à un mariage dans le New Jersey », tu aurais raison. Ringard.

Je ramasse l'un des coussins sur mon canapé, lui donne plusieurs coups de poing pour le gonfler, et le repose. Puis je fais pareil avec l'autre coussin, et je les dispose chacun à un bout du canapé. C'est là qu'on s'assiéra, à une distance sûre l'un de l'autre, comme de vrais amis.

Je me laisse tomber en travers du canapé et croise les chevilles. Je devrais peut-être rester couché là et lui crier d'entrer, pour qu'elle voie à quel point je suis détendu. Évidemment, il faudrait que je commence par déverrouiller la porte, pour que ça marche.

Je me lève du canapé et me dirige vers la porte, avant de tourner le verrou. J'ai parcouru la moitié du chemin jusqu'au canapé quand on frappe doucement à la porte. Mon cœur se met à cogner dans ma poitrine. Qu'est-ce qui ne tourne pas rond, chez moi ? C'est juste Chloé. Elle porte sûrement un débardeur uni et un jean. Elle enfile la même tenue tous les week-ends, d'une couleur différente et soulignant ses courbes fines. Non, ses courbes *normales* semblables à celles de n'importe quelle autre femme sur cette planète.

Je me dirige vers la porte, prends une profonde inspiration, ordonnant à mon cœur de reprendre un rythme normal. Il n'y a rien d'excitant dans cette soirée. Aucun enjeu. Je pourrais toujours aller au mariage avec la fille que ma mère a choisie pour moi. *Tuez-moi.*

J'ouvre la porte et pose les deux mains en haut de l'encadrement de la porte, dans une posture décontractée.

— Salut.

Elle a laissé ses cheveux blonds détachés, étalés sur ses épaules nues. Un débardeur blanc nervuré moule sa poitrine dressée et on devine les contours de son soutien-gorge au-dessous. Le bout de son jean délavé est effiloché et elle porte ses baskets blanches. Exactement comme je m'y attendais.

J'ignore la manière dont mon estomac se serre et l'accès de désir qui parcourt mes veines. Je suis M. Décontracté.

Elle lève les yeux vers moi et fronce les sourcils au-dessus de ses yeux verts.

— Salut. Euh, tu vas me laisser entrer ?

Je recule, réalisant que je bloquais tout le passage.

— Quel genre de pizza tu préfères ?

— La seule qui compte.

— Aux pepperonis ?

Elle sourit.

— Oui.

Comment je savais ça ? C'est aussi ma préférée.

— Je vais commander tout de suite.

Je sors mon téléphone de ma poche et appelle une pizzeria locale qui fait des livraisons.

Chloé s'approche de la peinture hideuse accrochée au mur du salon, et dont je n'arrive pas à me débarrasser. C'est mon frère Connor qui l'a laissée derrière lui après avoir déménagé. Juste des gribouillis violets et rouges, ainsi qu'un point jaune criard au milieu. Il paraît qu'elle a été faite par un artiste célèbre. Je voulais m'en débarrasser, mais même si Connor est d'accord pour dire qu'elle est immonde, il affirme que c'était un cadeau d'anniversaire de la part de Jack, et qu'on doit donc la garder. J'ai essayé de la refourguer à Connor en cadeau pour sa pendaison de crémaillère, quand il a emménagé avec sa fiancée, mais elle dit que ça jure avec la déco. Sans blague. Ça jure avec tout.

— Qu'est-ce que c'est censé être ? demande-t-elle en inclinant la tête de droite à gauche. Un gros plan sur une molécule ?

Je regarde la peinture d'un œil nouveau. Le problème, c'est que je ne sais pas à quoi ressemble une molécule, de près. C'est alors que j'ai une excellente idée.

— Il te plaît ? Je te l'offre.

Elle plisse le nez.

— Non merci.

Je reviens à la commande de pizza.

— Je ne me débarrasserai jamais de ce truc. Jack l'a offert à Con. Con l'a abandonné derrière lui à son déménagement.

— Je ne comprends pas l'art moderne, admet-elle en s'asseyant sur le canapé.

— Moi non plus, dis-je en commandant. Tu veux boire un verre pendant qu'on attend ?

Elle secoue la tête.

— Non merci.

Je range mon téléphone dans ma poche et réfléchis à ce que je vais faire ensuite. Elle est assise là, sans se rendre compte que je m'apprête à rendre les choses publiques, entre nous. Elle va devoir traîner avec ma famille au mariage de Jack. Elle les connaît un peu, les ayant vus à Villroy, mais c'est différent, cette fois. Ma mère va chercher à se renseigner sur elle, c'est sûr. Je pense qu'elle appréciera Chloé. Elle est intelligente, gentille et travailleuse. Belle. Je déglutis. Si Chloé refuse d'aller au mariage, je devrais expliquer pourquoi je suis seul. Je refuse de sortir avec une gentille fille catholique choisie par ma mère. Il faut savoir dresser certaines limites.

Chloé replace ses cheveux derrière ses oreilles et demande :

— Tout va bien ? Tu as l'air tendu.

Je m'avance vers le canapé et m'y laisse tomber de manière désinvolte.

— Je suis parfaitement détendu.

— J'étais contente d'apprendre que tes frères étaient partants, pour le Finerman's. J'ai toujours aimé ce centre commercial, même si je n'avais pas les moyens d'y acheter quoi que ce soit.

On est restés en contact par messages. Rien de bien grave. C'est ce que font les amis.

— Oui, on a fait une offre et on attend de savoir si le propriétaire va faire une contre-offre. On croise les doigts.

Je n'arrive pas à me détendre. Je donne un coup de poing dans le coussin derrière moi et m'appuie dessus. Elle est assise du côté opposé du canapé, avec un coussin entre nous.

Exactement comme on s'installerait, le Fauve et moi. Le coussin du centre est un no man's land.

Elle tourne les yeux vers moi, puis détourne la tête, entortillant une mèche de cheveux autour de son doigt. C'est gênant, et ça ne devrait pas l'être. C'était super, quand on a traîné ensemble le week-end dernier. Ce niveau d'aisance entre nous me manque. C'est à cause de cette fichue question que je dois lui poser. *Contente-toi de cracher le morceau !*

— Eh, Chloé, je me demandais…

Trop peureux. Fait *comme si tu t'en foutais. Comme tu inviterais un homme à aller voir un match.*

— Oui ?

— Tu as déjà vu un film des Monty Python ?

Bordel.

— Non.

— C'est mon film préféré.

Elle hoche la tête.

— Cool. Je vais faire semblant d'aimer, alors.

J'aboie un rire. Son sens de l'humour pince-sans-rire me surprend à chaque fois.

— Comment se passe le boulot ? Tu as réussi à faire autre chose que de préparer les tubes à essai ?

— N'oublie pas l'équipement de nettoyage, répond-elle. Je suis la nouvelle, la plus jeune du labo, et j'ai reçu un gentil sermon de la part de ma patronne, qui m'a expliqué que tout le monde devait faire des efforts, aussi intelligent qu'il pense être.

— Aïe.

— Oui. Je te jure que je n'essayais pas de me vanter. Je lui ai juste fait état de ce que j'avais accompli et de ce que j'espérais accomplir.

Elle soupire et se laisse aller sur le canapé, les yeux levés vers le plafond.

— Je suppose que je n'aurais pas dû apporter mon CV et mes papiers publiés en guise de rappel. Ça a eu l'air de l'agacer.

Elle tourne la tête vers moi.

— Elle m'a dit qu'elle les avait déjà examinés en même temps que ma candidature et qu'elle n'avait pas besoin de les revoir.

— C'est toujours compliqué, avec les patrons. On doit marcher sur la corde raide, en respectant l'autorité tout en défendant ses positions, dis-je, avant de lever la paume. Mais regarde le bon côté des choses. Un jour, tu seras en charge d'un laboratoire et tu pourras obliger d'autres débutants à faire le sale boulot.

Un sourire réticent s'étire sur ses lèvres.

— Je suppose qu'il faut bien que quelqu'un le fasse.

— Mon frère Jack se marie dans deux semaines, lâché-je de but en blanc. Dans le New Jersey, parce que c'est de là-bas qu'est originaire sa fiancée. La réception a lieu dans un country-club. Un truc très raffiné.

Elle hoche la tête tout en retirant ses chaussures.

— Du coup, qu'est-ce que tu as de prévu samedi dans deux semaines ?

Elle tourne la tête vers moi.

— Je ne sais pas, Bren. Qu'est-ce qu'on fait ?

J'étire les lèvres. Elle me l'a offert sur un plateau.

— On va au mariage de Jack. En tant qu'amis.

— Je devrais danser ?

— Non.

Elle incline la tête.

— Tu as du pop-corn pour le film ?

Je suis si soulagé que j'ai envie de la prendre dans mes bras. Mais je ne peux pas traverser le no man's land. Je le sais. Elle est trop tentante, trop sexy, trop tout. Et elle est lancée sur une voie résolue qui ne m'inclut pas. Je ne ferais jamais rien d'à moitié aussi génial que d'être chercheuse contre le cancer. Le fait est qu'elle est trop bien pour moi.

Je me lève du canapé.

— Je dois avoir du pop-corn à faire au micro-ondes, quelque part.

— Ajoutes-y du beurre. J'adore quand il y a trop de beurre.

— Je vais voir ce que je peux faire, dis-je en rejoignant la cuisine.

— Devine qui m'a appelée, tout à l'heure.

J'ouvre un placard et me mets à chercher du pop-corn.

— Aucune idée.

— Michael.

Je me fige. Le type qui l'a demandée en mariage à Villroy.

— Ah ouais ? parvins-je à articuler tout en continuant de fouiller dans le placard.

— Oui. Il dit qu'il est prêt pour qu'on redevienne amis. Il veut me voir, quand je retournerai à Villroy en août pour voir Sara.

Elle restera là-bas un mois entier. Mon estomac se retourne.

Des amis avec bénéfices ? Comme avant ? Ça ne me plaît pas du tout, même si ça m'agace de l'admettre.

— Pas de pop-corn, annoncé-je en refermant le placard.

— Dommage.

Je la regarde.

— Alors, tu vas le voir ?

— Oui. Je suis contente qu'il se soit remis de mon rejet. On était bons amis, avant.

Je pousse un soupir. Il veut la récupérer. Je le sais au fond de mes tripes.

Je viens me placer devant elle, avec la table basse entre nous.

— Tu crois vraiment que Michael veut juste que vous soyez amis, après tout ce qui s'est passé entre vous deux ?

Elle cligne des paupières, surprise.

— C'est ce qu'il a dit.

— Et tu le crois ? aboyé-je.

— Pourquoi tu t'énerves comme ça ?

Je me passe une main dans les cheveux. Ce ne sont pas mes affaires. Je le sais. Mais ça ne me plaît pas.

— Je ne suis pas en colère, marmonné-je en rejoignant ma place, dans le coin le plus éloigné du canapé.

— Tu crois qu'il ment ? m'interroge-t-elle.

— Oui, Chloé, je crois qu'il ment. Aucun homme n'a envie de redevenir ami avec une femme après avoir couché avec elle. Et encore moins après une demande en mariage ! Ça ne marche pas comme ça.

— Mais…

Elle s'interrompt en voyant mon regard noir et tourne les yeux droit devant elle.

— OK. Merci de m'avoir partagé ta perspective masculine.

— Pas de problème, grommelé-je.

Elle attrape la télécommande.

— Ça te dérange si on regarde la télé en attendant la pizza ?

— Tu comptes toujours le voir en août ?

— Il travaille au palais. On tombera forcément l'un sur l'autre.

Tu comptes recommencer à coucher avec lui ? Je ne peux pas poser cette question. Je pose les pieds sur la table basse en bois et croise les bras, feignant la nonchalance tandis que la jalousie creuse un trou dans mon estomac.

Elle zappe de chaîne en chaîne et s'arrête sur un documentaire sur la nature sauvage de l'Alaska. Je déteste les documentaires. Regardez-moi ce stupide ours brun en train de se balader dans le ruisseau. Oh, il l'a attrapé. Il a un énorme poisson dans la bouche.

Nous échangeons un regard enthousiasmé, puis reportons notre attention sur la télé. Quelle importance, si elle me fait découvrir de nouvelles choses qui s'avèrent me plaire ? Je lui ai montré qu'on pouvait faire la cuisine. Qu'est-ce que Michael lui a jamais montré, hein ? Comment garder un truc ? Inutile.

Je bouillonne en silence, regardant la vie sauvage, qui est plus fascinante que je l'imaginais. Mon téléphone bipe, annonçant un message. La pizza sera là dans cinq minutes.

Je me lève.

— La pizza arrive. Je vais récupérer des assiettes, des serviettes et des verres, puis je descendrai rejoindre le livreur dans le vestibule.

— OK.

Elle sort un peu d'argent de sa poche et me le tend.

— Je m'en charge.

— Tu es sûr ?

— Range ça. C'est moi qui t'ai invitée, je peux payer.

— Bren, tu as encore l'air en colère. Qu'est-ce qui te rend aussi agité, ce soir ?

— Écoute, on est amis, hein ?

— Oui.

— Alors je vais te dire un truc en tant qu'ami. Si tu revois Michael, il va voir ça comme un encouragement. Si tu n'as pas envie de recommencer quelque chose avec lui, tu devrais garder tes distances.

Elle m'étudie un long moment, scrutant mon visage.

Je m'efforce d'avoir l'air d'un ami inquiet.

— Je ne fais que t'offrir une perspective masculine.

— OK, merci.

Elle ne développe pas. Je déteste ce genre de réponse évasive. C'est plutôt mon truc, d'habitude.

— Tu sais ce que je pense, maintenant, ajouté-je en levant les paumes.

— Tu veux que je t'aide à mettre la table ?

— Non.

— OK, répond-elle d'un ton enjoué.

Je crispe la mâchoire et me dirige vers la cuisine. Je dois me calmer, bordel. Je n'ai pas mon mot à dire concernant ce qu'elle fait à Villroy. Ou ici. Ou où que ce soit d'autre. C'est une femme libre. Elle n'a même pas envie de danser avec moi au mariage. Et s'il y avait un slow ? Elle n'a pas envie d'être proche de moi ? Elle est passée à autre chose. Et je vais faire pareil. Je l'ai déjà fait.

Je récupère des assiettes, des serviettes et un verre d'eau pour elle. Je prendrai une bière une fois que j'aurai rapporté la pizza.

— Tu fais partie des témoins ? demande-t-elle depuis le canapé.

— Non, Jack avait trop d'hommes à sa disposition et il

devait aussi prendre en compte la famille de la mariée. Mes frères et moi avons tiré à la courte paille pour savoir qui serait le témoin.

Je reviens dans le salon, lui tends le verre d'eau et dispose les assiettes sur la table basse.

— Oh, tant mieux.

Je lève les yeux vers elle.

— Comment ça, tant mieux ?

— Si ça avait été le cas, tu aurais dû t'asseoir avec la demoiselle d'honneur et je me serais retrouvée toute seule. J'ai été demoiselle d'honneur pour le mariage de Sara et j'ai dû rester avec Oscar pendant la majeure partie de la réception.

C'est mon cousin, l'un des princes. La plupart des femmes auraient adoré passer du temps avec Oscar. C'était un vrai séducteur, avant qu'il rencontre sa femme. Aussi charmeur que moi. Je devrais me trouver une femme, et vite.

— Je vais chercher la pizza.

Je m'apprête à sortir quand elle m'arrête en posant une autre question :

— On va passer la nuit dans le New Jersey, après le mariage ?

Je me fige. C'est à environ deux heures de route. *Elle veut passer la nuit avec moi ?* Un petit-déjeuner est prévu chez les parents de ma belle-sœur, le lendemain matin. Mais c'est optionnel. J'ai loué une voiture pour pouvoir aller et venir comme je le voudrai, selon mon humeur après le mariage.

Je me retourne lentement, mon pouls palpitant d'enthousiasme.

— On peut faire les deux, passer la nuit ou rentrer. Qu'est-ce que tu préfères ?

Elle se mord la lèvre et détourne les yeux.

— Ce qui fonctionne le mieux pour ta famille. Je me posais la question, c'est tout.

C'est la réponse la plus troublante que j'aie jamais entendue.

— Ils seraient sûrement contents de me voir au petit-déjeuner du lendemain, alors on restera pour la nuit, annoncé-je.

Puis j'attends, jaugeant sa réaction.

— Super, répond-elle d'une voix tendue.

Je suppose que je sais à quoi m'en tenir. Cette idée a l'air de la mettre mal à l'aise. Peu importe. Je m'en moque. Elle pourra reprendre son arrangement à longue distance avec Michael et je me contenterai de... de faire avec.

J'ouvre la porte d'entrée et sors. Une pizza et un film. C'est tout.

Je récupère la pizza, donne un pourboire au livreur et remonte, déterminé à retourner en terrain solide. Je dois arrêter d'espérer bêtement qu'il se passe quelque chose. Il y a bien assez de femmes qui adoreraient être avec un type comme moi.

Je passe la porte en trombes, la faisant sursauter.

— On ne restera pas pour la nuit.

— OK, répond-elle, sa voix partant dans les aigus comme si c'était une question.

Elle fronce les sourcils et m'examine.

— Qu'est-ce qui te prend, ce soir ?

— Rien. Je pense juste qu'il vaudrait mieux qu'on ne fasse pas traîner ce week-end plus que nécessaire. Des mariages sont épuisants.

Je me dirige vers la table basse et y dépose la boîte de pizza.

— Bren, tu ne veux pas que j'aille au mariage de Jack ? Tu préfères y aller tout seul ? Je comprendrais tout à fait.

— Je t'ai invitée, tu as dit oui, rappelé-je en soulevant le couvercle de la boîte. Mange.

— Oui chef, répond-elle avec un salut militaire.

Un rire s'échappe de ma gorge et je la rejoins sur le canapé, avant de prendre une part.

— Petite maligne.

Elle sourit.

— Je ne peux pas m'en empêcher.

— Oui, moi non plus.

— Est-ce que le fait de regarder tes frères te marier te donne envie de faire la même chose ? m'interroge-t-elle avant de mordre dans sa pizza.

J'ouvre la bouche pour répondre que non, mais d'autres mots sortent à la place :

— Un jour.

Hum. Je suis peut-être en train d'évoluer. Mes grands frères sont plus heureux que je les ai jamais vus. Ça déteint peut-être sur moi.

Elle hoche la tête et boit une gorgée d'eau.

— Oui, quand je vois Sara avec son petit Henry, je me dis que j'aimerais bien être mère, un jour.

— Et pas te marier ?

Elle hausse une épaule.

— Je suppose que l'homme viendrait avec, répond-elle, prenant une drôle d'expression et tordant les lèvres. Ils sont si fastidieux, avec toute cette testostérone et ces exigences.

— Ah ! Et qu'en est-il de toutes les hormones qui contrôlent les femmes ? L'humeur qui fait le yo-yo. Gare à vous si vous les énervez à la mauvaise période du mois.

— Sexiste.

— Toi aussi.

Elle soupire.

— Parfois, je regrette de ne pas être lesbienne. Ce serait tellement plus simple.

— Ce serait encore mieux si tu rencontrais une collègue docteur lesbienne.

Elle prend une bouchée de pizza.

— Dommage que j'aime autant les queues, répond-elle, la bouche pleine.

— Oui, croassé-je.

Dieu merci, je ne suis pas encore allé chercher ma bière, ou j'aurais tout recraché à cet instant. Mon sexe s'est réveillé dans un soubresaut à son langage cru. Elle a beau avoir l'air angélique, elle n'a rien de timide. Une fois, elle m'a affirmé n'avoir aucune inhibition, au lit. C'est le genre de truc qui nourrit mes rêves les plus érotiques.

Je ferme les yeux une seconde et intime à mon sexe de se calmer. *Vent glacial, oignons moisis, rencards organisés par ma mère.* Voilà. C'est mieux.

— Je vais chercher une bière, annoncé-je.

Je garde la tête dans le frigo plus longtemps que nécessaire pour profiter de l'air froid.

11

Chloé

C'est bizarre, la rapidité à laquelle je me suis rapprochée de Brendan. On est en train de rouler en direction d'une église au nord du New Jersey, c'est une belle journée ensoleillée, le dernier week-end du mois de juin, et de la musique rock emplit la voiture. D'habitude, mes relations avec les hommes ont plutôt tendance à être intermittentes, principalement destinées à satisfaire nos besoins physiques mutuels. Ça fait un mois que j'ai emménagé à côté de chez lui, et je dois admettre qu'il est génial. Je suis chaque fois impatiente qu'on soit le week-end pour traîner avec lui, même si on ne fait que se balader ou manger une pizza. Il est la première personne avec qui j'ai envie de raconter ma journée, et la dernière personne avec qui j'ai envie de parler le soir. On a instauré une politique de portes ouvertes et nous pouvons faire irruption dans l'appartement de l'autre quand on veut. On s'envoie des messages fréquemment. Et dire que rien de tout ça ne serait arrivé si je n'avais pas emménagé ici pour mon stage.

Je tourne les yeux vers son profil pendant qu'il conduit. Ses traits me sont chers, maintenant, la pâle cicatrice près de son sourcil, ses pommettes aiguisées et sa courte barbe. Il est si élégant, dans son costume gris. Chaque fois que je suis tentée de franchir la ligne, ce qui arrive souvent, je me remémore qu'il a une autre femme dans sa vie. Peut-être plusieurs, pour ce que j'en sais. Je déglutis, mon estomac se tord et je détourne les yeux. Je n'ai aucun droit d'être blessée, mais je ne peux pas m'en empêcher. On est proches de tellement de manières. C'est dur, de savoir qu'il passe la nuit ailleurs tous les vendredis soir. *Arrête ça. Il t'a invité à ce mariage, toi et aucune autre femme, parce qu'il aime passer du temps avec toi plus qu'avec n'importe qui d'autre.* Il y a un avantage certain au fait d'être son amie proche plutôt que l'une de ses nombreuses aventures – non, je ne m'engagerai pas sur cette voie.

Il tourne sur le parking de l'église et se gare.

— C'est ici. Tu es prête ?

— Prête.

Je prends mon petit sac à main et ouvre la portière, en prenant garde de n'exposer mes seins à personne en sortant de la voiture. Je porte une robe de soirée turquoise aux fines bretelles et avec un col en V. Le tissu est rassemblé en un pli diagonal au niveau du corsage, donnant l'impression que j'ai plus de courbes à ce niveau qu'en réalité. Ma sœur s'est assurée que je possède une robe pour toutes les occasions, après être devenue copropriétaire du casino de Villroy. On est allée faire du shopping dans l'une des meilleures boutiques de Paris. Les vêtements ont l'air spécialement conçus pour les petits gabarits comme moi.

Brendan apparaît à côté de moi et ferme la portière derrière moi.

— J'aurais dû te l'ouvrir.

J'incline la tête.

— Je suis tout à fait capable d'ouvrir une portière.

Il se penche tout près de moi et répond :

— Oui, mais tu es ma cavalière. On est juste amis, mais quand même. Mon père est intransigeant sur les bonnes manières et il s'en rendra compte, si je ne respecte pas l'étiquette du gentleman, ou je ne sais quoi.

Bizarre, mais d'accord.

Il m'offre son bras et je le regarde sans bouger. Il me prend la main et la pose sur son avant-bras, avant de commencer à avancer vers l'église. Soudain, j'ai une conscience aiguë de sa présence, la chaleur de son bras à travers sa veste grise, ses muscles durs et son odeur boisée et sexy. Je déglutis et regarde droit devant moi.

— Je te parie que Jack va faire une farce, aujourd'hui.

— Le jour de son mariage ?

Il rit.

— Il en fait n'importe quand, mais surtout quand on s'y attend le moins.

— Si j'étais la mariée, je serais furieuse.

— Elle ne vaut pas mieux que lui. Ils sont toujours en train de se faire des farces.

— Alors je suppose qu'ils vont bien ensemble.

— Personne d'autre ne pourrait le supporter, acquiesce-t-il avec un rire.

Dès qu'on entre à l'avant de l'église, deux témoins en smoking noir nous tendent un programme. Ce sont ses frères – mêmes cheveux brun foncé et yeux bleu ciel – mais je ne me souviens pas qui est qui, tant ils se ressemblent. Le Fauve est facile à reconnaître, avec ses gros muscles. Et Dylan, l'aîné, se démarque rien qu'à sa posture. Les trois autres sont un mélange de cheveux brun foncé, de pommettes aiguisées et d'une quantité variée de poils sur le visage.

— Sean, tu es venu, dit Brendan en offrant une étreinte fraternelle et une tape sur le dos à l'un des hommes.

— Je suis arrivé vers minuit, répond Sean en souriant.

Il a les cheveux coupés court et a juste assez de barbe pour former une ombre sombre sur sa mâchoire.

— Je ne pouvais pas rater le grand jour de Jack. Je repars demain. Malheureusement, Josie n'a pas pu se libérer, son emploi du temps dépassait sur le week-end. C'est ce qui arrive parfois avec les horaires européens.

Brendan nous présente, rappelant à ses frères mon lien avec leur famille, puis il me rappelle qui il est.

— Josie est sa femme actrice. Elle est en train de tourner un film.

Connor – ses cheveux brun foncé sont plus longs sur le dessus et il a tant de poils sur le visage qu'il pourrait être qualifié de barbu – lance un regard interrogateur à Brendan.

— Vous êtes de la famille de la mariée ou du marié ?

— Oui, lance Brendan en donnant une tape amicale sur le bras de Connor.

Ce dernier fait un geste autour de sa tête et demande :

— Chloé, tu n'avais pas les cheveux roux, au bal de Noël de Villroy ?

— Si, c'était juste temporaire.

Sean me dévisage.

— C'est vrai. Bren voulait t'inviter à danser.

Il hausse les épaules et ajoute :

— On dirait que ça a bien tourné.

— Oh non, on est juste amis, rectifié-je aussitôt.

— Oui, on est amis, répète Brendan.

Du coin de l'œil, je le surprends à passer son doigt en travers de sa gorge à l'attention de ses frères.

Les lèvres de Connor tressaillent.

— C'est toujours un plaisir de rencontrer une amie de Brendan.

Il me tend un programme et fait un signe vers la droite.

— Le côté du marié est par là.

Brendan me guide le long de l'allée, sa main posée au creux de mon dos réchauffant ma peau à travers le fin tissu de ma robe. Sachant qu'il m'a invitée en tant qu'ami, il me touche plus aujourd'hui qu'il ne l'a fait en l'espace d'un mois. Excepté quand on a échangé ce baiser torride, le soir où on a préparé les tortellinis. Je préfère faire comme si c'était juste un rêve.

Il me guide jusqu'à la deuxième rangée, où Dylan est déjà assis avec sa femme, leur adorable petite fille dans les bras. Mon cœur se serre. Le bébé porte un bonnet blanc avec des motifs de boutons de rose, ainsi qu'une robe assortie. Je lui souris et elle me rend un sourire rayonnant, qui me permet d'apercevoir ses petites dents de lait en bas. *Oooh !*

Brendan fait les présentations. C'est Dylan, Ariana et leur bébé, Olivia. Je suis captivée par ce bébé joyeux. Dès que je suis assise à côté d'Ariana, Olivia tend les bras vers moi et me tapote la joue de sa main potelée de bébé.

— Comme tu es mignonne ! roucoulé-je. Tu aimes jouer à cache-cache ?

Je me couvre le visage d'une main et la regarde entre mes doigts. Elle m'observe d'un air concentré. Je laisse retomber ma main et souris.

— Coucou !

Elle pousse un cri aigu et sautille dans les bras de sa mère.

Ariana me sourit et m'adresse un regard gentil.

— Tu as un don avec les enfants.

— Je sais comment divertir un bébé, dis-je en me couvrant à nouveau le visage. J'ai un petit neveu.

J'écarte la main et lance un « coucou ! », faisant glousser Olivia.

— J'adore les bébés.

Ariana se penche en avant et demande :

— Tu as entendu ça, Bren ? Ça m'a l'air prometteur.

Je me raidis et jette un œil à Brendan, qui est loin de paraître aussi alarmé que moi. Bizarre. Je me tourne à nouveau vers Ariana.

— On est juste amis. De très bons amis.

— Très bien, murmure-t-elle en échangeant un regard avec son mari, assis de l'autre côté.

Ils ne me croient pas. Je me tourne vers Brendan et on me tire soudain les cheveux. Fort. *Ouille !* Je lâche un hoquet et tends la main pour retenir mes cheveux. Le bébé est accroché à moi.

— Je suis vraiment désolée, dit Ariana en s'efforçant de déplier les doigts du bébé. Elle est fascinée par les cheveux blonds. La plupart d'entre nous sont brunes.

Le bébé tire sur mes cheveux jusqu'à ce que son père lui

prenne le bras pendant que sa mère s'efforce de lui ouvrir les doigts. *Les bébés ne connaissent pas leur force.*

— Elle fait pareil avec la fiancée blonde de Connor.

Je surprends Brendan en train de réprimer un rire. Je plisse les yeux, et il éclate de rire.

Ses parents – je les reconnais après les avoir vus à Villroy – s'assoient à la première rangée, juste devant nous. Ils doivent approcher de la soixantaine et ont l'air très proches. Mme Rourke se retourne pour nous sourire, puis fronce les sourcils.

— Olivia, on va devoir t'acheter une poupée blonde pour que tu arrêtes d'attaquer les femmes blondes. Lâche-la, mon cœur.

— C'est rien, dis-je en grimaçant.

Pour finir, le bébé lâche enfin prise. Mme Rourke tend les bras pour prendre sa petite-fille et Ariana la lui passe. Mme Rourke la fait rebondir un peu sur son genou.

— Vous me semblez familière, remarque-t-elle en me souriant, ses yeux bleus pétillants comme ceux de Brendan. On s'est déjà rencontrés ?

— À Villroy, intervient M. Rourke. Je m'en souviens. La sœur de la femme du prince Adrian. Quel plaisir de vous revoir en cette occasion si spéciale.

— Merci, dis-je. Ravie de vous revoir aussi.

— Je vous présente Chloé Travers, un futur médecin, précise Brendan. Elle a emménagé dans l'appartement à côté de chez moi et on traîne pas mal ensemble, depuis.

— Un médecin ? répète Mme Rourke avec enthousiasme, un sourire brillant sur les lèvres. Waouh. Quel genre ?

— Mon but est de devenir chercheuse contre le cancer, dis-je.

Ses parents me dévisagent avec la même expression surprise.

— C'est un génie, ajoute Brendan. Elle aura terminé sa licence à Columbia dans seulement trois ans.

Mes joues deviennent brûlantes.

— Je ne suis pas un génie, protesté-je.

Brendan n'arrête pas de dire ça. Il ne suffit pas d'être intelligent pour faire tout ce que j'ai fait. Tout est une question d'éthique. Je travaille d'arrache-pied pendant l'année scolaire. J'apprends à me détendre un peu une fois les cours terminés.

— C'est merveilleux, dit Mme Rourke. Quelle noble cause.

M. Rourke arque un sourcil.

— Qu'est-ce que vous pouvez bien trouver à ce type-là ? demande-t-il en ébouriffant les cheveux de Brendan, dont les oreilles et le cou deviennent rouge vif. Je le taquine parce que je l'aime, Chloé. Vous verrez.

Il me fait un clin d'œil.

Brendan lisse ses cheveux, l'air renfrogné. Ses parents se retournent quand le marié et ses témoins apparaissent à l'avant de l'église.

Je me penche pour murmurer à l'oreille de Brendan :

— Je vois d'où tu tiens ton côté taquin.

— C'est un trait de famille, grommelle-t-il. On ne peut pas y échapper.

— Quelque chose me dit que tu fais largement ta part.

Il me prend la main et l'étreint, sa bouche s'étirant d'un côté et révélant sa fossette. Il a taillé sa barbe, ce qui rend son adorable fossette encore plus visible. J'aimerais bien être immunisée contre ses charmes.

— Tu me connais si bien.

Et voilà qu'on se tient la main, maintenant.

Je regarde droit devant moi, le corps brûlant à ce geste si simple, si innocent.

La cérémonie passe dans un brouillard, même si je fais de gros efforts pour me concentrer. J'ai envie de voir si Jack ou Riley vont faire une farce. Tous mes sens sont concentrés vers l'homme à côté de moi, sa grande main qui enveloppe la mienne, plus petite, d'une poigne ferme. Ce contact me rend nerveuse et me réconforte tout à la fois. Est-ce que c'est ce qu'on ressent, quand notre meilleur ami se transforme en petit ami ? Et qui a dit qu'il pouvait faire ça ? Qu'en est-il des femmes du vendredi soir ?

Jack soulève le voile de la mariée sur sa tête. Des larmes

coulent sur ses joues. Il prend son visage dans ses mains pendant un moment hors du temps qui fait remonter une boule dans ma gorge. Je ne vois pas son visage. *Est-ce qu'il pleure aussi ?* Pourquoi les gens pleurent-ils à leur mariage ? C'est un événement heureux.

Brendan m'étreint la main et je me surprends à m'appuyer contre lui.

Quelques minutes plus tard, ils sont prononcés mari et femme. Tout le monde applaudit et Brendan siffle bruyamment. Le couple heureux descend l'allée ensemble. La robe de la mariée dispose d'une longue traîne, qu'elle replie sur un bras pendant qu'elle marche. Elle sourit à tout le monde, et plus aucune larme n'est visible dans ses yeux. *Voilà qui est mieux.*

Brendan me fait descendre l'allée en même temps que la foule, à la suite du couple heureux. Il reste juste derrière moi, une présence brûlante dans mon dos. Notre bulle de séparation personnelle semble avoir disparu. Mais c'est un mariage de famille. Comment pourrions-nous nous attirer des ennuis ici ? Ce n'est pas comme si on risquait de se peloter pendant la réception au country-club.

Il murmure dans mon oreille et un frisson brûlant me parcourt le dos.

— Je n'aurais jamais cru que Jack se ferait passer la bague au doigt un jour. Il n'est jamais resté en couple avec personne, avant elle. *Jamais.*

Je le regarde par-dessus mon épaule.

— Et toi, tu es déjà resté en couple avec quelqu'un ?

Il me sourit.

— Non.

Je regarde devant moi. Il couche avec de multiples femmes le vendredi soir, c'est une certitude. Je ravale la bile qui m'est montée dans la gorge. Je ne dois pas m'autoriser à penser à ça.

Tout le monde s'aligne devant l'église pour féliciter les mariés. Une fois qu'on les a vus, Brendan m'attire vers l'avant de la queue.

— Je t'avais bien dit qu'il y aurait une farce, murmure-t-il entre ses dents.

— Maintenant ? m'étonné-je en regardant autour de moi.

Sean et Connor nous font signe d'approcher depuis le coin de l'église. Les gens s'éloignent peu à peu vers l'arrière du bâtiment. Intéressant.

Une fois qu'on est là, Connor me tend un drôle d'objet. Ça ressemble à une brique gonflable.

— On va leur lancer ça au lieu des graines d'oiseaux.

Sean hoche la tête.

— Attendez qu'ils soient sur le point de monter dans la limousine pour rejoindre la réception. Tout le monde lancera sa brique au signal du témoin. C'est Sam.

Il indique du doigt un homme debout sur les marches de l'église.

Nous retournons à notre place et attendons.

— Est-ce que c'est vraiment approprié ? demandé-je à Brendan, la brique cachée dans mon dos.

Sa famille est vraiment bizarre, mais de manière amusante. Ça me plaît.

— Je te répondrai plus tard, dit-il. Fait comme si tout était normal.

— Ce n'était pas l'idée de l'un des mariés, alors ?

— C'était l'idée de Sam, de faire une farce aux farceurs. C'est le frère de Riley, et Jack est son meilleur ami.

J'attends et observe. La famille de Brendan n'arrête pas d'échanger des regards et des sourires. L'amour qui les unit est si évident que c'est comme une chose vivante qui les connecte tous. Une pointe de jalousie me traverse. Il n'a aucune idée de la chance qu'il a.

Il me donne un coup de coude et me sourit.

— Prépare-toi.

— Les mariés, mettez-vous au premier plan, tonne Sam. Préparez-vous au départ !

Jack et Riley montent en haut des marches et nous font signe, un sourire radieux sur le visage. Tout le monde se rassemble près des marches, formant une ligne jusqu'au trottoir.

— Et voilà M. et Mme Walsh-Rourke ! annonce Sam.

Il fait un geste vers eux et nous adresse un signe de tête. *Le signal !*

Riley rit et ils descendent les marches pendant qu'on leur lance des briques gonflables. Ils en attrapent chacun une en guise de souvenir. Sur l'un des côtés, il est écrit « Walsh-Rourke » en lettres majuscules. Ils descendent l'allée jusqu'à la limousine pendant que des briques rebondissent sur eux.

Je tourne la tête et vois Brendan en train de rire avec ses frères et Sam. Ils ont l'air ravis de leur farce.

Je croise son regard et il s'avance vers moi, avant de m'attirer à l'écart de la foule.

— Tu dois nous prendre pour des fous, de bombarder les mariés avec des briques.

— Nooon.

Il arque les sourcils d'un air sceptique.

— C'est ça.

— OK, si. C'est quoi, l'histoire ?

— À une époque, Jack et Riley ont failli ne jamais se mettre ensemble. Non, attends, d'abord, Jack lui a offert une brique gravée à son nom pour son anniversaire. À l'époque, ils étaient mariés en secret et personne ne le savait. Pour faire court, ce n'était pas un vrai mariage. Ensuite, dans un geste romantique, Riley a fait changer la gravure sur la pierre pour y écrire « Walsh-Rourle » faisant savoir à Jack qu'elle voulait l'épouser pour de vrai, à tout jamais, amen.

Je souris.

— C'est cool.

Il m'embrasse sur la tempe.

— Je savais que tu comprendrais.

Je dissimule ma surprise à ce baiser inattendu avec un sourire enjoué.

— Il est temps de rejoindre la réception.

Il pose la main au bas de mon dos pour me guider à travers le parking, en direction de sa voiture de location.

— Je te rassure tout de suite, tu n'es pas *obligée* de danser avec moi.

— Je sais.

— Mais j'ai envie que tu le fasses.

Il fait un pas en arrière et effectue une valse avec une partenaire invisible pendant que des voitures zigzaguent partout sur le parking en direction des multiples sorties.

Attention !

J'accours vers lui et l'attrape par les épaules.

— Tu vas te faire heurter par une voiture, espèce de fou.

Il laisse retomber un bras sur mes épaules et recommence à avancer vers notre voiture.

— Heureusement que tu es là.

La présence de son bras autour de moi me paraît si naturelle, comme si on était un vrai couple. Je m'autorise à faire comme si c'était le cas. Rien que pour aujourd'hui.

12

Brendan

Le dîner est terminé et je suis assis à notre table, attendant que Chloé revienne des toilettes. Le country-club est un lieu très raffiné, avec des colonnes blanches à l'avant, un tas de chandeliers et un plancher en bois brillant. Je ne reconnais même pas la moitié des gens présents ici. Il y a un tas de personnes âgées. Ce doit être des amis des parents de Riley, qui sont tous membres du country-club. Sa famille doit être pleine aux as. Ce n'est pas mon style, mais Jack a l'air tout à fait à l'aise, tandis qu'il bavarde avec ses parents à la table principale. Tant mieux pour lui.

Je parcours la table des yeux. Tous mes frères y sont assis mis à part les témoins. Il y a moi, le Fauve et Dylan. Plus la cavalière du Fauve – il a l'air de beaucoup l'apprécier – et la femme de Dylan, Ariana, et leur bébé. Ils ont acheté une chaise haute pour y installer Olivia. Elle ne mange pas, elle se contente de jouer avec un hoquet et une tortue en plastique. Mes parents sont assis avec nous aussi, mais ils sont partis socialiser avec les autres invités.

Quelqu'un s'assoit à la place de Chloé et je m'apprête à lui dire que cette chaise est déjà prise quand je réalise que c'est ma mère.

— Bouh, dit-elle d'un ton amusé.

On dirait qu'elle a bu plusieurs verres de champagne.

— Salut, toi.

Ma mère a cinquante-huit ans, mais on pourrait la croire plus jeune. Sa peau claire n'a que quelques rides, ses cheveux marron foncé longs jusqu'aux épaules sont dépourvus de mèches grises et elle est pleine d'énergie. Il lui en a fallu beaucoup, pour faire en sorte que six garçons turbulents se tiennent à carreau. J'étais le plus turbulent de tous, mais Jack n'était pas loin derrière, avec ses farces.

Elle me lance un regard rayonnant et m'étreint l'épaule.

— Où est ta cavalière ?

— Elle va revenir. Elle est allée aux toilettes.

— Je l'aime bien. Elle est intelligente, sérieuse, et c'est un médecin !

— Oui, exactement.

— Mais j'ai peur que tu lui donnes de fausses idées. Elle a quoi, vingt et un ans ?

— Vingt, marmonné-je.

— Oui, quand une femme de vingt ans sort avec un homme plus âgé, elle s'attend à quelque chose d'un peu plus sérieux.

Je secoue la tête.

— Ce n'est pas du tout ça. On est juste amis.

Elle me donne une tape sur l'épaule.

— Elle est bien bonne, celle-là.

— Non, vraiment. Tu n'as qu'à lui demander.

Elle fronce les sourcils.

— Oh. Le champagne a dû émousser mon radar de maman.

Le Fauve intervient à côté de moi.

— Il espère réussir à sortir de la friend-zone, mais il ne sait pas comment faire. Je n'ai que deux mots à te dire, frérot : un slow.

Il fait un geste vers la piste de danse.

Sa nouvelle petite amie, Tara, sourit et lui caresse le torse. Il pose sa main sur la sienne.

Je le fusille du regard. Comme si j'avais besoin de conseils relationnels de la part de mon petit frère.

— Je ne suis pas coincé dans la friend-zone. On a *envie* d'être amis. Elle part en école de médecine et beaucoup de travail l'attend.

C'est un génie, destinée à accomplir de grandes choses. Et pas moi.

Ça craint d'être assis là, entouré de tous ces couples aimants. Je commence à croire que je ne trouverai jamais l'amour. Et le plus stupide, c'est que je n'ai jamais eu envie de ça jusqu'alors, et maintenant je suis jaloux parce que je ne l'ai pas. Ce doit être le mariage qui me met toutes ces idées ridicules dans la tête.

— Chut, chut, dit ma mère en se redressant soudain.

Comme quand le professeur revient sur ses pas après avoir laissé les enfants livrés à eux-mêmes dans la salle de classe. Grillés ! Elle a clairement abusé du champagne.

Je me retourne lentement.

Chloé est juste là, son regard passant de moi à ma mère, puis au Fauve.

— Vous parliez de moi ? demande-t-elle d'une petite voix.

Ma mère se lève et lui étreint le bras.

— Uniquement en bien, ma chérie, lui assure-t-elle.

Elle cherche mon père des yeux et fonce droit sur lui. Il passe un bras autour de ses épaules et ils se mettent à discuter avec d'autres personnes d'un certain âge.

Chloé s'assoit, replace ses cheveux derrière ses oreilles et regarde la table, l'air très mal à l'aise.

— Elle était juste curieuse à notre sujet, dis-je en me penchant près d'elle. J'ai répondu qu'on était amis.

Elle hoche la tête, les yeux toujours rivés sur la table.

Ariana nous fait signe depuis l'autre bout de la table.

— Eh, Chloé, tu veux bien tenir Olivia ? Elle meurt d'envie de jouer à nouveau à cache-cache avec toi.

— Avec plaisir, répond Chloé, avant de la rejoindre.

Dès que le bébé est dans ses bras, elle se détend et commence à la cajoler. Je ne sais pas pourquoi les bébés font ressortir ce côté affectueux et aimant, chez elle. Je sais juste que je meurs d'envie de le voir plus souvent.

Chloé est à nouveau assise à côté de moi à notre table, l'air plus détendue après avoir passé un peu de temps avec Ariana et le bébé. Les mariés sont en train de danser un slow et j'ai vraiment envie d'en danser un avec Chloé. Je cherche juste une excuse pour la toucher sans m'attirer d'ennuis. Ce n'est pas comme si on allait commencer à se peloter sur la piste de danse, entourés de ma famille et de mes amis.

Chloé se tourne vers moi.

— Tu crois qu'il y aura d'autres farces, ce soir ?

Je me renfonce sur ma chaise et tourne la tête vers Jack et Riley sur la piste de danse.

— Je peux te le garantir. Même si je ne suis pas sûr que ça soit public. Jack va peut-être lui faire une farce pendant la nuit de noces.

Elle plisse le nez.

— C'est mal. Ce devrait être une nuit spéciale et romantique, avec des cœurs et des fleurs, tu ne crois pas ?

— Tu oublies le plus important.

Elle tourne la tête vers moi et écarquille les yeux.

— Bren.

— Quoi ?

— Ne me dis pas des trucs cochons.

Elle dessine un cercle autour d'elle et ajoute :

— J'ai ma bulle de séparation personnelle.

Je lève les paumes en signe de reddition.

— Je n'ai rien dit de cochon. Tu as comblé les vides toute seule.

Elle me donne un coup d'épaule.

— Et je n'ai pas envie d'imaginer ton frère en train de baiser, ajoute-t-elle.

Le Fauve émet un petit rire à côté de moi et je réalise qu'elle a parlé fort. Je baisse la voix dans l'espoir qu'elle fasse pareil. Puisqu'on est lancé sur les conversations grivoises, je continue.

— Qui est-ce que tu as envie d'imaginer en train de baiser ?

— Blaze.

Je me raidis. Je ne m'attendais pas à ce qu'elle me réponde.

— Ah oui, ce bon vieux Blaze.

Qui est ce « Blaze » ? Comment se fait-il que je ne l'aie jamais vu passer chez elle ? C'est sûrement un autre génie du labo où elle travaille. J'espère qu'il porte un étui de poche et a les bras maigrelets.

Je l'examine, attendant qu'elle m'offre plus de précisions. Cette femme est une vraie chambre forte, elle sirote tranquillement son eau glacée tout en regardant les couples danser.

— Blaze a-t-il un nom de famille ? demandé-je entre mes dents.

Une lueur amusée danse dans ses yeux verts.

— Je ne lui ai jamais posé la question.

— Alors ce n'est pas du sérieux.

Elle se mord la lèvre inférieure, réprimant un sourire.

— C'est sans attaches.

Elle doit se foutre de moi.

— Tu viens de l'inventer.

— Non, c'est faux. Blaze existe, et on se retrouve régulièrement.

Une pointe de pure jalousie me fait me redresser sur ma chaise.

— Comment se fait-il que je n'aie jamais entendu parler de lui jusqu'à maintenant ?

Elle hausse une épaule de manière désinvolte.

— Je ne pensais pas qu'on partageait ce genre d'infos.

— Eh bien, on pourrait.

Elle prend une expression sérieuse.

— Je n'ai pas envie d'entendre les détails de tes aventures du vendredi soir, alors restons-en là, tu veux bien ?

Je contracte la mâchoire, m'efforçant de décider quoi faire. J'ai vraiment envie d'en savoir plus sur ce Blaze. D'un autre côté, je fais comme si je rejoignais une femme tous les vendredis soir, en restant sorti toute la nuit. Elle sera furieuse que j'aie menti, même si c'était pour son bien. Il est bien plus facile de ne pas franchir la limite quand elle garde ses distances.

— Est-ce que tout le monde veut bien rejoindre les mariés pour le prochain slow ? Demande le DJ. Allez, allez, ne soyez pas timides.

Un par un, mes frères se lèvent de notre table, emportant leur cavalière avec eux. Mes parents étaient déjà sur la piste de danse à prendre des photos, ils se joignent donc aussi à la danse. Même Olivia est là-bas, blottie au creux du bras de Dylan pendant qu'il danse avec sa femme. Notre table est désormais vide, mis à part moi et Chloé.

Le dernier survivant.

Je me penche près de son oreille et baisse la voix pour prendre un ton rauque.

— Tous mes frères sont sur la piste de danse avec leur cavalière.

Elle se retourne, soudain si proche que je la sens prendre une brusque inspiration.

— Tu as dit que je n'étais pas obligée de danser.

J'incline la tête.

— Ne me fais pas passer pour un petit zizi.

— Mais j'aime les petits zizis, répond-elle en m'observant de sous ses cils.

J'éclate de rire, puis lui prends la main et la fais se lever.

— Viens, tu peux bien supporter un slow.

Elle me suit sans un mot, sa main dans la mienne.

Une fois qu'on est sur la piste de danse, je pose les mains sur ses hanches. Je pourrais entamer une valse, en gardant un peu d'espace entre nous, mais ce n'est pas ce dont j'ai envie. Quelques secondes plus tard, elle passe les bras autour de mon cou et je manque de pousser un soupir soulagé. Nous oscillons en rythme avec la musique pendant que je hume son doux parfum fleuri. Elle garde le silence, les yeux rivés quelque part derrière mon épaule, et je ne saurais dire à quoi elle pense.

— Qu'est-ce que tu aimes tant chez les bébés ? l'interrogé-je.

Son visage s'illumine et elle croise mon regard.

— Ils sont si mignons et ils sentent si bon. Ils sentent le propre et le neuf. En plus, ils ont tellement besoin de nous. Personne n'a jamais eu besoin de moi pour quoi que ce soit.

Je réfléchis à ça. Elle est la petite sœur, et c'est Sara qui a toujours pris soin d'elle.

— Tu n'as jamais eu de poupée ou d'animal de compagnie de qui t'occuper ?

Elle lève les yeux au ciel.

— On ne pouvait pas avoir d'animal, dans notre apparte- ment, et avec une poupée, ce n'est pas pareil. Je suppose qu'on peut dire que je me suis occupée de moi-même, mais ce n'est pas aussi drôle que de prendre soin d'un enfant.

— Eh bien, tu t'es très bien débrouillée s'agissant de t'oc- cuper de Badableu, remarqué-je en référence à son troll porte- bonheur.

Elle éclate de rire.

— Je suppose.

Je la rapproche de moi, ma main posée au creux de son dos. Elle ne se dégage pas. En fait, elle semble fondre contre moi. Je ne peux me retenir plus longtemps. Je ressens trop de choses, j'ai envie de trop de choses. On ne parle pas, et pour- tant nos corps semblent parler leur propre langage. Ses courbes douces se pressent contre moi et une chaleur grandit entre nous.

Une chanson plus rapide démarre et Chloé s'écarte.

— Ce n'est pas mon truc, dit-elle d'une voix essoufflée, avant de repartir verse notre table.

Je n'insiste pas. Je lui accorde un peu d'espace et rejoins Jack et ses amis au centre de la piste de danse. Il passe un bras autour de mes épaules et me sourit. J'aimerais pouvoir être aussi heureux que lui. Tous ces mariages, le fait de voir mes grands frères se faire passer la bague au doigt et devenir plus heureux que jamais, ça m'a fait forte impression. Ça me fait me dire que ça vaut peut-être la peine de se caser.

Je tourne la tête vers Chloé, occupée à lire quelque chose sur son téléphone. Sûrement les dernières recherches en génétique. Elle est si différente de moi, mais de bien des manières, on s'accorde bien ensemble. Je ne sais pas comment ça tournerait pour nous, sur le long terme, sachant qu'elle va partir en école de médecine et que je suis ancré ici. Mais on a toujours le présent. Est-ce que ça vaut la peine d'essayer ?

∿

Chloé

La situation est devenue un peu périlleuse, avec Bren, sur la piste de danse. Pendant que j'étais dans ses bras, j'ai eu l'impression qu'il y avait vraiment quelque chose entre nous. Et pourtant, je ne peux ignorer le fait qu'il sort avec d'autres femmes. Je ne pense pas qu'il me voie comme une potentielle conquête ; on est vraiment amis. Mais il y a une alchimie indéniable entre nous, autour de laquelle nous tournons tous les deux. Tout ça me rend triste et confuse. Je n'ai pas beaucoup d'amis proches comme Bren, dans ma vie. J'ai l'impression de marcher sur des œufs, et je n'ai pas envie de le perdre.

Dès qu'il revient à la table, le visage rougi après s'être épuisé sur la piste de danse, je lance :

— Je pense qu'on ne devrait plus danser de slow.

Il me tapote le bout du nez et s'approche tout près de mon visage.

— Je ne me souviens pas te l'avoir demandé.

Il se laisse tomber sur sa chaise et retire sa veste, qu'il pose sur son dossier. Puis il défait sa cravate et ouvre les deux premiers boutons de sa chemise blanche, révélant son torse sexy.

Je regarde droit devant moi. *Super, Chloé, tu le reluques alors que tu étais en train de craindre de perdre votre amitié.* Je ne crois pas avoir jamais été aussi troublée avec un homme.

Brendan se renfonce sur sa chaise, écarte les genoux et pose un bras sur le dossier de ma chaise. Est-il en train d'essayer de me draguer, ou est-ce une manière masculine de s'étirer ? Je suppose qu'on peut dire que je ne connais pas grand-chose de l'espèce masculine. Je devrais me renseigner sur leur psychologie, pour vraiment comprendre comment ils fonctionnent. Si je transformais ça en exploration scientifique, je serais peut-être moins confuse.

Le reste de la réception se passe sans événement particulier. Brendan et moi parlons beaucoup et il me fait faire le tour de la salle pour me présenter aux membres de sa famille. Je fais la conversation, mais toute ma concentration est fixée sur la paume de Bren, posée au creux de mon dos, sur son sourire ou sur sa main qui tient la mienne. Ses gestes sont désinvoltes, rassurants, et je commence à y être accro.

On retourne à Brooklyn tard ce soir-là. Je me suis endormie dans la voiture et je me sens encore dans les vapes quand on rejoint notre immeuble, mais dès qu'on atteint ma porte, je me réveille. Il est silencieux, mais il y a une intimité confortable entre nous, après les heures qu'on a passées à parler, se toucher, *se désirer.*

Il baisse les yeux sur moi, ses yeux bleus rivés aux miens et une expression sérieuse sur le visage.

— Merci d'être venue avec moi.

— J'ai passé un bon moment.

Il me regarde dans les yeux et je ne pense qu'à une chose : le traditionnel baiser de fin de rencard. Mais c'était un rassemblement amical, hein ? Hein ?

Je tends la main pour qu'il la serre. Il la regarde pendant un long moment, sans faire un geste pour la prendre. Je transforme le mouvement en salut, les joues rouges.

Il prend ma main et ses lèvres effleurent mes articulations, les yeux mi-clos. Un frisson parcourt mon bras et mon estomac fait un saut périlleux.

— Bren, dis-je d'une voix tremblante.

Il me tient encore la main.

— Oui ? répond-il d'une voix rauque, le regard avide.

Je dois rester forte, me raccrocher à ce qu'on a, surtout sachant qu'il n'éprouve pas la même attirance pour moi que moi pour lui. Il a couché avec d'autres femmes.

— On a placé des limites pour une raison. Il ne me reste qu'un mois d'internat avant de repartir à Villroy, puis de reprendre les cours.

Il me lâche la main.

— Tu vas revoir ton garde, à Villroy, hein ?

— Oui, on est amis.

Il se renfrogne.

— Je sais *exactement* quel genre d'arrangement entre amis tu avais avec lui.

— Ce n'est plus comme ça.

— Il n'a pas tourné la page, Chloé. S'il avait des sentiments assez forts pour te demander en mariage, je peux te garantir qu'il va essayer de te reconquérir.

— Pas la peine d'être jaloux. Je peux avoir des amis hommes. Comme toi et moi.

Il crispe la mâchoire et lâche :

— Vraiment pas.

Je déglutis. Brendan ne se met jamais en colère contre moi. La situation est sur le point de se détériorer entre nous, malgré tous mes efforts. J'ai du mal à respirer à cette pensée, et j'éprouve une panique qui me donne désespérément envie de tout arranger.

— Bonne nuit, Chloé, dit-il d'une voix rauque tout en reculant.

Puis il se retourne et se dirige vers son appartement.

— Attends, Bren ! l'appelé-je en réduisant la distance. Je n'ai aucune intention de redevenir l'amie avec bénéfices de Michael. Il risquerait de voir ça comme un encouragement et de s'imaginer qu'on a un avenir. Ce n'est pas le cas. Je compte rester aux États-Unis sur le long terme et il vit à Vill-roy, OK ?

Il croise les bras et m'étudie un long moment.

— Pourquoi tu me dis ça ?

— Je ne veux pas que tu sois en colère, dis-je en me tordant les mains. C'est terminé, entre Michael et moi. En fait, il m'a renvoyé les affaires que j'avais laissées chez lui. Mais si je le vois à Villroy, et je suis sûre que ce sera le cas, puisqu'il travaille au palais, je ne vais pas le snober. Je n'ai pas envie de blesser qui que ce soit.

Il décroise les bras, se détendant un peu, même s'il a encore l'air en colère contre moi.

— Et pour Blaze, alors ?

Mes joues rougissent et je me mets sur la défensive.

— Et pour toutes les fois où tu passes la nuit ailleurs, à coucher avec des femmes ?

Nous nous fusillons du regard. Ses aventures sont bien pires que le fait que je me serve de Blaze. Mon indignation doit transparaître sur mon visage, parce que c'est moi qui gagne.

— J'ai menti, d'accord ? lâche-t-il en levant les mains. Voilà. Je l'ai dit.

Je cligne plusieurs fois des paupières, réarrangeant dans ma tête ce que je croyais être la réalité.

— Mais…

Il se passe une main dans les cheveux, les ébouriffant.

— J'*aimerais bien* arrêter de penser à toi le temps d'ac-corder un regard à quelqu'un d'autre !

Je prends une brusque inspiration.

Il plante les mains sur ses hanches.

— Je dors chez un ami en ville, après les soirées tardives. C'est tout.

Il se passe à nouveau la main dans les cheveux et ajoute :

— Moi et Stevie. Mon rencard canon.

— Oh.

Mon cœur me remonte dans la gorge et l'adrénaline me submerge.

— Blaze n'est pas un homme. C'est comme ça que j'appelle mon vibromasseur.

Un sourire joue sur ses lèvres et il secoue la tête.

— Tu m'as bien eu, sur ce coup-là.

Il pousse un grand soupir.

— Alors qu'est-ce qu'on fait, maintenant ?

Une sueur froide me parcourt.

— Je ne sais pas.

Il fait un pas vers moi.

— Chloé, dis-moi que tu ressens quelque chose pour moi.

Je me mords la lèvre inférieure. Ce qu'il y a entre nous est plus profond que ce que j'ai jamais ressenti par le passé, et contre toute attente, je suis terrifiée. Tous ceux qui étaient proches de moi m'ont été arrachés. D'abord mes parents, puis ma sœur quand elle a emménagé à Villroy pour rejoindre Adrian. J'ai dû laisser sa liberté à Sara, elle la mérite. Mais ça m'a fait mal quand même. Je suis toujours laissée derrière. Je ne peux pas prendre ce risque.

Mon estomac se tord et de la sueur me coule le long du dos.

— Bren, tu es important à mes yeux. Je veux que tu restes dans ma vie et…

Je m'étrangle presque sur les mots, incapable de croiser son regard.

— Et les amitiés durent plus longtemps que les aventures.

Il me pince le menton pour m'obliger à croiser son regard.

— Je parle d'une vraie relation.

— Je ne peux pas, dis-je doucement.

Il me lâche et rentre dans son appartement sans un mot de plus.

Je regarde sa porte close pendant un long moment, les yeux brûlants, avant de me tourner vers mon appartement. J'entre et me dirige droit vers ma chambre. Je laisse tomber mon sac à main sur la table de chevet et me laisse tomber en arrière sur le lit, avant de poser le bras sur mes yeux qui me piquent. Notre amitié est-elle terminée parce que je ne veux pas la même chose que lui ? Ne comprend-il pas comme ce

serait risqué, de laisser s'installer des sentiments profonds ?
Ça peut vous détruire. Je ne laisse jamais personne se rapprocher à ce point.

Je renifle et me redresse. J'ai envie d'appeler Sara, mais je
réalise que c'est le milieu de la nuit, à Villroy. Je ne veux pas
la réveiller, surtout sachant qu'Henry se réveille encore
plusieurs fois dans la nuit. Même au Texas, il est tard, je ne
peux donc pas appeler mon amie Lindsey non plus. Le seul
ami que je sais être réveillé, c'est la personne qui m'a mise
dans cet état d'agitation.

Je vais le laisser se calmer et je lui parlerai demain. Je ne
laisserai pas notre amitié s'éteindre aussi facilement. Je ne
peux pas le perdre.

13

Brendan

Le lendemain matin, je vais courir à la première heure. J'ai insisté pour que Chloé me révèle ses sentiments, et sa réponse a été claire : hors de question. Elle n'est pas prête pour une relation, et en tant que roi des aventures sans lendemain, je ne peux vraiment pas le prendre personnellement. Elle n'est pas à la même étape de sa vie que moi. Elle est jeune et beaucoup de travail l'attend, un long voyage ardu jusqu'à devenir chercheuse en médecine. Vous savez, ça m'est tombé dessus par surprise, mais je suis enfin prêt pour une relation sérieuse. Regardez un peu ça ! Je grandis. Je me dirige vers un parc tout proche tout en énumérant mentalement les femmes que j'ai rencontrées et que ça pourrait valoir la peine de rappeler. Il y a peut-être là un potentiel que je n'ai jamais pris le temps d'explorer.

Je me mets à trottiner lentement. Il y avait cette brune aux piercings. Comment elle s'appelait ? Ou bien cette rouquine…

Chloé au bal de Noël.

Non, ne pense pas à elle.

De doux cheveux blonds, des yeux verts, une peau douce

et parfaite, des lèvres avec une petite moue au-dessus. Putain.
Sors de ma tête, Chloé.

Je cours plus vite, mais ça ne sert à rien. Mon esprit en
revient toujours à Chloé. Que suis-je censé faire ? Elle est
encore là pour un mois, et ensuite elle ira à Villroy, où son ex
l'attend. Elle dit qu'elle ne se remettra pas avec Michael, mais
je suis sûr qu'il va essayer de la récupérer. Qui ne le ferait
pas ? Elle est incroyable, belle, brillante, drôle, sexy. Argh. Je
n'arriverai jamais à me la sortir de la tête.

Je cours de plus en plus vite, jusqu'à ne plus penser à rien
à part mon prochain pas, ma prochaine inspiration. Si seulement je pouvais garder le rythme.

Je finis par ralentir, et quelque chose d'étonnant se produit
pendant que je reprends mon souffle : une sensation de paix
m'enveloppe. Je vais cesser de résister. Je suis en train de
craquer pour elle, ce qui veut dire que je vais passer autant de
temps que possible avec elle, qu'on fasse un jour ce pas de
plus et se retrouve au lit ou pas. Je veux juste être avec elle. Il
finira peut-être par se passer quelque chose un jour, quand
elle sera prête. Je ne devrais pas me montrer aussi insistant
avec elle.

Je retourne vers chez moi, trempé de sueur et fatigué.
Nouveau plan : sois détendu. Je ne vais pas mettre d'étiquette
sur notre relation, je n'insisterai pas pour faire quoi que ce
soit de plus que ce qu'on faisait déjà. Le mariage de Jack m'a
fait envisager un autre avenir, mais il n'aurait pas dû. Je ne
suis pas Jack, après tout.

Tout ce dont je suis sûre, c'est que je ne gaspillerai pas ce
dernier mois avec elle. Je profiterai de sa présence comme je
peux. Ce n'est pas aussi pathétique que ça en a l'air, me
rassuré-je. Ça s'appelle ouvrir les yeux pour vraiment
regarder la femme merveilleuse à côté de chez moi, et l'apprécier pour ce qu'elle est.

Une fois chez moi, je prends une douche et décide de
crever l'abcès avec Chloé. Je verrai si elle veut qu'on fasse
quelque chose de neutre ensemble, comme jouer au Frisbee
dans le parc. Pas grave si elle refuse. Je sais que son travail est

important à ses yeux. Je suis sûr qu'elle est chez elle. Elle l'est toujours, le samedi matin, même si on approche de midi.

Après ma douche, je me dirige vers son appartement juste au moment où elle passe la porte, un grand récipient en plastique dans les mains. Elle se fige, debout sur le seuil et les yeux levés vers moi.

— Salut, je m'apprêtais à venir…, commencé-je, avant de m'interrompre. Où tu vas ?

Elle m'adresse un sourire hésitant.

— Je, euh, je t'ai fait des biscuits au sucre, répond-elle en me tendant le récipient.

Je regarde les biscuits.

— C'est vrai ?

Aucune femme n'a jamais fait la cuisine pour moi. Je sais ce que ça signifie à ses yeux. Les biscuits au sucre sont un geste qui vient du cœur, pour elle. Elle m'a expliqué avec beaucoup de nostalgie qu'elle en faisait avec Sara, quand elle était petite. Elle a bien des sentiments pour moi. Il y a de l'espoir. Un élan d'affection me submerge et je me sens soudain plus léger.

Je lève la tête et souris.

— Merci.

Elle laisse échapper un soupir et les larmes lui montent aux yeux.

— De rien.

Puis elle recule pour me laisser entrer.

Je prends le récipient d'une main et l'étreins de mon autre bras.

— Tu vas bien ?

Elle hoche la tête, les lèvres serrées comme si elle s'efforçait de ne pas pleurer.

— Oui.

— C'est pourquoi ? l'interrogé-je en levant le récipient.

— J'ai eu la sensation qu'on avait déraillé, hier soir, explique-t-elle, les yeux rivés sur ma poitrine. Et j'espérais vraiment qu'on puisse rester amis. Je n'ai pas envie que tu sortes de ma vie.

Sa voix s'étrangle d'émotion. Je dois beaucoup compter, pour elle. C'est tout ce que j'ai besoin de savoir. Je ne sais pas comment ça va fonctionner, ni même si ça va marcher, mais ce qu'il y a entre nous est réel, et ça me suffit.

Elle est tendue, et se mordille la lèvre inférieure. Je songe alors qu'elle a peut-être peur parce que cette histoire de relation est toute nouvelle, pour elle. Mon instinct protecteur s'éveille et j'éprouve l'envie de la rassurer.

— Eh, tout va bien. Tu n'étais pas obligée de faire ça.

Je soulève le récipient transparent et jette un œil à l'intérieur. Il y a plusieurs couches de minuscules biscuits.

— Qu'est-ce que c'est censé être ?

— Oh.

Elle rit et retire le couvercle du récipient.

— Je n'ai trouvé aucun emporte-pièce dans les placards, mais il y avait ces petits moules en forme de feuille. Tu sais, pour décorer des tartes.

Elle sort un minuscule biscuit en forme de feuille.

— On s'en sert sur la pâte à tarte et on décore le dessus avec. Je me suis retrouvée avec tellement de biscuits.

Ça a dû lui prendre des heures, de découper et faire cuire tous ces minuscules biscuits. Tout ça pour moi.

J'en goûte un.

— Délicieux.

Elle sourit.

— Je suis contente que ça te plaise.

— Sers-toi.

Elle en prend un aussi, mais ne le mange pas.

— Alors, on peut traîner un peu ensemble, aujourd'hui ?

Elle a l'air hésitante, comme si je risquais de l'envoyer promener. Ai-je été aussi dur, hier soir, ou craint-elle à ce point de me perdre ?

— Absolument. Il fait beau, dehors. Je pensais à jouer au Frisbee dans le parc. On pourrait aller manger quelque part, en passant. À moins que tu aies besoin d'étudier.

Elle lève le menton, ses yeux verts pétillants.

— J'ai décidé de faire une pause les week-ends, durant l'été, annonce-t-elle avant de jeter le biscuit dans sa bouche.

— Vraiment ? Le week-end entier ? Tu es sûre que les articles de recherches ne vont pas s'empiler, docteur Travers ?

Elle sourit et secoue la tête.

— Un homme avisé m'a dit une fois que les scientifiques faisaient leurs meilleures découvertes en prenant des pauses régulières.

Ce doit être moi. Et j'ai dit ça pour des raisons complètement égoïstes.

— Quoi ? Il m'a tout l'air d'un type qui gaspille son temps.

— Non, tu avais raison. J'en ai besoin, ou je vais m'épuiser avant d'avoir atteint mon objectif.

— Alors je suis quelqu'un d'avisé, hein ? On ne m'avait encore jamais dit ça.

On se sourit un long moment. Je pense qu'elle est aussi heureuse que moi qu'on recommence à passer du temps ensemble.

— Très bien, lancé-je en me redressant. Laisse-moi ramener ces biscuits chez moi et récupérer mon Frisbee.

— Super. Je te rejoins dans quelques minutes. Je dois mettre de la crème solaire et un chapeau.

Je me retourne pour partir, avant de m'arrêter et de me tourner à nouveau vers elle.

— Qu'est-ce que tu as de prévu, le quatre juillet ? C'est ce jeudi et je suis en week-end prolongé.

— Je ne sais pas. Qu'est-ce que tu fais, toi ?

Je souris.

— On va au barbecue du quatre juillet de ma famille. Mon père considère cette date comme très importante depuis qu'il est devenu un citoyen américain. Tu connais tout le monde. Ce sera marrant.

— J'y serai, promet-elle en pointant le doigt vers moi, souriante.

Mon cœur bat un peu plus vite à ce beau sourire. Je retourne chez moi, me sentant déjà plus léger.

Chloé

Dieu merci, Brendan ne m'en veut pas. On traîne encore ensemble et on passe dans l'appartement l'un de l'autre à n'importe quelle heure. J'ai eu si peur de le perdre pour toujours. C'est vraiment un type bien, et je sais que je peux tout lui dire. Il m'écoute vraiment, quand je lui parle de mon boulot au labo, qui n'est toujours pas aussi bien que toutes les choses intéressantes que sur lesquelles j'ai envie de me pencher en tant que futurs sujets de recherche. Il arrive à me suivre étonnamment bien, en plus, sachant qu'il n'a jamais étudié la biologie et la chimie au-delà du lycée. Il est intelligent, chaleureux et si drôle qu'il me fait me sentir légère et heureuse rien que d'être en sa présence.

Mais il y a aussi ces moments.

Des moments forts qui me coupent le souffle, où l'alchimie entre nous est si puissante que je meurs d'envie de franchir la limite, même si je suis terrifiée à l'idée de tout gâcher. Comment le conserver comme ami alors que je ressens tellement plus ? Je ne sais pas combien de temps je pourrai continuer à lui résister. Sara m'a dit un jour que quand la personne qui était faite pour nous arrivait, ça valait le coup de prendre le risque même si c'était effrayant. Elle parle d'expérience, mais j'ai l'impression qu'elle a pris beaucoup moins de risque en tentant sa chance avec Adrian. Ils étaient amis d'enfance et ils ont passé des années à faire grandir la confiance entre eux avant de sauter le pas. Ce n'est pas du tout pareil pour moi. Elle a aussi dit que j'avais tendance à me renfermer quand ça devenait trop intense, mais ce n'est pas l'impression que j'ai avec Brendan. Je ne me renferme pas du tout. En fait, chaque fois que je le vois, je me sens si excitée, ensuite, les nerfs à vif et explosés, qu'il me faut des heures avant de me calmer assez pour dormir. Je suis trop ouverte avec lui, trop vulnérable, et le plus fou, c'est que *malgré ça*, je n'ai toujours pas envie de mettre de la distance entre nous. Est-ce que ça veut dire qu'il est l'homme qu'il me faut ? Suis-je la personne qu'il lui faut ? Je ne sais pas.

Je fais les cent pas dans mon appartement, les jambes tremblantes de nervosité et la poitrine comprimée. Il sera bientôt là, pour m'emmener au barbecue du quatre juillet, et j'ai peur de m'être fait trop d'idées sur ce week-end, dans ma tête. J'ai passé un marché avec moi-même : faire une pause les week-ends rien que pour passer autant de temps que possible avec lui. C'est la seule façon de savoir s'il est la bonne personne avec qui prendre un risque.

Il frappe à la porte en utilisant notre code secret : plusieurs coups rapides, comme ceux d'un pivert. C'est assez agaçant pour être drôle. Sauf que ma respiration accélère trop pour que je puisse rire.

— Une minute, lancé-je en m'obligeant à prendre un ton enjoué.

Je ferme les yeux et visualise Sara, avec son regard affectueux et son sourire aimant, m'encourageant à tenter ma chance. Je les imagine, Adrian et elle, assis ensemble sur le canapé, les yeux posés sur leur beau bébé. Penser au petit Henry me calme.

J'ouvre la porte.

— Joyeux quatre juillet !

Il m'étudie des pieds à la tête avec un sourire chaleureux, et mes tremblements disparaissent.

— Regarde-toi, tout en rouge, blanc et bleu.

J'esquisse une petite révérence.

— Merci.

Je porte un débardeur blanc, un jean bleu et un pull rouge noué autour de la taille pour plus tard. Je vais sûrement rester tard pour regarder le feu d'artifice, et le temps risque de se rafraîchir.

— Et où est ton rouge, blanc et bleu ?

Il baisse les yeux et se tapote le corps.

— Ils sont là, quelque part.

J'éclate de rire. Il porte un T-shirt et un short de sport

noirs.

— Tu portes un caleçon aux couleurs du drapeau américain ?

Il soulève l'élastique de son short, jette un œil dessous et y regarde à deux fois, comme s'il était stupéfait par ce qu'il portait.

— C'est le diable de Tasmanie.

Il est si drôle.

— Vraiment

Il incline la tête.

— Tu veux jeter un œil ?

Mes joues rougissent.

— Allons-y, proposé-je en le dépassant.

— Tu es sûre ? me taquine-t-il en me tenant la porte ouverte.

— Oui, je suis sûre, dis-je par-dessus mon épaule avec un rire.

— Je porterai un drapeau américain en cape un peu plus tard, dit-il tandis qu'on descend les marches. Comme Super Américain.

— Captain America, tu veux dire.

— Général America. Je préfère me voir comme un général.

— Évidemment.

Il pousse la lourde porte d'entrée et me la tient ouverte. Je plonge sous son bras et sors sous le soleil rayonnant. C'est une journée estivale parfaite, miroitante de promesses.

— Chloé, m'appelle une voix grave.

Je me retourne et me fige, mon estomac se serrant.

— Michael, murmuré-je.

Il s'avance vers nous et fusille Brendan du regard, avant de reporter son attention sur moi.

— Je t'ai vue avec lui à Villroy. Vous êtes en couple, maintenant ?

J'ai la tête qui tourne. Je n'arrive pas à croire qu'il est ici, qu'il a fait tout ce chemin depuis Villroy. Comment il m'a retrouvée ? C'est alors que je me souviens lui avoir donné mon adresse pour qu'il puisse me renvoyer mes affaires.

— Michael, je ne savais pas que tu comptais me rendre visite.

Il croise ses bras musclés sur sa poitrine.

— Je vois ça.

Brendan tend la main.

— Je ne suis jamais officiellement présenté. Brendan Rourke.

Michael l'ignore.

— Brendan est mon voisin, et un ami, expliqué-je en me tournant vers Michael. On s'apprêtait à se rendre à un barbecue.

— Chloé, je peux te parler seul à seul ? demande Michael.

Une horrible pensée me vient à l'esprit.

— Attends, il s'est passé quelque chose avec Sara ?

— Non, elle va bien, répond-il. C'est entre toi et moi.

Je me détends un peu et jette un regard à Brendan. Il a la mâchoire crispée et tout son corps est tendu.

— Ça ne prendra qu'une minute, d'accord ?

Je fais signe à Michael d'avancer un peu plus loin sur le trottoir. Je n'ai pas envie de l'inviter à monter chez moi. Je veux qu'on reste en public, parce que quelque chose me dit que cette discussion va très, très mal tourner. Il a fait tout ce chemin pour me voir alors que je compte aller à Villroy bientôt, et ce n'est pas le genre de truc que ferait un simple ami.

— Qu'est-ce qu'il y a, Michael ? Qu'est-ce que tu fais ici ? Je t'ai dit que je rendais visite à Sara dans quelques semaines.

— Je savais que tu ne travaillerais pas aujourd'hui et j'étais trop impatient de te voir.

Je me mordille la lèvre inférieure.

— Tu n'avais pas besoin de faire tout ce chemin.

— Je t'aime, dit-il en posant la main sur mon bras. Je ne cesserai jamais de t'aimer et cette période de séparation a été si…

Sa voix se coince un instant dans sa gorge, puis il continue :

— Ça a été si dur. J'ai compris mon erreur. Je n'accordais pas la considération qu'il mérite à ton travail, la considération que tu mérites. Je n'aurais pas dû te demander de faire tes études de médecine en France. J'ai décidé d'emménager aux États-Unis pour être avec toi.

Je lâche un hoquet de stupeur.

— Non, Michael, ne fais pas ça. Tu as un excellent boulot à Villroy, avec un logement gratuit et tout ça. Il n'y a rien de tout ça pour toi, ici.

— Mon boulot n'a aucune importance comparé à toi, répond-il d'une voix rendue rauque par l'émotion.

Mon cœur se serre, parce que je ne ressens pas la même chose que lui. Je regarde Brendan par-dessus mon épaule et un élan d'affection me submerge rien qu'en le voyant. C'est à ce moment-là que je comprends soudain : Brendan a déjà envahi mon cœur, même si je croyais le garder verrouillé à double tour. Il est forcément celui qu'il me faut.

Brendan fait un pas en avant et je secoue la tête. Je n'ai pas envie qu'il vienne ici. Je déglutis et me tourne à nouveau vers Michael.

— Je suis désolée. Je n'éprouve pas les mêmes sentiments. Je pense que tu devrais partir.

Il lance un regard noir par-dessus mon épaule.

— À cause de lui ?

— Ça n'a rien à voir avec lui. C'est moi.

Mais il n'a pas l'air de m'entendre. Il s'avance vers Brendan d'un air menaçant. *Merde !* Ils prennent tous deux une posture agressive.

— Recule, m'écrié-je en me précipitant vers eux. Brendan est un ami, Michael.

Il ne détourne pas les yeux de Brendan, le fusillant du regard, leur nez se touchant presque.

Je reporte mes efforts sur Brendan.

— S'il te plaît, Bren, partons.

Brendan plisse les yeux et sa voix se réduit à un grognement féroce.

— Si tu lèves la main sur moi, un Rourke, tu peux dire adieu à ton boulot. Je te ferai bannir de Villroy pour toujours. Ton devoir est de protéger la famille Rourke quoi qu'il arrive.

— Ne me rappelle pas mon devoir, lâche Michael.

Mais il recule d'un pas.

— Ravi qu'on se soit compris, dit Brendan.

Michael le fusille du regard, puis pointe du doigt vers moi.

— Il y a un truc que tu devrais comprendre concernant Chloé. Elle est sans cœur. Une coquille vide. Elle t'a dit qu'elle n'avait jamais pleuré de sa vie ? Pas même à la mort de ses parents.

— Michael !

Je lui faisais confiance pour garder ça pour lui.

— Elle est devenue muette, continue-t-il, elle s'est coupée du monde.

Il agite un doigt devant Brendan.

— Elle te repoussera, toi aussi. C'est ce qu'elle fait toujours.

— Tu ferais mieux de partir, lui conseille Brendan d'une voix calme.

Michael fait un pas vers moi.

— Chloé…

Brendan lui attrape le bras pour l'écarter de moi. Michael fait volte-face et jette Brendan sur le trottoir d'un geste vif.

Je me précipite vers lui et me penche devant lui de manière protectrice.

— Va-t'en ! m'exclamé-je en regardant Michael par-dessus mon épaule.

Michael esquisse un rictus.

— Tu le veux parce que c'est un membre de la royauté ? Tu es comme ta sœur, tu cherches juste à t'élever au-dessus de ta condition. Tu ne vaux pas mieux que moi, tu n'es qu'une orpheline sans le sou dont personne ne voulait.

Je cligne des paupières, sans voix. C'est vraiment ce qu'il pense de moi ? J'ai toujours eu Sara. Et elle n'a pas essayé de s'élever au-dessus de sa condition. Elle et Adrian étaient amis depuis l'enfance. J'ai déjà parlé de ça à Michael. Il essaie juste de me faire du mal.

Brendan se lève et je me joins à lui. Il passe un bras protecteur autour de mes épaules.

— Elle t'a demandé de partir.

Je fusille Michael du regard et parle à voix basse, la fureur bien audible dans chacune de mes syllabes.

— Ma sœur est la personne la plus bienveillante, aimante et généreuse que je connaisse. J'espère pouvoir suivre son exemple un jour, et ça n'a rien à voir avec l'identité de la personne qu'elle a épousée. Ne parle plus jamais de ma sœur comme ça, ou je m'assurerai que son mari en entende parler. Tu te retrouveras à la rue si vite que tu en auras le tournis.

— Tu es incapable d'aimer, lâche-t-il avant de s'éloigner.

Je déglutis. Ces mots me font mal, parce qu'ils possèdent une part de vérité. J'ai toujours eu peur d'être incapable d'aimer. Je ne suis peut-être pas capable d'offrir à Brendan l'amour qu'il mérite, ce qui veut dire que je ne suis pas celle qu'il lui faut. Non, je ne peux pas laisser Michael décider de ça pour moi. Il est en colère et il s'est défoulé sur moi. Mes entrailles se tordent et le doute s'attarde dans mes pensées.

— Tu m'as défendu, remarque Brendan en se tournant vers moi. Tu as placé ton petit corps entre moi et un assassin entraîné.

Je l'observe de haut en bas, soudain inquiète.

— Il t'a jeté sur le ciment. Tu as mal quelque part ? Tu as besoin d'un kit de premiers soins ?

Il replace une mèche de cheveux derrière mon oreille.

— Tu n'es pas sans cœur, Chloé.

— Je sais.

Je suis brisée. L'horrible vérité s'attarde dans ma tête.

Il referme la main sur ma joue.

— Et moi, je sais que tu ressens quelque chose pour moi.

Je déglutis, des papillons dans l'estomac tandis que la nervosité m'assaille. J'ai envie d'acquiescer, mais tout ce qui sort de ma bouche, c'est :

— On est amis.

Son regard est gentil, son ton tendre.

— Je pense qu'il est temps d'arrêter de nier ce qu'il y a

entre nous.

— Je ne nie rien du tout.

— Alors embrasse-moi.

Mon cœur cogne et mes mains tremblent. Je n'ai pas envie qu'il sache à quel point je suis terrifiée à l'idée de sauter le pas, alors je bluffe :

— Qu'est-ce que ça prouverait ? Tu essaies de me pousser à coucher avec toi ?

— OK. Couchons ensemble.

Il est bien trop désinvolte avec un sujet aussi important pour nous !

Je suis furieuse, effrayée et secouée après la visite inattendue de Michael et ses paroles dures. Je lève le menton et crispe les poings pour que mes mains arrêtent de trembler.

— Très bien. On va coucher ensemble, et ça gâchera tout, tu verras…

Ma voix se casse, mais je continue :

— Et tu te précipiteras vers la porte.

— Tu veux parier ?

On se dévisage pendant un long moment tendu.

Je ne sais pas qui bouge en premier, mais nous entrons en collision l'un avec l'autre, nous embrassant avec passion au beau milieu du trottoir. Brendan enroule ses bras forts autour de moi, et c'est la seule chose qui me maintient debout au milieu de l'ouragan de sentiments qui fait rage en moi. Tout mon désir, toutes mes émotions refoulées se déversent dans ce baiser. Je suis hors de contrôle.

Il rompt le baiser un long moment plus tard et me serre contre lui. Tout mon corps se détend. Je me sens en sécurité dans ses bras et je ne tremble plus. D'une voix rauque qui résonne dans sa poitrine, il marmonne :

— Montons.

Ce n'est pas une question.

C'était voué à en arriver là. Je l'ai su dès la première fois qu'on s'est rapprochés.

Il me tend la main et je la prends, avant de le suivre dans l'immeuble et de monter à l'étage.

14

Chloé

Il déverrouille la porte de son appartement, me prend à nouveau la main et m'emmène dans sa chambre. Pas de mots doux, pas de séduction. Il va droit au but. C'est le genre d'hommes que je comprends.

Il s'arrête à côté du lit et m'attire contre lui. Sa grande main se referme autour de ma mâchoire et il m'adresse un regard brûlant.

— Chloé, j'attends ça depuis si longtemps.

Je me fige.

— Est-ce que tu as jamais voulu être mon ami ? Ou c'était juste un moyen de nous attirer jusqu'à cet instant ?

Il écarquille les yeux. Puis il se reprend et prend mon visage entre ses mains.

— Je voulais être proche de toi de toutes les manières possibles. J'ai ignoré l'attirance même si c'était une torture. J'ai juste besoin d'être avec toi.

Ma respiration se coince dans ma gorge. *Il a besoin d'être avec moi. Ce n'est pas que de l'envie. Ou du désir. Personne n'a jamais eu besoin de moi pour quoi que ce soit.*

— Pourquoi ?

— Parce que tu es unique. Je ne rencontrerai jamais d'autre femme aussi brillante, sexy et drôle que toi.

Je cligne des paupières, stupéfaite. On m'a déjà qualifiée de brillante, mais jamais de drôle. Et seuls les hommes avec qui j'ai couché m'ont dit que j'étais sexy.

— C'est toi qui es drôle.

— On est drôles ensemble, répond-il, avant d'incliner la tête pour déposer un tendre baiser sur mes lèvres. Pourquoi tu es si petite ?

Je pouffe de rire. Il fait presque trente centimètres de plus que moi. Je donne une petite tape amusée sur sa poitrine, le poussant vers le lit. Il comprend le message et s'y assoit, avant de m'attirer à cheval sur ses genoux.

— C'est beaucoup mieux, dit-il contre mes lèvres avant de coller sa bouche sur la mienne.

J'incline la tête, approfondissant le baiser, et sa langue plonge à l'intérieur. Le désir s'accumule dans mon bas-ventre. Il glisse la main jusqu'à mes fesses pour me maintenir près de lui tandis que le désir me submerge. Le baiser devient effréné, hors de contrôle, et un feu s'embrase entre nous.

Il rompt le baiser et fait passer mon débardeur par-dessus ma tête, avant de le jeter derrière lui et de se débarrasser aussi de mon soutien-gorge. Il me caresse les seins et les prend tout en écrasant à nouveau sa bouche sur la mienne. Je passe les doigts dans ses cheveux, un désir vif grandissant en moi. Il tapote des pouces sur mes tétons durs, provoquant une décharge de plaisir en moi. Je m'empare du bas de son T-shirt et l'arrache.

Il me remet sur mes pieds et retire le pull noué autour de ma taille, mon jean et ma culotte. Puis il se déshabille aussi, tout en me dévorant du regard. Dès qu'il est nu, je me jette sur lui.

Il tombe en arrière sur le matelas, m'emportant avec lui, puis roule au-dessus de moi, les avant-bras posés de chaque côté de ma tête. Il me caresse la joue.

— Chloé, dit-il d'une voix rauque, le regard tendre.

— Bren, murmuré-je.

Il referme la main sur ma mâchoire et m'embrasse profondément. J'écarte un peu plus les jambes, parce que j'en veux plus. Mais il n'est pas pressé et m'embrasse comme s'il avait tout le temps du monde. Puis il se déplace et dépose une série de baisers le long de ma mâchoire et de ma gorge.

— Pourquoi tu te montres aussi délicat ? l'interrogé-je.

Il plonge la langue dans le creux entre mes clavicules et dépose une traînée de baisers brûlants le long de l'une d'elles. Je m'agite fébrilement sous lui.

— Parce que c'est la première fois qu'on fait l'amour, répond-il en levant la tête.

— Je préfère le terme « baiser ».

Ses lèvres tressaillent.

— J'adore cette vilaine bouche.

Il dépose un léger baiser au coin de ma bouche, puis à l'autre. J'entrouvre les lèvres et soupire. Il suit ma bouche du doigt, étudiant mes lèvres avant de me mordiller la lèvre inférieure, puis de la sucer. Un élan de plaisir me submerge.

Il attrape mon lobe d'oreille entre ses dents et tire dessus. Ses lèvres effleurent mon oreille puis il dit :

— Je compte prendre tout mon temps.

Je gémis.

Il se soulève assez pour passer la main entre mes jambes et me caresser paresseusement.

— Ça te plairait, que je te prenne fort et profondément ?

— Ouiiii, sifflé-je.

Ses doigts me caressent de manière lente et sensuelle, et sa voix est presque hypnotique.

— Ensuite, pour la deuxième manche, je te soulèverai sur moi et je te ferai asseoir sur mon visage. Il enfonce les doigts en moi pendant que son pouce continue de tapoter à un rythme régulier.

Ma respiration s'accélère, mais je parviens à répondre :

— Oui.

Il s'est placé à côté de moi. Je ne saurais dire quand. Je suis trop noyée dans le plaisir pour m'en soucier.

— Et ensuite, je te ferai te retourner et je t'empalerai sur moi.

Il fait quelque chose avec ses doigts qui me fait voir des étoiles. Mes hanches oscillent d'elles-mêmes et un plaisir chauffé à blanc m'envahit.

— Je te laisserai me monter à ton propre rythme, puis je prendrai le contrôle et je prendrai ce dont j'ai besoin pendant que tu me supplies de te libérer, continue-t-il d'une voix râpeuse.

Tout en moi se crispe tandis que j'imagine ce qu'il décrit pendant qu'il s'affaire sur moi avec ses doigts. Je gémis doucement, animée d'un désir dévorant et sentant que l'orgasme est tout juste hors de portée.

Soudain, ses caresses se font aussi légères qu'une plume. J'ouvre vivement les yeux.

— S'il te plaît, Bren.

Sa bouche s'écrase sur la mienne et ses doigts accélèrent la cadence. J'arque les hanches et il les repousse sur le matelas, sans cesser sa torture sensuelle.

Je laisse échapper un gémissement du fond de ma gorge.

Il rompt le baiser.

— J'adore tes gémissements de gorge. Donne-m'en plus, Chloé.

Puis il descend le long de mon corps, de plus en plus, avant de refermer la bouche sur mon entrejambe. Je lui agrippe les cheveux et tire dessus sans réfléchir, des cris gutturaux s'arrachant à ma gorge. Sa bouche est coquine, ses doigts acharnés, et il me fait grimper de plus en plus haut. *Oui !* C'est exactement ce dont j'avais besoin. Tout mon corps s'arque en avant et je craque, mon orgasme me heurtant de plein fouet dans un afflux brutal de plaisir. Je m'écroule, haletante.

Il se déplace, se dresse au-dessus de moi et marque une pause le temps de sucer mon sein avec insistance. Je gémis

doucement. Il m'abandonne le temps de récupérer un préservatif dans la table de chevet. Puis il revient exactement là où
je le veux, entre mes jambes. Je les enroule autour de sa taille
et il me pénètre d'un coup brusque, tout en laissant échapper
un gémissement bas.

Il me prend la mâchoire tout en s'enfonçant lentement et
profondément. Nos regards se rivent l'un à l'autre, nos
souffles se mêlent et nos corps sont aussi proches que deux
personnes peuvent l'être. C'est puissant, irrésistible. L'émotion s'accumule dans ma gorge. Je ferme les yeux, incapable
de soutenir l'intensité de ce moment.

Il s'écarte, mais ce n'est que pour nous repositionner. Il
s'agenouille entre mes jambes et me soulève la cheville par-
dessus son épaule. Il m'embrasse délicatement le mollet avant
de soulever mon autre jambe sur son épaule et d'embrasser ce
mollet-là aussi. Puis il s'empare de mes hanches et s'enfonce
brutalement en moi, me coupant le souffle. Je plonge le regard
dans le sien tandis que le plaisir me consume. Il fait glisser sa
main de ma gorge et ma poitrine, me pinçant violemment le
téton et me faisant hoqueter avant de continuer lentement le
long de mon ventre, puis de plonger entre mes jambes. Ses
caresses sont aussi légères que des plumes et ses coups de
reins puissants. Tout en moi s'illumine.

Ses yeux pétillent. Il semble savoir ce dont j'ai besoin
avant que j'aie pu l'exprimer. Tout mon corps se crispe autour
de lui et le plaisir grimpe en flèche.

— Bren, le supplié-je presque.

Il rive son regard au mien et je vois tout – le plaisir,
l'amour, la tendresse. Puis l'exigence.

— Maintenant, grogne-t-il.

Je craque, une flambée de plaisir qui irradie en moi
pendant qu'il me serre contre lui et s'enfonce brusquement,
apportant de plus en plus de plaisir. Ses gémissements
rauques, quand il lâche prise à son tour, me provoquent une
autre décharge.

Il me lâche et s'installe derrière moi, me plaçant en cuillère
contre lui. Il m'embrasse sur l'épaule.

— Bébé, dès que j'aurai récupéré, je vais te prendre comme ça, promet-il en attirant mes jambes sur les siennes. Tu seras grande ouverte pour te faire baiser profondément.

Je frissonne. L'image érotique qu'il me dépeint m'excite plus que je l'aurais cru possible avec des mots.

— On va être en retard au barbecue de ta famille.

— On sera là à temps pour le dîner au lieu du déjeuner.

— Ils ne vont pas se demander où tu es ?

— Il y a des priorités, dans la vie, Chloé. J'attends ça depuis trop longtemps.

Il me fait tourner la tête vers lui et m'embrasse sur les lèvres.

— Tu aimes quand je suis agressif. Tu en as besoin.

— Ça m'oblige à arrêter de penser, admets-je en me tournant sur le flanc et en m'installant contre son oreiller. Je passe beaucoup trop de temps dans mes pensées.

— J'en ai besoin aussi, avoue-t-il d'une voix grondante dans mon oreille. On va bien ensemble.

La nervosité m'envahit.

— Oh, Blaze.

Mauvais nom, ah ah ah. Ça doit rester léger, entre nous, on doit y aller doucement.

Il me mordille le cou.

— Blaze, répète-t-il, et je perçois le sourire dans sa voix.

Une question me vient aussitôt en tête, mais je n'ose pas la poser : *et maintenant, qu'est-ce qu'on fait ?*

Brendan

Je regarde Chloé soulever la mâchoire pour examiner son cou dans le miroir de la salle de bain.

— Est-ce que ta barbe m'a rougie la peau ?

— Non.

Oui.

On est en pleine action depuis des heures, et j'ai encore envie d'elle. J'enroule les bras autour de sa taille par-derrière et fourre mon nez contre son cou exposé.

— Estime-toi heureuse que je ne t'aie pas fait de suçon.

J'aspire la peau de son cou entre mes lèvres. Pas trop fort. On va chez mes parents bientôt.

— Bren, dit-elle, à bout de souffle. Les suçons, c'est tellement un truc de lycéens.

— Merci, dis-je en glissant la main sous son débardeur pour lui caresser le flanc. Eh, j'avais pas prédit que tu mettrais fin à ton vœu d'abstinence d'ici le quatre juillet ? Et voilà.

— Ce n'était pas un vœu, plutôt un...

Elle hoquette quand je lui pince le téton.

— On est tellement en retard. Ils doivent nous attendre, remarque-t-elle en repoussant ma main.

Je caresse ses jolies fesses dans son jean moulant.

— Une heure de plus ou de moins, qu'est-ce que ça peut faire ? On doit rattraper le temps perdu.

Je me sens d'humeur vorace.

Elle se tourne face à moi.

— On a déjà plus de deux heures de retard. On va arriver si en retard que ce sera malpoli.

— Je dirai juste que tu ne pouvais pas me résister. Tout le monde comprendra.

Je fais glisser ma main plus bas sur ses fesses et la referme au-dessous. Puis je la caresse d'avant en arrière entre les jambes. Elle se penche faiblement contre moi. Elle est chaude au toucher, même à travers son jean. J'ai un don pour la faire fondre.

Je fourre le nez contre son cou et frotte mes dents contre sa peau tout en la caressant.

Elle resserre les doigts sur mon T-shirt.

— Bren, dit-elle d'une voix essoufflée, urgente.

— Une dernière fois, dis-je tout en défaisant le bouton de son jean et en la tournant dos à moi.

Je dépose des baisers le long de son cou, puis je la débarrasse de son jean et de sa culotte, avant de plonger aussitôt les doigts entre ses jambes.

Elle s'accroche au comptoir pour ne pas perdre l'équilibre.

— Fais vite, dit-elle par-dessus son épaule.

Je lui adresse un sourire diabolique.

— Bébé, il n'y aura rien de rapide là-dedans.

Je me déshabille, enfile un préservatif – ouais, je suis venu préparé – puis je la penche sur le comptoir.

Sa respiration devient saccadée, mais je n'entends pas une seule protestation concernant mon rythme lent. Elle est trop occupée à gémir pendant que je m'enfonce profondément en elle tout en la titillant des doigts, effleurant avec légèreté le centre de son plaisir. C'est si satisfaisant, de sentir sa maîtrise de soi d'habitude si parfaite s'effriter, avant de s'effondrer complètement. Elle oscille des hanches, cherchant déjà désespérément plus de contact. Je suis décidé à lui faire perdre la tête, alternant les caresses fermes et les contacts légers, jusqu'à ce qu'on soit tous deux couverts d'une fine pellicule de sueur. Moi à force de me réfréner, elle de pur désir.

— Ne t'arrête pas, ne t'arrête pas, scande-t-elle.

Je la fais basculer et elle pousse un cri, son corps m'étreignant de manière rythmique et m'emportant presque avec elle. Mon propre désir me consume. Je m'empare de ses hanches, l'attire tout contre moi et la fais s'immobiliser. Elle halète sous moi et laisse aller sa tête en avant.

Je lui pose le genou sur le comptoir, l'ouvrant totalement, et m'enfonce à nouveau. Elle hoquette. *Oh ouais, ça, c'est bon.* Ces lents coups de reins ressemblent à une divine torture. Elle a recommencé à gémir doucement, me faisant durcir encore plus.

— J'ai besoin de te sentir jouir à nouveau, bébé, murmuré-je dans son oreille tout en lui donnant une petite tape entre les jambes.

Ses hanches tressautent.

Je rends mes caresses plus délicates et elle lâche un long gémissement bas. C'est un son magnifique.

Je la caresse légèrement tout en m'enfonçant profondé-

ment, nous rapprochant tous deux de plus en plus du préci-
pice. Elle oscille des hanches au même rythme que moi et sa
peau est fiévreuse sous la mienne. J'accélère la cadence, incapable de me retenir bien longtemps. Elle lâche un cri rauque
et je lâche prise, la pilonnant violemment dans une explosion
de plaisir qui fuse en moi. Mon rugissement guttural se mêle
à ses doux sons de plaisir.

J'abaisse sa jambe sur le sol, mais je ne la lâche pas. Je la
retiens tout contre moi un peu plus longtemps, les bras
enroulés autour d'elle.

— Ce n'était vraiment pas rapide, dit-elle avec un rire
essoufflé. Mais je me sens trop bien pour être en colère contre
toi pour notre retard.

Je la laisse se redresse et la retourne face à moi, prenant
son visage entre mes mains et l'embrassant.

— J'ai pris ça comme un défi.

Ses yeux pétillent et ses joues sont rouges.

— Te demander de faire ça vite, c'est un défi ?

— Tu peux le dire. Le petit diable sur mon épaule m'intime de déterminer pendant combien de temps je peux faire
traîner les choses.

— Je vais garder ça en tête pour plus tard.

— Pourquoi ? Pour pouvoir me mettre à nouveau au défi ?

— Oh, oui. Au risque de te donner les chevilles qui
enflent…

— Tu peux faire enfler tout ce que tu voudras.

Elle sourit.

— Je n'ai jamais eu d'aussi bonnes relations sexuelles. De
loin, et j'ai connu des ébats très agréables, pourtant. C'est
comme si tu savais ce dont j'ai besoin quand j'en ai besoin.

Je lui pince le menton, enchanté par cette confession.

— Je prends ce dont j'ai besoin, et ça correspond naturelle-
ment à ce dont tu as besoin. Tu sais ce que ça veut dire ?

— Quoi ? murmure-t-elle.

— Tu es faite pour moi.

Elle déglutit et détourne les yeux.

— On ferait mieux d'y aller. Non ?

Je laisse couler. Elle se renferme toujours quand la situation devient trop intense, juste un peu, mais assez pour me faire comprendre qu'elle éprouve des sentiments profonds. Pour moi, ils n'ont fait que grandir au cours de ce dernier mois. Je peux attendre qu'elle se sente à l'aise avec ça. Mais pas trop longtemps. Elle part pour Villroy dans un peu plus de trois semaines. Je dois être sûr qu'elle est à moi avant qu'elle parte. Parce qu'une fois de retour là-bas, elle repassera en mode étudiante sérieuse et n'aura plus beaucoup de temps pour moi. Je dois bâtir des fondations solides dès maintenant.

Je réajuste mes vêtements et lui laisse un peu d'intimité pour se nettoyer et se préparer au prochain événement – un après-midi avec ma famille. Ils peuvent être très drôles, mais quand ils sont tous rassemblés, ça peut devenir assez bruyant. Elle est habituée à une vie plus calme.

Je m'assois sur le canapé et attends. Quelque temps plus tard, elle sort de la salle de bain et pousse un soupir. Je réduis la distance, quelque chose me disant qu'elle n'est plus aussi heureuse que quand je l'ai laissée après son orgasme, un peu plus tôt.

Elle rive son regard au mien pendant un moment intense, puis détourne les yeux et lisse ses cheveux. C'est à ce moment-là que je réalise que sa main tremble.

— Tu n'as aucune raison d'être nerveuse, remarqué-je. Tu connais tout le monde.

— Je ne suis pas nerveuse. Je vais bien.

Elle croise les bras et replace ses cheveux derrière ses oreilles.

J'écarte ses bras et l'étreins. Elle me laisse faire, pressant sa joue contre ma poitrine. Je pose la main sur sa tête, la maintenant contre moi, et ne prononce pas un mot. Quelque chose la tracasse, et je ne sais même pas quelle question poser sans qu'elle s'empresse de nier. Elle n'est pas du genre à s'épancher.

Pour finir, elle dit à voix basse :

— Ça signifie beaucoup, pour moi, qu'on ait franchi cette

limite. J'ai peur de perdre ce qu'on a, notre amitié. J'ai peur qu'on ait fait une grosse erreur.

— C'était inévitable.

Je l'embrasse sur la tête.

— Et je serai toujours ton ami.

Elle lève les yeux vers moi, le doute se mêlant à l'espoir sur son expression.

— Je ne suis pas douée pour parler de mes émotions. Je sais que Michael t'a raconté…

— Il ne sait pas de quoi il parle. Il était en colère et il s'en est pris à toi parce que tu n'éprouvais pas de sentiments profonds pour lui.

Elle détourne la tête.

— Il y avait une part de vérité dans ce qu'il a dit.

J'ai l'impression qu'elle essaie de me prévenir, de s'assurer que je n'en attende pas trop de sa part. On peut être deux à jouer à ce jeu-là.

— Oui, eh bien, je n'ai encore jamais été en couple, alors attends-toi à ce que je sois nul.

Elle cherche mon regard.

— On est officiellement en couple ? Rien que parce qu'on… a couché ensemble ?

— Non, parce qu'on était déjà en couple. On ne l'avait pas encore exprimé de manière physique, c'est tout.

Un petit sourire étire ses lèvres sexy.

— Tu sembles si…

— Génial.

— Expérimenté et mature…

— Comment oses-tu me traiter de mature, répliqué-je, avant de lui tourner le dos et de me mettre sur un genou. Grimpe.

— Tu veux que je grimpe sur ton dos comme un cheval ?

Je ris.

— En selle, cowgirl. Je sais comment tu fonctionnes.

Je parle du sexe, bien sûr. L'avoir en cowgirl inversée durant la deuxième manche était très drôle.

— C'est toi qui m'as mise dans cette position.

— Et tu as adoré ça, rétorqué-je en lui faisant signe de monter. On perd du temps.

Elle grimpe avec prudence, comme si elle n'était jamais montée sur le dos de quelqu'un. Je lui donne un coup de main en me redressant, m'assurant qu'elle ne risque pas de tomber. Elle pousse un cri à ce mouvement brusque.

Je lui donne une tape sur les fesses.

— Installe-toi bien. On est attendu.

Elle pose le menton sur mon épaule et esquisse un large sourire.

— Et on serait déjà arrivés si tu n'avais pas insisté pour d'autres ébats.

— Qui pourrait m'en vouloir ? répliqué-je en me dirigeant vers la porte. Ça a été une torture, de savoir que ton corps sexy était si proche et pourtant si loin.

— Attends ! Mon sac à main est sur la table basse.

Je repars dans cette direction au galop et elle rit à gorge déployée, un son que je n'ai jamais entendu sortir de sa bouche. J'adore me dire que j'ai éveillé ça chez elle. Elle mérite de nombreux éclats de rire et moments joyeux dans sa vie. Je me penche sur le côté, récupère son petit sac à main par la lanière et le lui tends. Puis nous nous dirigeons vers la porte.

— Du calme, le canasson, lâche-t-elle quand on atteint le bout du couloir. Pas dans l'escalier.

Je la pose et dépose un rapide baiser sur ses lèvres.

— Il est temps d'affronter les Rourke, annoncé-je.

Je commence à descendre les marches et elle me suit.

Une fois en bas, elle me donne une tape sur les fesses et se précipite vers la porte. Ma petite amie sérieuse et studieuse est d'humeur taquine.

Je la rattrape dehors. Elle recule, le visage rayonnant, espérant que je lui coure après. Je fais semblant de plonger vers elle. Elle émet un couinement, tourne les talons et s'enfuit en courant. Je la rattrape sans mal, enroule les bras autour d'elle et la fais se retourner. Elle se tortille dans mes bras.

— Mauvaise direction, remarqué-je.

— J'essayais peut-être juste de m'éloigner de toi.

Je lui mords le lobe d'oreille et grogne :

— Aucune chance.

Elle frissonne, puis se détend complètement contre moi. Oh oui, elle est à moi.

15

Chloé

Je suis en territoire inconnu avec Brendan, je ressens trop de choses, trop vite. On est presque arrivés chez ses parents et la sensation d'euphorie que je ressentais plus tôt s'est estompée, ne laissant derrière elle qu'une vulnérabilité terrifiante. Ma poitrine est comprimée et j'ai du mal à prendre une grande inspiration. Je dois me ressaisir. Après tout, qui dit qu'on a le moindre avenir ensemble ? On en est à deux étapes différentes de nos vies. Il a déjà une carrière alors que je ne suis qu'au début de mon parcours, et la route est encore longue. Je ne sais pas pourquoi je n'ai pas réfléchi à ce gros problème avant ça. Ce n'est pas aussi simple que de déterminer si on est fait l'un pour l'autre. Les émotions ont obstrué le fonctionnement logique de mon cerveau. Je dois me concentrer sur mes projets. J'ai un plan, élaboré depuis des années, et il ne l'inclut pas. Je me suis toujours vue seule.

Il me prend la main et me guide dans la pièce principale de la maison de ses parents, inconscient de mon trouble.

— Tout le monde doit être à l'arrière.

C'est un long espace et les portes coulissantes séparant les pièces sont ouvertes – il y a d'abord le salon, puis la cuisine au centre et la salle à manger au fond.

— Eh, vous voilà, lance Garrett, qui vient d'entrer et se dirige vers la cuisine. Papa est agacé que tu sois en retard et que tu n'aies pas prévenu. C'est pas poli, frérot.

Il me sourit et reprend :

— Content de te revoir, Chloé. Qu'est-ce que tu fais encore avec ce type ?

Brendan le pointe du doigt et plisse les yeux pour lui lancer un regard menaçant.

— Attention à ce que tu dis, le Fauve.

Garrett lui fait signe d'approcher.

— Vas-y, amène-toi. Je te prends quand tu veux. Ce sera pas comme quand on était gosses.

Brendan s'avance dans la cuisine et se dresse face à lui.

J'écarquille les yeux. Garrett est baraqué. Ce n'est pas pour rien s'ils l'appellent le Fauve. Je suis certaine qu'il peut battre Brendan, même s'il est lui-même musclé et en bonne forme physique.

— Ne le touche pas, lâché-je d'une voix rauque.

Les deux hommes se tournent vers moi, surpris.

— Il a déjà été assez malmené pour aujourd'hui, ajouté-je en songeant à sa confrontation avec Michael.

Garrett arbore un large sourire.

— OK, comme tu veux.

Mes joues se réchauffent quand je réalise que je viens de donner l'impression que Brendan et moi sortons d'une séance de bondage brutale, ou un truc comme ça.

Le regard de Brendan s'adoucit.

— Chloé, bébé, viens par ici.

Je suis trop embarrassée pour bouger. Il s'approche, m'attire dans ses bras et m'embrasse. Garrett sifflote une mélodie enjouée tout en récupérant quelques bouteilles d'eau dans le frigo. Il me fait un clin d'œil. C'est sympa de te voir défendre ton homme. On se voit dehors.

— C'est pas mon homme, grommelé-je.

Ça donne l'impression qu'on est mariés, ou un truc comme ça.

Dès que la porte s'est refermée derrière lui, Brendan se tourne vers moi.

— Je ne suis pas ton homme ?

Je dois être honnête avec lui.

— Je suis un mauvais pari.

— Oui, eh bien, je suis prêt à prendre ce pari tous les jours. Viens.

Il me prend la main et me fait traverser la salle à manger vers la porte du fond.

— On va devoir faire le tour des invités avant que je puisse me retrouver à nouveau seul avec toi.

— Waouh, marmonné-je. Ton endurance sexuelle est incroyable.

On l'a déjà fait trois fois aujourd'hui.

Il pousse la porte et la tient ouverte, attendant que je passe. C'est bruyant, dans la cour, entre la chanson de Neil Diamond qui sort des haut-parleurs et les gens rassemblés en train de parler et de rire.

— Qu'est-ce qui est incroyable ? me demande-t-il.

Je hausse la voix par-dessus le bruit et répète :

— Endurance sexuelle.

Ma voix résonne juste au moment où la chanson se termine.

La foule se tait et tous les yeux se posent sur nous.

— On sait pourquoi il était autant en retard, maintenant, remarque l'un de mes frères.

Tout le monde éclate de rire.

Je suis si mortifiée que je ne sais pas si je dois tourner les talons et m'enfuir, ou assurer qu'on a été retardés pour des raisons non sexuelles. Je rougis de la tête aux pieds, un indice très révélateur.

— Brendan, Faith est ici, lance sa mère d'une voix tendue.

Elle fait un geste vers une femme brune portant une robe florale modeste à manches courtes et debout à ses côtés.

Brendan pousse un juron entre ses dents. *Qui est Faith ?* Elle a la vingtaine et c'est un genre de fille d'à côté à l'air saine et équilibrée. Elle adresse un gentil sourire à Brendan. *C'est une de ses ex ?*

Tout le monde a toujours les yeux rivés sur nous, debout sur la terrasse, et je commence à avoir l'impression d'être sur une scène. Il descend les marches et je le suis de près, laissant son grand corps dissimuler mon visage écarlate.

Sa mère nous rejoint.

— Bonjour, Chloé. Je ne savais pas que tu allais venir.

— Salut.

Je lance un regard interrogateur à Brendan, qui hausse les épaules.

Sa mère affiche un sourire rayonnant.

— Enfin, plus on est de fous, plus on rit.

Elle regarde Brendan en étrécissant les yeux et reprend :

— Je voulais que tu rencontres Faith. Elle est nouvelle, en ville, et je me suis dit que tu aimerais peut-être passer un peu de temps avec elle.

Elle tend la main vers moi et ajoute :

— Chloé, et si tu venais t'asseoir avec moi ?

Oh mon Dieu. Sa mère a joué les entremetteuses.

Je ne sais pas si je dois rire ou m'enfuir de la cour à toutes jambes. J'ai l'impression d'avoir les nerfs à vif. Je suis épuisée à la fois physiquement et émotionnellement, plus que je ne l'ai encore jamais été. Maintenant que j'ai franchi la ligne, être avec Brendan semble presque trop dur à surmonter, pour moi.

Il me prend la main et me maintient collée à lui. Je tourne la tête et vois que le bout de ses oreilles est cramoisi.

— Maman, Chloé et moi sommes ensemble.

Faith a les yeux rivés au sol et rougit.

J'ai de la peine pour elle. Après tout, Brendan a dit à sa mère qu'on n'était qu'amis, au mariage de Jack.

— Tu aurais pu me tenir au courant, réplique sa mère entre ses dents. Tu n'as pas reçu mon message où je te disais que je voulais te la présenter ?

— Si, répond Brendan, parlant lui aussi entre ses dents. Mais je ne savais pas que tu allais me forcer la main.

— Je ferais mieux de partir, dit Faith.

— Non, proteste sa mère. Reste, s'il te plaît. Tu viens d'arriver.

Elle se tourne vers nous et demande :

— Et si on s'asseyait tous pour prendre un peu de dessert ?

Faith lance un regard timide à Brendan.

Je ne sais pas du tout quoi faire.

— Qui veut jouer aux fers à cheval ? propose son père depuis le coin opposé de la cour.

Brendan s'enfuit dans cette direction.

Grr...

Sa mère nous pousse vers une table de jardin surmontée d'un parasol, Faith et moi, et les plats de dessert posés dessus attirent mon attention. Des cupcakes au chocolat avec des drapeaux américains miniatures plantés dedans, des cookies aux pépites de chocolat, des tranches de tarte aux pommes et des brownies aux éclats rouges, blancs et bleus. L'eau me monte à la bouche.

Mme Rourke s'assoit à côté d'une femme qui pourrait être sa sœur. Elle a les mêmes cheveux longs jusqu'aux épaules, les mêmes cheveux marron foncé, mais avec une frange. Mme Bianchi, c'est vrai. La mère d'Ariana. Je l'ai rencontrée au mariage. Mme Rourke fait signe à Faith de venir s'asseoir à côté d'elle. Je m'installe à côté d'Ariana et du bébé et je les salue avec enthousiasme, m'efforçant de balayer la pointe de vexation que je ressens à l'idée que Mme Rourke ait invité Faith à s'asseoir à côté d'elle au lieu de moi. Ça ne veut rien dire. Elle essayait sûrement juste de mettre Faith un peu plus à l'aise.

— Je vous en prie, prenez-en un de chaque, dit Mme Rourke en indiquant les plats à dessert. Personne ne vous jugera.

Je prends un cupcake, un cookie et un brownie.

— Je vais garder la tarte pour plus tard.

— Non merci, répond Faith. Je surveille ma ligne.

— Oh, tu es magnifique, ma chérie, lui assure Mme Rourke en secouant la tête. Mange, je t'en prie.

— Je ne peux pas, insiste Faith.

Et elle ne mange rien.

Mme Rourke présente Faith à tout le monde, terminant à chaque fois par :

— Elle va à l'église et c'est une institutrice de maternelle !

Faith sourit.

— J'adore les enfants.

Mme Rourke lui étreint le bras et répond :

— Moi aussi.

Moi aussi. Mais ça n'a aucune importance. Je mange mon dessert en silence. Mme Rourke a l'air d'adorer Faith, une jolie institutrice de maternelle au grand cœur. Je parie qu'elle est prête à se caser et à avoir une famille. Et elle vit dans le quartier. Je ne peux m'empêcher de me dire qu'elle conviendrait mieux à Brendan que moi. Elle ne perturberait pas du tout sa vie. De toute évidence, Mme Rourke pense la même chose.

Becca s'assoit à côté de moi et pose une bouteille d'eau devant moi.

— Je me suis dit que tu avais peut-être soif.

C'est la fiancée de Connor. Je l'ai rencontrée à Villroy, à Noël, et je l'ai aussi vue au mariage de Jack.

— Merci, dis-je, surprise par cette attention, vu que je n'ai pas demandé à boire.

Je surprends Mme Rourke en train de lui sourire en hochant la tête. Lui a-t-elle envoyé un message pour lui demander d'aller me chercher une bouteille d'eau ? Son téléphone est posé devant elle. J'étais distraite par le dessert et mes pensées embrouillées. Je mords dans le brownie et manque de gémir. Le chocolat est onctueux et décadent, et fond dans ma bouche.

— C'est délicieux, dis-je.

— C'est moi qui ai fait les brownies, annonce Becca fièrement. Et les cookies.

— Il faut que je vienne chez toi, remarqué-je.

Elle éclate de rire.

— J'adore faire de la pâtisserie. Con dit que je vais le faire grossir.

Elle se tourne pour regarder à l'endroit où Dylan, Brendan, Connor et M. Rourke jouent aux fers à cheval. Brendan m'a dit un peu plus tôt que son frère Sean était retourné à Vancouver pour le film de sa femme. Jack est encore en lune de miel à Hawaï. Je commence à bien connaître sa famille.

— Contente-toi de continuer à apporter tes merveilles aux fêtes de famille, lance Ariana en prenant un cookie. Partage le sucre pour que personne n'en fasse une overdose.

— C'est moi qui ai préparé la salade de pâtes, me dit Mme Bianchi. Quand le dîner aura commencé, n'hésite pas à goûter. Tu vas adorer.

Elle se tourne ensuite vers Faith et ajoute :

— Toi aussi, si tu te décides à manger.

Le ton de sa voix sous-entend qu'elle désapprouve les femmes qui ne mangent pas durant un barbecue. Je commence à beaucoup aimer Mme Bianchi.

— Avec plaisir, dis-je. Je ne sais pas combien de temps Brendan a l'intention de rester.

Mme Rourke regarde toutes les personnes présentes autour de la table et lance :

— J'espère que tout le monde pourra rester pour regarder le feu d'artifice avec nous ce soir. Je n'ai pas beaucoup eu l'occasion de bavarder avec tout le monde, au mariage du week-end dernier, étant la mère du marié.

— Et ayant bu trois flûtes de champagne, ajoute Mme Bianchi avec un rire caquetant. Elle ne tient pas l'alcool.

Mme Rourke se redresse dignement et répond :

— Ce n'est pas une insulte. Je ne bois que lors des occasions spéciales.

— Je ne bois jamais, remarqué-je en avalant une bouchée de brownie. Je n'ai pas encore l'âge. En plus, je n'ai pas envie de perdre le contrôle.

— Je ne bois jamais non plus, répond Faith en m'adressant un sourire serein.

Elle essaie de prouver qu'elle vaut mieux que moi ?

Je repose ma bouteille d'eau.

— Enfin, une fois, j'ai bu quelques verres avec Brendan, quand on était à Villroy pour Noël.

J'ajoute presque que je me suis un peu lâchée, avant de décider qu'il ne vaut mieux pas aborder ma tentative de séduction ratée. Maintenant que j'y pense, pourquoi m'a-t-il rejetée, à l'époque ? Pendant longtemps, j'ai cru qu'il n'était pas attiré par moi. Je me tords le cou pour le regarder, me demandant ce qui peut bien se passer dans sa tête. Il me tourne le dos, je ne peux donc pas croiser son regard. Cet homme me rend tellement perplexe. À l'époque, il s'est comporté comme si m'embrasser revenait à embrasser sa cousine, et puis il m'a repoussée, et ensuite on s'est retrouvés ici, à Brooklyn, et il m'a laissé croire qu'il couchait avec d'autres femmes. Pourquoi m'avoir tenue délibérément à distance pendant aussi longtemps, tout ça pour faire un changement à cent-quatre-vingts degrés avec tout ce sexe et ses émotions profondes ? Essayait-il de m'ébranler ? Parce que devinez quoi ? Ça marche. C'était comme une attaque furtive, la façon dont il s'est frayé un chemin jusqu'à moi.

Les femmes ricanent.

Je me tourne à nouveau vers la table.

— Pardon ?

— Rien, mon cœur, répond Mme Rourke.

— Tu es mordue, c'est clair, remarque Mme Bianchi. Tu n'arrives pas à détourner les yeux de lui bien longtemps.

Mes joues s'enflamment. Je ne sais pas où regarder ni quoi dire, alors je fourre le reste du brownie dans ma bouche. *On peut parler d'autre chose ?*

— Oh, ça suffit, dit Mme Rourke en balayant cette remarque de la main et en lui lançant un regard entendu.

Sûrement parce que Faith est assise juste à côté — la future compagne potentielle de Brendan.

Mme Bianchi continue allégrement :

— Je rappelle que la première chose dont elle a parlé en arrivant, c'était de son endurance sexuelle. C'est comme ça qu'ils vous rendent accro. Ceux qui sont assez bons, en tout cas. Alors, Chloé, Brendan te traite bien ?

Je manque de m'étrangler avec mon brownie. Je ne sais pas si elle veut savoir comment il me traite au lit ou en dehors, mais il n'y a qu'une seule bonne réponse.

— Oui.

C'est vrai, de toute façon.

Je me tourne vers lui. Il est en train de parler à son père, mais il croise soudain mon regard et m'adresse un sourire chaleureux. Des papillons s'envolent dans mon estomac et mon pouls palpite dans mes veines. Je lui fais un petit signe et me tourne à nouveau vers la table.

Toutes les femmes me sourient. Sauf Faith.

— Il est mordu aussi, remarque Mme Bianchi en hochant la tête. Je reconnais les signes.

Je ne sais pas quoi répondre à ça. Mais je crois que c'est vrai. Je ne saurais dire comment on en est arrivés là. Je regarde la table, perdue dans un flot d'émotions confuses.

Deux grandes mains se posent sur mes épaules et les étreignent. Je connais ces mains. Je lève la tête juste au moment où Brendant se penche vers moi et sourit.

— Salut, comment ça va, ici ?

Je me détends à sa présence.

— Bien.

— On va y aller bientôt, annonce-t-il.

Je suis extrêmement soulagée et m'efforce de ne pas le montrer.

— Tu viens d'arriver, répond Mme Rourke d'une voix tendue. Et tu étais en retard.

— Je te l'avais dit, il est mordu, chantonne Mme Bianchi.

Faith se lève et passe la lanière de son sac sur son épaule.

— Je vais y aller aussi. Merci de m'avoir invitée.

— Oh, Faith, je suis désolée, dit Mme Rourke en se levant et en posant la main sur son bras. Je te raccompagne.

Elles se dirigent vers la maison ensemble.

Nous restons quelques minutes de plus, attendant le retour de sa mère pour lui dire au revoir. Quand elle revient, elle a les sourcils froncés. Elle lance un regard sévère typique d'une mère à Brendan.

— C'était très embarrassant, Brendan. La prochaine fois, tiens-moi au courant.

— La prochaine fois, ne t'immisce pas dans ma vie amoureuse, répond-il calmement.

— Faith est une jeune femme charmante, rétorque-t-elle, avant de tourner les yeux vers moi. Tu es charmante aussi, Chloé. J'ai été prise par surprise, c'est tout.

Elle nous étudie tous les deux et ajoute :

— Je ne savais pas que votre relation avait évolué.

— C'est assez récent, dis-je à voix basse.

Brendan étreint sa mère, l'embrasse sur la joue et lui dit quelque chose qui la fait sourire et lui tapoter l'épaule.

Je lève la main pour saluer et dis au revoir à tout le monde. Brendan me fait retraverser la maison, une main au creux de mon dos. Nous gardons tous deux le silence.

J'attends qu'on soit sur le trottoir pour prendre la parole.

— Faith a l'air sympa.

— Je suis vraiment désolé que tu te sois retrouvée impliquée là-dedans. Je n'avais aucune idée qu'elle ferait ça.

— Pourquoi ne pas avoir prévenu ta mère que je serai là ?

Cette question me tracasse, et je déteste ça. Je suis écrasée par tout ce que je ressens et j'ai peur qu'il n'éprouve pas la même chose que moi.

Il hausse une épaule.

— Je ne pensais pas que c'était important.

— Ah.

Aïe.

— Je ne veux pas dire que tu n'as pas d'importance, précise-t-il en se tournant vers moi. Mais je n'ai pas pensé à mentionner que j'amenais quelqu'un, c'est tout. Il y a toujours une tonne de gens qui vont et viennent.

Je prends une grande inspiration.

— Je crois que Faith et toi iriez bien ensemble.

Il s'arrête.

— Qu'est-ce que ma mère t'a dit ?

— C'est la vérité, insisté-je d'une voix misérable. Ta mère l'apprécie beaucoup. Elle a sûrement vu la même chose que moi : une institutrice de maternelle qui adore les enfants, qui est proche de ton âge, vit dans le quartier. C'est parfait. Je suis sûre que Faith est prête à se caser et à avoir une famille, et tu ferais un excellent père, tu sais ?

Ma voix se brise. Je ne suis pas prête pour tout ça, pas avant un bon moment, et je vais juste le freiner.

— Chloé.

Je regarde son épaule, incapable de croiser son regard.

— Je ne suis peut-être pas faite pour toi, continué-je. On en est à des étapes différentes de notre vie. Tu mérites de voir si tu ne pourrais pas être plus heureux ailleurs. Avec quelqu'un comme Faith, qui te conviendrait bien mieux.

Ma poitrine me fait mal et ma gorge est douloureusement serrée.

— Tu as fini de me convaincre que tu serais un mauvais choix ?

Je hoche la tête, incapable de parler à cause de la boule qui s'est formée dans ma gorge.

Il prend ma mâchoire entre ses doigts.

— Pour commencer, tu peux t'ôter Faith de la tête, parce que je ne sortirai *jamais* avec elle. Ça n'a jamais été une possibilité, même avant qu'on se mette ensemble. Et ensuite...

Il m'embrasse, avec tendresse, cette fois, et c'est exactement ce dont j'avais besoin pour apaiser mes nerfs à vif.

— Je n'irai nulle part, alors arrête de me dire que tu es un mauvais choix.

Toutes mes craintes remontent à la surface, parce que je n'arrive pas à croire qu'il va rester. Personne ne le fait jamais.

— Pourquoi tu as repoussé mon baiser, à Villroy, Pourquoi m'avoir laissé croire que tu couchais avec d'autres femmes ? Je ne comprends pas pourquoi tu t'es comporté comme si tu ne voulais pas de moi pendant si longtemps.

Avant de me prendre au dépourvu avec une relation qui me fait ressentir tant de choses que ça m'effraie.

Il pousse un soupir.

— J'essayais de te résister, un combat perdu d'avance. Au début, j'ai été déstabilisé par notre connexion familiale, vu que je ne suis pas réputé pour avoir des relations durables. Je ne voulais pas causer de tension dans la famille.

Il me fait lever le menton, les yeux emplis de chaleur et d'humour.

— Et quand ton ex psychopathe a menacé de me tuer si je te touchais, ça n'a rien arrangé.

— Il était agacé, c'est tout. Jamais il ne t'aurait fait du mal.

Il incline la tête de droite à gauche.

— Je ne suis pas sûr d'être d'accord avec toi. Mais en plus de tout ça je ne voulais pas te distraire. Tu vises l'excellence, et je ne voulais pas me mettre sur ton chemin. Et puis, j'ai fini par réaliser que j'étais déjà si fou de toi que je ne pouvais aller nulle part.

Ma gorge se serre d'émotion. Ses yeux sont rivés aux miens, comme s'il s'attendait à ce que je dise quelque chose.

— OK.

C'est tout ce que je parviens à articuler.

— Parfait, dit-il contre mes lèvres.

Puis il m'embrasse, me transformant en flaque de désir. Mes genoux faiblissent et tout en moi fond.

Il rompt le baiser, entrelace nos doigts et nous recommençons à marcher. Je le suis, hébétée.

Je suis amoureuse de cet homme. Moi, la femme qui n'a jamais ressenti d'amour pour personne à part ma sœur. Je ne savais même pas que j'étais capable d'aimer quelqu'un. Je me sens défectueuse depuis si longtemps, incapable d'éprouver des sentiments aussi profonds que les autres. Et pourtant, le miracle s'est produit.

Je réfléchis à ce qu'il a dit, sa détermination à rester hors de mon chemin pour me laisser faire ce que j'ai à faire. Maintenant qu'on est ensemble, comment ça va pouvoir marcher ?

S'attend-il à ce que je modifie tous mes plans et que je

reste à New York ? Je ne suis même pas sûre que ce soit une possibilité. Je ne sais pas du tout dans quelle école de médecine je vais me retrouver.

Sera-t-il prêt à me soutenir dans la poursuite de mon rêve, quel qu'en soit le coût pour lui ?

Je ne peux pas lui demander de quitter sa famille pour moi. Il perdrait quelque chose de merveilleux. Ils dépendent de lui pour le boulot, en plus. Ils font partie de lui. C'est moi, qui n'ai pas ma place dans cette équation.

Je n'ai jamais eu autant envie de trouver une place de toute ma vie. Mais devrais-je dire adieu à mon rêve ? Ou à lui ?

16

Chloé

Je ne savais pas quoi faire concernant Brendan et notre avenir incertain, alors je n'ai rien fait du tout. Ces trois dernières semaines, j'ai juste profité du temps qu'on passait ensemble. Ce n'était pas bien difficile. On passe toutes les nuits ensemble, soit chez lui, soit chez moi, et tous les week-ends. Ça ne le dérange pas de me laisser tranquille quand je dois étudier. Je prends plus de pauses que jamais dans ma vie, mais j'aime me tenir à jour des derniers journaux médicaux et lire en avance pour mes cours. Le week-end dernier, Garrett a terminé de garder la maison de Sean et Josie et est revenu vivre avec Brendan. Ce n'était pas dérangeant. Garrett est un type super et je me sens à l'aise avec lui. Brendan se contente de venir chez moi pour qu'on ait plus d'intimité quand on en a besoin. Tout était si léger et simple, jusqu'à aujourd'hui, mon avant-dernier jour ici. À chaque fois que je me dis, *il ne me reste plus qu'un jour,* mon estomac se retourne, me laissant un arrière-goût désagréable dans la bouche. Brendan dit qu'il ne peut pas prendre de congé au boulot pour me rendre visite à Villroy, alors ça y est. C'est le début de la fin.

Il est trois heures du matin et je n'arrive pas à dormir à

cause de toutes ces craintes qui grandissent en moi concernant demain, mon dernier jour. Je me soulève sur un coude et tourne les yeux vers Brendan, qui dort comme une souche dans mon lit. Je soupire. Je me tourne dans tous les sens depuis des heures. J'abandonne et rejoins le salon sur la pointe des pieds, avant de m'installer au coin du canapé avec un plaid, les yeux perdus dans le vague.

J'ai toujours su que je devrais faire des sacrifices si je voulais accomplir ce que j'avais le sentiment d'être née pour accomplir. Mais je ne peux pas laisser mes choix blesser d'autres gens. J'ai tout fichu en l'air avec Michael, et je refuse de laisser l'histoire se répéter. Brendan mérite d'être heureux, avec une femme qui pourra lui offrir ce que je suis incapable de lui donner, comme une vie posée avec un mariage et des enfants, la totale. Ce n'est pas moi, pas avant longtemps, en tout cas. J'ai trop à faire avant. Il dit qu'il ne veut pas se mettre sur mon chemin, mais le fait est que c'est moi qui lui fais perdre son temps. Il est plus âgé que moi et il aura envie de tout ça bientôt.

Et je ne peux pas lui demander de se joindre à moi, sachant que ça l'emmènerait loin d'ici. Il n'a aucune idée à quel point il a de la chance d'être aussi proche de sa famille, parce qu'il n'a jamais rien connu d'autre. Il ne s'est jamais senti seul, ou brisé de l'intérieur par le deuil. Je n'ai pas envie qu'il ressente ça. Sa place est ici.

Le sourire chaleureux de Brendan me vient en tête. Mes yeux me brûlent et ma poitrine se comprime. Je serre un peu plus le plaid contre moi. Je l'aime. Je n'aurais jamais cru avoir des sentiments aussi profonds pour quelqu'un. Pendant si longtemps, je me suis sentie en paix avec moi-même, tandis que je mobilisais toute ma passion et ma concentration dans une seule chose : ma carrière de rêve, ce pour quoi j'ai été placée sur cette terre. Maintenant, je suis tiraillée. Je ne peux pas tout abandonner après avoir travaillé aussi dur. Mais ce n'est pas juste, de lui demander de sacrifier sa carrière et de quitter sa famille pour moi.

Pour la première fois de ma vie, ma tête et mon cœur sont

en opposition. Ma tête me dit de le laisser partir et mon cœur me dicte de me raccrocher à lui quoi qu'il en coûte. Mais c'est lui qui devra en payer le prix. Je ne peux pas lui demander ça. C'est égoïste, et ce n'est pas comme ça que l'amour est censé fonctionner.

Je me laisse glisser sur le canapé et me blottis sur le flanc, perdue au milieu de mes émotions embrouillées et mes pensées conflictuelles. Tout ce que j'ai toujours voulu est à ma portée. Tout ce dont j'ai toujours su avoir besoin est là aussi, avec lui. Dois-je abandonner mon rêve, ou faire une croix sur lui ? La question tourne en une boucle douloureuse dans ma tête.

Pour finir, tandis que les premiers rayons de soleil apparaissent, je rejette la couverture et me lève, les membres lourds. Je sais ce que j'ai à faire. Ma gorge se serre douloureusement et je croise les bras. C'est la seule solution pour m'assurer de son bonheur…

Je dois le laisser partir.

J'ai traîné la patte pendant toute ma dernière journée de stage, buvant de multiples tasses de café pour rester éveillée. Après ça, Brendan m'a emmenée dans un restaurant chic pour le dîner, pour célébrer mon dernier jour. Maintenant, nous sommes de retour chez moi. J'ai adoré le restaurant, le genre d'endroit où il y a des nappes blanches et trop de couverts. Je l'aime. Je ne lui ai pas dit parce que je sais que ça ne ferait que rendre nos adieux plus difficiles. Mon estomac se tord, menaçant de faire remonter mon dîner. J'ai besoin d'un instant avant d'affronter ce qui doit être fait.

— Je reviens, dis-je en lui tendant la télécommande.

— D'accord, répond-il en déboutonnant les deux premiers boutons de sa chemise.

Il est si élégant, dans sa chemise bleu clair, son pantalon bleu marine et ses chaussures de ville. Il a quitté le boulot plus tôt pour prendre une douche et enfiler une tenue bien habillée en vue de notre soirée spéciale.

Je souris, mais de manière un peu bancale, la gorge serrée. Je vais dans ma chambre et sors ma valise du placard. Il me reste moins de vingt-quatre heures à passer avec Brendan. Je me répète que toutes les bonnes choses ont une fin. Selon mon expérience, en tout cas. C'était un coup de chance, si je suis devenue sa voisine pour l'été, et j'en suis bien contente. Je dois me raccrocher à ces souvenirs doux-amers.

Je jette des vêtements dans ma valise, les voyant à peine. Le truc, c'est que c'est tellement plus qu'une question de sexe, avec lui. Il me fait me sentir bien, détendue et en sécurité. Comme si j'avais des bases stables. Bizarre, hein ? Sara a toujours été ma base stable, et puis j'ai conçu les miennes, qui me paraissaient parfois chancelantes, mais je me débrouillais. Il est devenu important à mes yeux, et ça me tue qu'on doive se séparer. Je me fige et déglutis, mon cerveau épuisé s'efforçant de se concentrer sur la raison pour laquelle c'est le meilleur plan d'action. Son bonheur, c'est vrai. Je ne peux pas lui donner ce qu'il mérite. Je ne ferais que l'éloigner de tout ce qu'il y a de bon dans sa vie.

J'aplatis mes vêtements décontractés pour faire de la place pour mes tenues de travail. Je savais qu'il finirait par m'être arraché. C'était inévitable. Peu importe que ce soit à moi de partir, cette fois, le résultat reste le même. Ma vision se brouille un instant et je cligne des paupières pour l'éclaircir. J'ai désespérément besoin de sommeil, mais d'abord, je dois… je ne peux pas me montrer égoïste. Je dois puiser dans toute la force que je possède en moi pour faire ce qu'il faut.

Une fois que j'ai fini de remplir ma valise, je retire ma tenue de travail pour enfiler un pyjama d'été ; un vieux T-shirt et un pantalon de survêtement. Puis je change d'avis. Est-ce vraiment comme ça que j'ai envie que Brendan se souvienne de moi, pour notre dernière soirée ensemble ? Je me change à nouveau, enfilant un débardeur vert et un jean, ma tenue décontractée habituelle.

Je prends une grande inspiration et repars vers le salon,

avant de m'asseoir à côté de lui. Il regarde un genre d'émission de voitures, dans laquelle des mécaniciens réparent une voiture de collection. Je reste assise en silence, m'efforçant de trouver le courage de dire ce que je dois dire. C'était merveilleux, mais on en est à deux étapes différentes de nos vies et je pense qu'il vaudrait mieux qu'on se dise au revoir maintenant. Mais retrouvons-nous dans cinq ans, si on est encore célibataires tous les deux. Je sais que cette dernière phrase est égoïste, elle laisse ouverte une petite possibilité pour qu'on se remette ensemble, mais au moins, je lui laisse une chance de rencontrer quelqu'un d'autre. Il est plus âgé que moi et pour être honnête, je ne m'attends pas à ce qu'il m'attende dans l'espoir qu'on se retrouve. Ça me rassure de laisser un petit rayon d'espoir, c'est tout.

Non, je dois couper les ponts, dans son intérêt. Il retrouvera sa liberté. Point final. J'aimerais pouvoir simplement profiter de cette soirée. Ah, bon sang. Il finira par me quitter de toute façon. Il se lassera d'attendre les minuscules bribes de temps libre dans ma vie.

Il me lance un regard en coin.

— Tu as l'air tendue.

Je croise les bras et les décroise, m'efforçant d'avoir l'air à l'aise.

— Non.

Il met son émission en pause et pose la télécommande.

— Est-ce que je dois t'emmener là-dedans et te transformer en nouille toute molle ? demande-t-il avec un signe de tête avec un signe du menton vers la chambre.

Je ris un peu et une chaleur m'envahit malgré mon trouble intérieur. Je dis toujours qu'il me transforme en nouille toute molle. Il me tord dans tous les sens et me laisse sans forces, complètement épuisée. Son endurance est incroyable. Et est exigeant, il veut tout ce que je peux lui offrir, et ensuite il en demande encore plus. Si seulement tout était aussi simple que quand on est au lit.

Il replace une mèche de cheveux derrière mon oreille.

— Qu'est-ce qui ne va pas ?

Je déglutis.

— Il faut qu'on parle.

Il éteint la télé.

— Je sais. C'est ta dernière soirée ici. Tu vas me manquer, mais on restera en contact, et je te verrai à ton retour.

Je me mords la lèvre inférieure.

— Bren, je pense qu'on devrait tout arrêter dès maintenant, histoire de terminer sur une note positive.

Il me dévisage, bouche bée.

Merde. Je ne croyais pas que ce serait si surprenant pour lui. Ça me paraissait inévitable.

— Cet été a été génial, m'empressé-je de continuer, mais après mon séjour à Villroy, je vais travailler non-stop, entre mes études et mon boulot à l'hôpital. Sans mentionner toutes les candidatures pour les écoles de médecine que je devrais envoyer. Ensuite, je ne sais pas dans quelle école de médecine je serai envoyée. Je vais peut-être me retrouver à des milliers de kilomètres d'ici. Tout est si incertain, dans ma vie, et tu mérites mieux que ça.

Il remue la mâchoire et me fusille du regard.

— J'ai essayé de te prévenir que j'étais un mauvais choix, ajouté-je d'une petite voix.

— Alors tu es en train de rompre avec moi ?

— C'est une séparation naturelle.

Il me fusille à nouveau du regard.

Je ravale la boule qui s'est formée dans ma gorge.

— Bren, tu as fini par devenir mon meilleur ami. Les amis peuvent reprendre contact n'importe quand sans rancune. Ce n'est pas pareil quand on est en couple. Je n'aurai pas de temps ou d'énergie à y consacrer.

— Est-ce que j'ai mon mot à dire ?

— Je suis désolée, dis-je en me tordant les mains, les yeux fixés sur elles. Je ne regrette pas le temps qu'on a passé ensemble. Je suis si… reconnaissante pour ce qu'on a vécu.

— Reconnaissante ? Reconnaissante ? aboie-t-il, me faisant sursauter.

Il lève les yeux vers le plafond, prend une grande inspiration et plonge son regard dans le mien.

— Chloé, je te connais. Tu t'enfuis quand ça devient trop intense. Je sais que nos sentiments sont profonds, à tous les deux. Je te demande de rester avec moi, et je te jure de rester avec toi aussi.

— J'y ai beaucoup réfléchi. C'est la bonne chose à faire.

Je ravale la boule dans ma gorge et propose :

— Et si on restait en contact en tant que meilleurs amis ?

Un petit rayon d'espoir me traverse à cette pensée. Je n'aurais pas à le perdre complètement.

— Non.

Mon estomac se serre.

— Non ?

— Non, Chloé, articule-t-il. Je n'ai pas envie d'être ami avec toi.

— Tu ne te rends pas compte que c'est pour ton bien ? Je te laisse ta liberté.

Il aplatit les lèvres.

— Pour quelqu'un d'aussi intelligent, tu fais quelque chose de vraiment stupide.

Il se lève et se dirige vers la porte d'entrée. Je bondis du canapé.

— Tu finiras par comprendre que j'ai raison. Avec le temps.

Il s'immobilise un instant, secoue la tête et passe la porte.

Je me plaque une main sur la bouche, les yeux brûlants, mon estomac se tordant douloureusement. C'est terminé, et il me déteste, maintenant. Oh Seigneur, j'ai la nausée.

Je me précipite dans la salle de bain et vomis. N'est-ce pas la métaphore parfaite pour la manière dont les relations se terminent ? Au fond des toilettes.

17

Chloé

Le lendemain matin, je traverse le tarmac en direction du jet royal d'une démarche de zombie. J'ai à peine dormi hier soir. Je n'arrêtais pas de repenser à ma soirée avec Brendan. Notre dîner ensemble, ses yeux bleus affectueux posés sur moi, la manière dont sa voix grave semblait se tendre pour me caresser. Et puis, plus tard, mes tentatives pour m'écarter de son chemin de manière indolore. Je lui ai fait du mal, et c'est ce qui me blesse le plus. Mais de quelle autre alternative disposais-je ? Laissez traîner les choses jusqu'à ce qu'on s'éloigne peu à peu l'un de l'autre, jusqu'à ce qu'il ne reste plus rien entre nous ? Il fallait bien que ça se termine un jour. Retarder l'inévitable ne rendrait ça que plus douloureux encore.

Un steward vient me rejoindre et me prend mes bagages.

— Bonjour, mademoiselle Chloé.

— Bonjour, dis-je d'une voix absente.

Je regarde son nom sur son badge, vu que je ne me souviens pas l'avoir vu lors de mes précédents vols.

— Ravie de vous rencontrer, Henry.

C'est aussi le nom de mon neveu. Au moins, le petit Henry sera là pour me réconforter.

Je monte les marches menant à l'entrée du jet, mon sac à dos sur une épaule. Je compte écrire mes candidatures pour les écoles de médecine pendant le vol ; rester concentrée sur mes objectifs futurs m'aidera peut-être à mieux gérer la souffrance que j'éprouve en ce moment. Mes yeux me brûlent de larmes qui ne coulent pas. Il semblerait que je sois toujours incapable de pleurer, même si je me sens horriblement mal. Je n'arrive pas à croire que je me suis autant rapprochée de Brendan, plus que de quiconque d'autre dans ma vie à part ma sœur, et c'est terminé, maintenant. J'ai toujours su que ça finirait par arriver. Mais je ne m'attendais pas à ressentir un niveau de douleur aussi élevé. C'est comme si une part de moi était manquante.

Le jet est vide, mis à part le pilote et le copilote, qui m'accueillent chaleureusement. Je n'arrive pas à sourire, mais je m'oblige à insuffler un peu d'énergie dans ma voix pour leur retourner leur salut.

Je m'assois sur un siège côté hublot de la première rangée et regarde le terrain vague à côté de l'aéroport privé du New Jersey. Au revoir, *au revoir, au revoir.* Je laisse aller ma tête en arrière sur l'appui-tête et ferme les yeux.

— Bonjour, dit une voix grave et familière.

Je sens quelqu'un s'asseoir sur le siège à côté de moi et ouvre vivement les yeux.

— Brendan ! Qu'est-ce que tu fais ici ?

— À ton avis ?

Je le dévisage.

— Tu vas à Villroy ?

— Oui, acquiesce-t-il en bouclant sa ceinture. Je vais y rester une semaine. Mets ta ceinture.

J'obéis, les pensées tourbillonnant dans ma tête. *Qu'est-ce que ça veut dire ?*

Le steward vient vérifier que tout va bien et nous annonce qu'on va bientôt décoller.

Je n'arrive pas à faire le point sur ce qui se passe, après la manière dont on s'est quittés hier soir. Je croyais qu'il me détestait. Mon manque de sommeil ne m'aide pas à réfléchir.

— Bren, pourquoi tu vas à Villroy ?

Il étire ses jambes et les croise au niveau des chevilles.

— Je suis un prince. Le palais est mon habitat naturel.

— Habitat naturel, répété-je.

— Hum hum.

Je regarde droit devant moi et cligne plusieurs fois des paupières. Pour finir, je demande :

— Est-ce qu'on est à nouveau amis ?

Il me lance un regard en coin.

— On en parlera une fois qu'on aura atteint l'altitude de croisière. Je veux m'assurer que tu ne puisses aller nulle part.

Je déglutis. Pourquoi croit-il que je vais m'enfuir ? Que compte-t-il me dire qui pourrait m'en donner envie ? Ne sait-il pas que je suis déjà à deux doigts de craquer ?

— Tu as l'air fatiguée, remarque-t-il.

— Je n'ai pas beaucoup dormi hier soir. Ni la nuit d'avant.

— Repose un peu tes yeux.

Je le regarde.

— Je ne pense pas que ce soit possible. Je suis trop stupéfiée.

Il laisse aller sa tête en arrière et ferme les yeux.

— La stupeur et l'émerveillement. Oui. J'ai souvent cet effet sur les gens.

J'ai mal au crâne à force d'essayer de comprendre ce qu'il manigance. Puis le jet commence à rouler sur la piste et le bruit blanc me rend somnolente.

Je suis réveillée par la sonnerie indiquant qu'on peut retirer notre ceinture. Je retire la mienne et me tourne face à Brendan, un peu plus alerte après ma sieste.

— OK, parle. Qu'est-ce qui se passe ? Qu'est-ce que tu fais là ? Qu'est-ce que tu comptes faire à Villroy pendant une semaine ? On est amis ou pas ?

— Je suis là parce que j'ai décidé qu'on allait rester meilleurs amis, comme tu le voulais.

Il replace une mèche de cheveux derrière mon oreille et se rapproche, son souffle brûlant se déployant sur mes lèvres.

— Je serai ton meilleur ami et ton amant.

Il m'embrasse, puis s'écarte, les yeux rivés aux miens.

J'entrouvre les lèvres, subjuguée un instant, puis je me renfrogne.

— Ça ne se fait pas ! Meilleur ami et amant. Tu ne peux pas être les deux.

— Chloé, on appelle ça un mari.

Ma mâchoire se décroche et mon cœur se met à cogner dans ma poitrine. Je repense à Michael, qui m'a demandé en mariage l'année dernière, mais cette fois, c'est différent. Quand à l'époque, tout en moi s'était ratatiné à cette pensée, cette fois, j'ai envie de pouvoir dire oui. Mais je ne peux pas. Il sera malheureux, s'il se lie à moi. Je ne pourrai pas lui offrir ce qu'il mérite. Il perdra trop de choses.

Ma gorge se serre d'émotion.

— Tu ne le penses pas vraiment. Reprends ce que tu viens de dire.

Il m'étudie.

— Ce qu'il y a entre nous, dit-il avec un geste de lui à moi, c'est de l'amour. Je le sens, et je sais que toi aussi. Le timing n'est peut-être pas parfait, mais…

Il hausse les épaules et ajoute :

— C'est réel.

Tout mon monde vacille sous mes pieds.

— Et tu es soudain devenu expert en relations amoureuses.

Il se penche tout près de moi et répond :

— Nos sentiments n'ont fait que grandir pendant tout l'été. Pourquoi je suis ton meilleur ami ?

J'examine ses yeux chaleureux, son beau visage, toujours prêt à sourire, sa force ferme.

— Parce que je suis impatiente de te raconter tout ce qui s'est passé dans ma journée, de te confier tout ce que je prévoie et ce dont je rêve pour l'avenir. Et j'adore écouter tout ce qui se passe dans ta vie.

Il lisse mes cheveux en arrière et prend ma mâchoire entre ses doigts.

— Et j'aime t'écouter et te raconter des trucs. Je suis impatient de manger avec toi, qu'on discute et regarde la télé ensemble, en hurlant à l'écran. On est très compatibles.

— Je croyais qu'on était des opposés.

Il est le mec drôle. Pas moi.

Le coin de sa bouche s'étire.

— Tu as peut-être un petit diable en toi, et j'ai peut-être une petite étudiante sérieuse en moi.

— Et qu'est-ce que tu étudierais ?

Il m'embrasse.

— Toi. J'enregistre la moindre petite info, chaque expression, chaque émotion que tu exprimes. Je les dévore. Tu es devenue ma personne préférée au monde.

Un élan d'affection me submerge et ma poitrine se réchauffe. Ses paroles comptent beaucoup, pour moi, parce qu'il a déjà tant de personnes merveilleuses dans sa vie.

— Tu es ma personne préférée aussi.

— Merci.

— Même si la compétition n'est pas très rude. Je n'ai que ma sœur, ma colocataire et mon groupe d'étude.

Il m'attire sur ses genoux et enroule les bras autour de moi. Je sais que je devrais m'écarter, mais c'est si agréable d'être de retour dans ses bras. Et puis, où d'autre pourrais-je aller ? On est dans un jet, à des milliers de kilomètres dans les airs. Ce petit malin a attendu qu'on soit en train de voler. Maintenant, je suis obligée de rester ici, blottie contre lui.

Il se tourne pour croiser mon regard.

— Cet été avec toi a constitué le plus long moment passé avec une femme sans coucher avec elle, pour moi, m'avoue-t-il à voix basse. On a bâti quelque chose, au-delà du physique. Tu comprends ? Cet amour n'ira nulle part.

Ma respiration se coince dans ma gorge et une petite bulle d'espoir grandit en moi. Malgré tout, ce ne sera pas facile.

— Il faut que tu comprennes dans quoi tu t'engages, avec moi. Je dois me concentrer sur mes études. Je veux devenir chercheuse en médecine. C'est ce que j'ai toujours voulu, me rendre utile de manière significative.

— Tu y arriveras. C'est ce que je veux pour toi.

Je me mordille la lèvre inférieure. J'ai presque peur de prononcer la suite.

— Et si je dois partir en école de médecine loin d'ici ? Je rêve d'aller à Harvard.

Il m'étudie un long moment, puis me serre contre lui.

— Alors je viendrai avec toi.

Je me dégage de ses bras et me rassois sur mon siège.

— Quoi ?

— Je viendrai avec toi, répète-t-il d'une voix ferme.

Je n'arrive toujours pas à en croire mes oreilles.

— Pour faire quoi ?

— Je chercherai un autre boulot.

Les pensées se bousculent dans ma tête.

— Tu ne peux pas abandonner ta famille pour moi !

— Je ne les abandonnerais pas. Je suivrais mon cœur. Tu es mon cœur, Chloé.

Je lève la main, refusant de le laisser tout perdre à cause de moi.

— Ça n'a pas de sens.

Il plaque sa paume contre la mienne.

— Ce que tu dis n'a aucun sens, répété-je d'une voix étranglée, les yeux brûlants.

Puis des larmes s'en échappent et se mettent à couler sur mes joues. Je pleure. Je ne pleure jamais. J'essuie les larmes, agacée.

Il enroule un bras autour de mes épaules et m'attire contre son flanc.

— Dis-moi pourquoi tu pleures. Toi, la femme qui ne pleure jamais.

Les larmes n'arrêtent pas de couler, se déversant sur mes joues. Je suis en colère, confuse et hors de contrôle.

— Je ne peux pas avoir confiance en l'amour ! C'est un cocktail de réactions biologiques qui s'atténue au fil du temps.

Il essuie mes larmes avec ses pouces.

— C'est ça qui te fait pleurer ? C'est parce que tu as peur d'aimer ?

Je renifle.

— Je n'ai jamais dit que j'avais peur.

Est-ce le cas ?

— J'ai dit que ça ne m'inspirait pas confiance.

Il fait signe au steward, Henry, qui s'empresse d'approcher avec une boîte de mouchoirs. Je songe soudain qu'ils savaient que Brendan allait venir, et qu'il leur a peut-être dit pourquoi. Henry disparaît aussi vite qu'il est venu, repartant vers le fond du jet et refermant un rideau derrière lui.

Je serre la boîte de mouchoirs dans mes mains. Les larmes continuent de couler et je sens que je suis en train de perdre prise avec la réalité. Plus rien n'a de sens. Je suis assise dans un jet privé, en pleine conversation privée pendant qu'un témoin discret se trouve non loin, et l'homme que je croyais ne jamais revoir me promet de ne jamais me quitter.

Brendan prend un mouchoir, me le tend et m'ôte la boîte des mains. Je me mouche le nez et m'efforce de faire cesser les grandes eaux. C'est impossible, maintenant que le barrage s'est rompu.

— Chloé.

Je le regarde, les yeux noyés de larmes.

— Quoi ?

— Voilà ce qu'on va faire. Première partie du plan, après Villroy, tu retournes à l'école. On se retrouvera le week-end.

— Et si je dois étudier ? demandé-je d'une voix chancelante.

Il m'adresse un gentil sourire, et un nouveau flot de larmes s'échappe de mes yeux brûlants.

— Dans ce cas, je te retrouverai une fois que tu auras fini d'étudier, ou je t'aiderai peut-être à réviser en t'interrogeant. Tu passeras ton diplôme et je serai présent pour t'applaudir. Ça te convient, jusqu'ici ?

Je hoche la tête et fais un geste pour récupérer un autre mouchoir. Il me le donne.

— Deuxième partie, continue-t-il, tu entres à l'école de médecine. Je serai auprès de toi aussi. Troisième partie, tu deviens chercheuse et trouve un remède contre le cancer. Et quelque part entre la partie un et la partie trois, tu m'épouseras.

Je le dévisage bêtement, clignant des paupières pour balayer mes larmes et m'efforçant de me concentrer sur son visage. Il est complètement sincère. Je n'aurais jamais deviné qu'il serait prêt à me suivre comme ça. C'est trop beau pour être vrai.

— Mais ta famille… commencé-je.

— Ils comprendront.

Un coin de sa bouche s'étire, révélant la fossette que je connais si bien et que j'adore. Je la caresse légèrement à travers sa barbe et il recouvre ma main de la sienne, avant de l'étreindre.

— Mon père a fait une croix sur tout un royaume par amour, tu te souviens ?

Je hoche la tête, m'efforçant de comprendre comment tout ça va fonctionner, sans qu'il finisse par m'en vouloir pour tout ce que je l'ai obligé à abandonner. Jamais je ne lui demanderais une chose pareille, mais c'est lui qui propose, et je ne doute pas une seconde de sa sincérité.

— Bren, c'est un plan affreusement long. Tu es sûr de vouloir m'attendre aussi longtemps ?

Il me caresse la joue, le regard tendre.

— Si je t'épousais aujourd'hui, je resterais avec toi pour la vie. Si je t'épouse après l'école de médecine, je resterai aussi avec toi pour la vie. Je ne vais nulle part, Chloé. Tu es coincée avec moi.

Je ravale un sanglot, puis finis par admettre ma plus grande peur.

— Toutes les personnes qui étaient proches de moi ont fini par m'être arrachées. Et si tu mourais ?

— Alors je te hanterais.

Je me renfrogne.

— C'est impossible. Les fantômes n'existent pas.

— Je t'aimerai dans la vie comme dans la mort.

Il me prend la main et la pose sur son cœur.

— Notre amour survivra dans nos cœurs.

— Mais ça n'a pas fonctionné avec mes parents. Je me souviens à peine d'eux. Sara dit qu'ils nous aimaient beaucoup, mais ce n'est pas dans mon cœur.

Il essuie d'autres larmes sur mon visage.

— J'ai un trou dans le cœur qui ne pourra jamais être comblé, terminé-je.

— Sara t'aime beaucoup. Elle t'a aussi transmis leur amour. Elle a pris ce que tes parents lui avaient donné et elle te l'a transmis. Il n'y a pas de trou dans ton cœur, bébé. Tu m'aimes, hein ?

Je laisse échapper un soupir tremblant.

— Oui. J'avais peur de le dire.

— Dis-le, maintenant.

— Je t'aime.

Une sensation de calme m'envahit. Je n'ai pas été frappée par la foudre pour avoir osé aimer. L'avion n'est pas soudain tombé du ciel. J'avais peur d'aimer pour de bon au cas où ça me soit enlevé.

Il incline la tête et me murmure à l'oreille :

— Je t'aime aussi.

Il me regarde, de l'amour plein les yeux. Je savais que c'était là depuis le début, mais j'avais peur de faire confiance. Maintenant, je m'immerge dans cet amour et le savoure.

— Bren, je t'aime, d'accord ? Mais j'avais un plan. Tu n'en faisais pas partie.

Ses yeux pétillent de manière diabolique et il incline la tête sur le côté.

— Je t'ai mis des bâtons dans les roues.

— Oui !

— Parfois, on a besoin de bâtons. Ce sont des outils utiles.

Il me lorgne, puis m'attire à lui pour m'embrasser.

— Je pourrais m'en servir pour examiner ta plomberie.

— Sois un peu sérieux, le réprimandé-je en posant une main sur sa poitrine.

— Je le suis.

Il m'embrasse à nouveau, plus brutalement, cette fois, me distrayant et m'attirant à nouveau sur ses genoux. Dès que ses bras s'enroulent autour de moi, tout mon corps se détend. C'est là qu'est ma place. Je ne peux pas le nier, et je commence à croire qu'il est vraiment qu'il est là pour durer.

Je soupire quand il se déplace pour fourrer son nez contre mon cou.

— Est-ce que je viens d'accepter de t'épouser ?

Il lève la tête et sourit.

— Je crois bien que oui.

J'enveloppe les bras autour de son cou et l'embrasse passionnément. Un brasier se déclenche entre nous, et cette connexion apaise mes peurs mieux que n'importe quoi d'autre. Il est à moi pour de bon.

Un long moment plus tard, il lève la tête, les yeux brûlants.

— Dommage qu'il n'y ait pas de chambre dans le jet.

Je souris.

— Tu peux attendre qu'on soit arrivés à Villroy.

Il passe son pouce le long de ma lèvre inférieure.

— C'est une torture, répond-il d'une voix rocailleuse qui me donne des papillons dans le ventre.

Je laisse échapper un soupir tremblant et me blottis contre sa poitrine. Je lève la tête quand une pensée me vient en tête.

— Et si on n'avait pas réussi à trouver un terrain d'entente ? Tu te serais retrouvé coincé avec moi dans le jet et à Villroy.

Il m'adresse un sourire suffisant.

— Ça aurait rendu ma visite très embarrassante, hein ? Mais je savais que tu succomberais à mes charmes diaboliques.

Je le regarde dans les yeux, me noyant dans la profondeur des sentiments que j'éprouve pour lui. Il est assez assuré pour nous deux, et je commence à avoir confiance en cette assurance.

Il me mordille la lèvre inférieure, puis la suce.

— Tu es à moi.

Je fais courir mes doigts dans ses cheveux doux et souris.

— Une seconde. Tu n'as pas l'intention d'avoir une confrontation avec Michael à Villroy, hein ?

— Pas la peine. Tu es folle de moi, c'est clair et net.

— Qu'est-ce que tu es arrogant.

Il sourit.

— Et qu'est-ce que j'ai raison.

— On va vraiment se marier ?

Il reprend son sérieux.

— Je veux d'abord que tu termines tes études à Columbia. Toute ta concentration doit être tournée là-dessus, et tu ne peux pas être distraite par des préparatifs de mariage. Ça te convient ?

Mes yeux me picotent et je serre les lèvres dans un effort désespéré pour ne pas me remettre à pleurer.

— Oui. Je t'aime tellement.

Il m'étreint et m'embrasse dans les cheveux.

— Je l'ai toujours su.

18

Dix mois plus tard…

Brendan

J'ai l'impression que mon cœur va exploser dans ma poitrine. Littéralement. Je suis si fier de ma femme. Je bondis de mon siège et applaudis quand Chloé traverse l'estrade pour accepter son diplôme. Elle l'a eu avec mention très honorable – ce que seuls cinq pourcents des étudiants arrivent à obtenir – et est désormais diplômée à la fois en biologie et en chimie. Après avoir serré la main des doyens, elle sourit et fait un signe de la main vers le public.

Sara filme avec son téléphone comme une mère fière de sa fille. Elle a presque élevé Chloé elle-même, et je l'aime pour ça. Mon cousin Adrian tient le petit Henry dans ses bras et siffle pour acclamer Chloé, deux doigts dans la bouche. Il doit tenir fermement Henry, maintenant qu'il a vingt mois ; autrement, le gamin s'en irait de son côté. La colocataire de Chloé ces trois dernières années, Lindsey est assise avec nous, elle aussi. Elle a été une amie fidèle pour Chloé. Elles sont proches, malgré tout le temps que Chloé passe à étudier. Lindsey dit que ça sera dur, de reprendre les cours sans sa coloc' à l'automne. Elle ne passera son diplôme qu'en mai de l'année prochaine.

Je regarde Chloé se rasseoir parmi la masse de chapeaux et de toges bleu clair. Un énorme sourire s'étale sur mon visage et mes yeux me brûlent. C'est un génie, même si elle insiste pour dire qu'elle ne fait que travailler dur. Combien de gens pourraient faire ce qu'elle a fait ? Obtenir leur diplôme avec la mention la plus honorable, pour une double licence passée en seulement trois ans dans une excellente université. C'est remarquable ; *elle* est remarquable. J'espère que nos enfants tiendront d'elle. Mais ce n'est pas encore pour tout de suite. Elle a le temps. Elle a vingt et un ans, maintenant, et un nouveau défi l'attend – l'école de médecine d'Harvard. Eh oui. Elle a été acceptée. J'ai presque pleuré avec elle quand elle a reçu la nouvelle. OK, j'ai pleuré. Un peu. Les émotions sont si contagieuses.

J'échange un sourire larmoyant avec Sara.

— Notre Chloé est un foutu génie, lui murmuré-je.

— Je sais ! répond Sara, rayonnante. Je suis si fière d'elle.

Le reste de la cérémonie se traîne. Je suis impatient de rejoindre Chloé pour la féliciter. Nous n'avons pas eu trop de mal à nous voir, durant cette année scolaire. On s'est arrangés pour que je passe la chercher le samedi soir, une fois qu'elle avait fini d'étudier, pour la ramener chez moi, où elle passait la nuit. On passe tous nos dimanches ensemble. C'est son jour de congé. Elle a dû étudier un peu de temps en temps, quand c'était nécessaire, mais je comprenais. Ça ne me dérange pas, tant qu'on est ensemble. Le Fauve a eu la gentillesse de nous laisser seuls le week-end. En général, il s'installe chez Sean et Josie, qui ont une chambre d'ami.

Je vais déménager dans le Massachusetts avec elle. C'est une bonne affaire, vu qu'on va pouvoir s'installer dans un logement étudiant abordable réservé aux élèves de l'école de médecine. On aura un appartement non loin du campus. Pour ce qui est de mon boulot, eh bien, ça n'a pas été facile d'annoncer la nouvelle de mon départ à mes frères. Je suis le seul à vraiment quitter l'entreprise. Dylan m'a dit que la porte restait ouverte si je voulais revenir, au cas où Chloé et moi revenions nous installer à New York. Pour l'instant, je vais ouvrir ma propre entreprise de construction pour rénover des maisons. Je suis enthousiaste, parce que j'ai toujours voulu être mon propre patron et que c'est le genre de boulot que je pourrais littéralement faire n'importe où. Il y a toujours des maisons délabrées ayant besoin d'être rénovées. Et je sais repérer un bon investissement, grâce au temps que j'ai passé à chercher des propriétés pour Rourke Management.

Et devinez qui va reprendre mon ancien poste et chercher les propriétés à ma place ? Il y aura deux personnes, en fait, mon père et ma belle-sœur, Ariana. C'est un boulot qui leur convient très bien, puisque mon père a une licence d'agent immobilier et qu'Ariana a travaillé dans une entreprise de développement immobilier. Elle travaille depuis chez elle et pourra donc bénéficier d'un emploi du temps flexible pour le bébé. Je suis donc rassuré aussi sur ce point. Mon travail reste entre les mains de la famille.

Chloé finit par nous rejoindre, une expression rayonnante sur le visage.

— J'ai réussi !

Sara la rejoint en premier et l'étreint en pleurant.

— Oui ! Ma sœur surdouée. Je suis si fière de toi !

Chloé lui rend son étreinte et me sourit par-dessus l'épaule de sa sœur.

Dès que Sara la lâche, j'attire Chloé dans mes bras.

— Félicitations, la diplômée. Je suis si fier de toi, moi aussi.

Je prends son visage entre mes mains et l'embrasse.

— Je suis admiratif.

Elle pose la main sur ma mâchoire et me caresse la barbe.

— Merci, Bren. Et merci d'avoir été si patient avec moi cette année.

— Ça en valait la peine.

Adrian et Lindsey sont les prochains à la féliciter, et Chloé embrasse la joue potelée d'Henry tout en remarquant à quel point il a grandi.

Nous nous joignons à la foule en direction de la sortie. Adrian a fait en sorte qu'une limousine nous emmène dans un restaurant italien chic, pour fêter ça autour d'un déjeuner. C'est moi qui ai choisi l'endroit, parce qu'ils font d'excellents tortellinis et que j'ai envie de rappeler à Chloé notre premier « rencard », quand on a fait des tortellinis ensemble tout en essayant de résister l'un à l'autre. J'ai toujours su que c'était un combat perdu d'avance. Ah ! Ça valait la peine d'endurer un mois de torture, rien que pour apprendre à mieux la connaître. Elle est entrée dans mon cœur. J'ai prévu quelque chose de spécial pour Chloé au restaurant, moi aussi.

Chloé

On est assis à une table ronde pour six, dans un restaurant italien luxueux, pour fêter l'obtention de mon diplôme. Il y a moi, Brendan, Sara, Adrian, Lindsey et Henry dans sa chaise haute. Je suis assise entre Brendan et Henry. Je dois profiter de mon neveu tant que je le peux. J'adore ce petit bonhomme.

— Je suis si heureuse d'avoir pu retirer mon chapeau et ma toge, remarqué-je. Je commençais à avoir chaud, là-dessous.

— Tu étais magnifique, répond Sara. Une vraie érudite.

Je souris. C'est assez incroyable, d'obtenir son diplôme après trois années de dur labeur. Je sais que j'ai encore quatre ans d'école de médecine qui m'attendent, ce qui n'aura rien de facile, mais j'ai quelques vacances entre-temps. La rentrée en école de médecine a lieu le deux août. Je compte consacrer cet été au divertissement avec ma meilleure amie et mon amant, le phénoménal Brendan Rourke. Lui et moi avons appris ensemble comment naviguer notre relation. On est le premier amour l'un de l'autre, et je trouve ça assez spécial.

Il me fait lever le menton.

— Tu me regardes encore comme si tu me vénérais. Continue.

Il m'embrasse et sourit.

Je suis si folle de lui, et je le lui fais savoir si souvent qu'il a fini par prendre la grosse tête.

— Toujours aussi modeste, remarqué-je.

— Il faut bien que l'un de nous le soit, Madame Mention Très Honorable. Je te jure que je vais appeler le Mensa pour te faire tester.

Je secoue la tête et souris.

— Arrête. Tu sais que je travaille comme une dingue. C'est le dévouement aux intérêts qu'on s'est choisis qui fait en sorte que les résultats semblent faciles. Si j'étais vraiment un génie, je n'aurais pas eu besoin de transpirer autant pour passer les examens.

Et je transpire vraiment. Mon cerveau travaille si dur que je transpire autant pendant les examens qu'à la salle de sport.

Le serveur apparaît et nous lit les plats du jour. L'un d'eux s'avère être des tortellinis tout frais !

Je me tourne vers Brendan.

— Des tortellinis ! Je vais prendre ça, sans hésiter. Tu te souviens quand on en a préparé nous-mêmes ? C'était si dur, mais aussi très drôle.

Il sourit et parcourt des yeux les personnes présentes autour de la table.

— Chloé et moi avons été de pseudo-amis pendant un mois, l'été dernier, et on a cuisiné des tortellinis ensemble.

Tout le monde nous sourit.

J'incline la tête.

— Attends, des pseudo-amis ? répété-je. Non, on était de vrais amis.

Il me lance un regard sérieux.

— Ne fais pas comme si tu n'avais pas passé tout ce temps à combattre l'immense alchimie entre nous.

— Grillée ! lance Lindsey.

Ses cheveux sont coupés court et ont repris leur couleur brune naturelle. La teinture violette me manque un peu.

— J'ai entendu parler du voisin sexy de la porte d'à côté, qu'elle devait conserver dans la friend-zone.

— Lindsey ! m'exclamé-je. Ces messages désespérés étaient privés.

Tout le monde se met à rire.

Peu de temps plus tard, je savoure mes tortellinis. Brendan aussi.

— Qu'est-ce que tu en dis ? lui demandé-je. Ils sont meilleurs que les nôtres ?

Je plaisante. Ils sont bien meilleurs.

— Sachant que c'était la première fois qu'on cuisinait un vrai repas, je dirais…, hésite-t-il, avant de rire. Que les leurs sont meilleurs. Je pense qu'on a laissé cuire les nôtres trop longtemps, ils étaient un peu pâteux. Et certains ne contenaient presque pas de farce de viande. Mais je les ai adorés, parce qu'on les avait préparés ensemble.

Mon cœur se serre. J'ai envie de l'embrasser, mais je ne veux pas devenir toute sentimentale devant la famille de ma sœur et Lindsey. Au lieu de ça, je me contente de sourire et de me tourner vers Henry pour lui offrir l'un de mes tortellinis. Il a un petit bol de macaronis au fromage, mais il n'y a quasiment pas touché. Il mâchonne avidement le tortellini, puis grogne, se penche en avant et me fait signe qu'il en veut plus. Sara lui a appris à parler par signes, vu qu'il tarde à parler. Il ne dit que « maman », « papa » et « non ».

Quand nous avons fini de manger et que les assiettes ont été débarrassées, Brendan se tourne vers moi.

— Je t'ai commandé un gâteau, m'annonce-t-il.

— C'est vrai ? demandé-je en frottant mon estomac plein. Tu aurais dû me prévenir, j'aurais gardé de la place.

— On a toujours de la place pour du gâteau.

Je secoue la tête.

— Je ne sais pas. Je vais peut-être me contenter de prendre une bouchée de ta part.

Sara me donne des nouvelles du casino qu'elle gère avec

Adrian, et c'est toujours passionnant d'entendre parler de son fonctionnement. Ils organisent un tas d'événements cool et implémentent de nouveaux jeux pour attirer les clients réguliers.

— Regarde, me murmure Brendan à l'oreille.

Je me tourne juste au moment où un serveur dépose un gâteau au chocolat rond surmonté d'une immense bougie sur la table. Des étincelles dorées s'échappent du fin bâton. Je n'ai encore jamais vu de gâteau de célébration de ce genre. D'habitude, il n'y a que des bougies ennuyeuses.

— Génial !

Je me tourne vers Henry, qui a les yeux ronds comme des soucoupes et la bouche grande ouverte. Il trouve ça cool, lui aussi. Je regarde les autres personnes assises autour de la table pour voir leur réaction. Tout le monde me sourit. Je leur rends leur sourire. Lindsey hausse les sourcils et indique Brendan du doigt.

Je me retourne, mais il n'est plus là. C'est alors que je réalise qu'il a écarté sa chaise du passage pour se mettre à genou et lever une bague en diamant vers moi.

Je plaque une main sur ma bouche et mes yeux s'emplissent de larmes. Il m'a dit qu'il voulait attendre que je sois diplômée avant qu'on se fiance. Je ne savais pas qu'il comptait faire ça le jour même.

— Chloé, tu es mon monde, mon cœur, mon amour éternel. Mon premier et mon dernier. Acceptes-tu de devenir ma femme ?

Je hoche la tête, incapable de parler à cause de la boule qui s'est formée dans ma gorge. Il glisse la bague à mon doigt et se lève pour m'attirer dans ses bras. J'enroule les bras autour de sa taille et l'étreins avec force, mes larmes trempant sa jolie chemise.

— Je t'aime, dit-il en me caressant les cheveux.

— Je t'aime aussi ! dis-je en levant la tête.

— Hourra ! s'exclame Sara. Félicitations ! J'étais prête et j'ai pris un tas de photos de la demande en mariage. Viens par ici, laisse-moi voir ce caillou.

J'éclate de rire et m'avance vers elle pour lui montrer l'anneau doré surmonté d'un unique diamant rond. Il est parfait.

— Alors vous saviez tous qu'il allait faire sa demande ?

Elle sourit et hoche la tête. Adrian et Lindsey sourient aussi.

— J'étais si excitée, dit Lindsey. C'était si dur de garder le secret.

Je me tourne vers Brendan, qui s'est rassis tandis que le serveur est revenu pour couper le gâteau. Brendan m'adresse un tendre sourire, les yeux doux.

— Je voulais que ta famille soit présente, dit-il, avant de se tourner vers Lindsey. Tu es quasiment une sœur, pour elle, alors il fallait que tu sois présente aussi.

Lindsey me lance un regard rayonnant. Je lui adresse un sourire larmoyant, réalisant soudain la chance que j'ai d'avoir eu une colocataire aussi merveilleuse, ces trois dernières années. Elle a toujours pris le temps de faire des trucs avec moi, même si elle avait un groupe d'autres amies avec qui elle sortait. Je m'avance vers elle et la serre dans mes bras.

— Tu vas me manquer.

— Toi aussi, avoue-t-elle en passant les bras autour de moi. L'école ne sera pas la même chose, sans ma coloc'.

Je renifle et essuie d'autres larmes.

— On restera en contact. Je suis sûre que tu auras une excellente dernière année.

Nous parlons pendant quelques minutes de plus, puis je me rassois.

Brendan me donne une bouchée de son gâteau.

— Hmmm, il est si bon ! Je regrette de ne plus avoir de place pour en prendre une part.

— Je te prendrai une part à emporter, répond-il. Je m'occupe de tout.

Je lui souris, lui montrant tout l'amour présent dans mon cœur, puis je regarde ma famille, et sens que mon cœur est prêt à exploser.

— C'est le plus beau jour de ma vie, parvins-je à articuler malgré la boule qui s'est formée dans ma gorge.

Sara lève son verre vers moi.

— Aux nombreux autres qui vont suivre !

Pour la première fois, je considère le futur non pas comme une longue période d'efforts, mais comme une aventure lumineuse, remplie de bons moments à venir. L'amour a ouvert mon cœur à d'autres possibilités. Tout ça grâce à Brendan, l'amour de ma vie.

— Trinquons à ça, lance Adrian en levant son verre et en le faisant tinter contre celui de Sara.

Tout le monde trinque. Je laisse échapper un soupir heureux. J'ai reçu mon diplôme après tout ce travail, et je me suis fiancée avec l'amour de ma vie – c'est la meilleure journée au monde.

Brendan

Je plaque Chloé contre le mur dès qu'on se retrouve seuls chez moi. On est au milieu de la semaine, le Fauve est donc au boulot.

— Enfin, je t'ai pour moi tout seul.

Je l'embrasse, puis je la soulève pour qu'elle enroule ses jambes autour de moi. Elle s'accroche à mes épaules pendant que j'approfondis le baiser.

Elle s'écarte et prend une expression bien trop sérieuse.

— Même si j'adore me retrouver au lit avec toi, j'ai une question.

Je me fige, soudain méfiant.

— Laquelle ?

— Je serais ravie de devenir ta femme quand tu veux, mais ça te dérange si on attend que j'aie terminé mes années en internat, avant d'avoir des enfants ?

Je suis si soulagé que ce ne soit rien de grave qu'un élan d'énergie me parcourt. Du pur bonheur.

— Pas du tout.

Je m'avance vers ma chambre en la gardant collée contre moi.

— On pourra profiter l'un de l'autre en attendant.

— Je ne veux pas d'un grand mariage. En fait, on devrait économiser notre argent. L'école de médecine coûte cher.

Je la dépose à côté du lit et relève sa robe vert pâle par-dessus sa tête.

— C'est mieux, lâché-je, avant de tendre la main vers l'agrafe à l'arrière de son soutien-gorge. Que dis-tu de ça ? On se marie lors d'une petite cérémonie civile avant le début de l'école de médecine, pour pouvoir se payer une lune de miel. Deux semaines à Hawaï, disons. Jack n'a pas arrêté d'en faire les éloges.

Elle émet un hoquet.

— Tu as déjà prévu ça aussi ?

Je ne peux m'empêcher de sourire.

— Oui. Je ne voulais pas que tu sois distraite par tout ça pendant tes examens.

— Bren ! Comment tu as su que j'adorerais tout ça ?

Je lui retire son soutien-gorge, le jette et lui abaisse sa culotte. Puis je la plaque sur le lit. Elle pousse un cri, puis rit. Je l'embrasse.

— Parce que je te connais, dis-je.

Elle secoue la tête, l'air abasourdie. Ma magnificence a tendance à avoir cet effet sur elle.

— Tu as déjà réservé la lune de miel ?

— Bien sûr.

Je fourre le nez dans son cou et prends son lobe d'oreille entre mes dents.

— Il y aura une cérémonie à l'hôtel de ville début juillet, puis on partira à Hawaï. On sera de retour bien avant le début du semestre.

Elle me donne une tape sur l'épaule.

— Tu déconnes ! C'est parfait !

J'éclate de rire.

— Je sais !

Je m'écarte d'elle le temps de me déshabiller et d'attraper

un préservatif, puis je la rejoins et entrelace nos doigts, clouant nos mains au matelas. Elle entrouvre les lèvres, les yeux brillants de bonheur. Tout ça grâce à moi.

— Tu étais bien sûr de toi, remarque-t-elle.

— Je connais ma femme.

— C'est vrai. Je vais devoir organiser un truc sympa pour toi aussi.

— Tu es tout ce dont j'ai besoin, Chloé.

Elle libère ses mains des miennes, s'empare de mes fesses et me rapproche. Je comprends le message et me glisse en elle. Nos regards se rivent l'un à l'autre et je réalise que c'est la première fois qu'on fait l'amour en tant que couple fiancé.

— Tu me regardes de manière si mièvre, m'accuse-t-elle. Arrête ça ou tu vas me faire pleurer.

— Je ne peux pas m'en empêcher.

Je me penche et lui mordille le côté du cou avant d'ajouter :

— Je t'aime tellement.

C'est différent, cette fois, moins urgent, mais si satisfaisant. Nos souffles se mêlent et nous nous lions à un niveau profond, au-delà des mots et de nos corps. C'est le bonheur absolu du grand amour.

Je l'ai enfin trouvé. Elle valait le coup d'attendre.

ÉPILOGUE

Chloé

C'est le week-end de la fête du Travail, on est début septembre et j'ai quelques jours de vacances à l'école de médecine pour la première fois depuis un mois. C'est un soulagement de faire une pause. J'adore ça, mais c'est beaucoup de boulot. J'ai appris à apprécier les moments de repos. Brendan et moi avons roulé jusqu'à New York pour voir sa famille, dans une maison près d'un lac qu'ils ont louée.

— Envoie un message à Jack pour le prévenir qu'on arrive, me dit Brendan quand on tourne sur Lakeshore Drive.

J'envoie un bref SMS (j'ai tous les numéros de ma nouvelle famille Rourke dans mon téléphone, maintenant) avant de regarder par la fenêtre. J'admire les jolis cottages et les maisons plus grandes sur la colline, surplombant un beau lac sur lequel quelques personnes font du bateau ou du canoë.

— C'est si beau, dis-je. Tu es déjà venu ici ?

— Oui. Jack et Riley se sont fiancés ici, dans un cottage près du lac, et ils en louent un à chaque fête du Travail pour organiser une fête en famille et commémorer l'événement. Maintenant que notre famille s'est élargie, ils louent une maison plus grande.

Il pointe du doigt devant lui et ajoute :

— C'est la maison blanche de deux étages là-haut.

— Oooh, regarde la terrasse qui donne sur le lac. C'est si beau. Je me demande pourquoi personne n'y est assis.

— Ils sont sûrement rassemblés à l'intérieur pour profiter de la nourriture. L'ami de Jack possède un restaurant à Brooklyn et assure le service traiteur pour eux tous les ans.

— C'est si chic.

Il éclate de rire et m'étreint la main.

— Oui.

— Tu es déjà allé pêcher ?

— Non.

— Moi non plus. On pourrait peut-être essayer, tant qu'on est là.

Il s'engage sur l'allée et coupe le moteur.

— Tout ce que tu veux. Jack dit qu'il y a surtout des perches et des truites.

— Je n'ai aucune idée d'à quoi ça ressemble, mais je suppose que je vais le découvrir.

Je sors de la voiture et le rejoins devant le coffre de la voiture, où on a mis un sac pour la nuit et un pack de bières. Je prends la bière.

Brendan sort la grosse valise à roulettes, referme le coffre et me prend le pack de bières des mains. Il fait un signe du menton pour m'inviter à passer devant lui.

— Bren, je vais arriver les mains vides, maintenant.

— Apporte ton plus beau sourire. Allez. Jack m'a dit qu'il avait laissé la porte de la terrasse ouverte pour qu'on puisse entrer par là.

Je monte les marches de la terrasse et attends Brendan près de la grande baie vitrée, tout en jetant un œil à l'intérieur.

— Tout est décoré avec des ballons en forme de cœur, des fleurs et des banderoles.

— Ah ouais ? On dirait qu'ils fêtent quelque chose.

Je lui lance un regard suspicieux par-dessus mon épaule. Il me paraît un peu trop nonchalant.

Il sourit, une flamme amusée dansant dans ses yeux bleus.

— Ouvre-moi la porte, tu veux ? J'ai les mains pleines.

— C'est une embuscade ?

Il hausse les sourcils.

— Tu t'attends à ce que toute la famille t'attaque ? Ça doit être ça.

J'éclate de rire. Je suis ridicule. J'ouvre la baie vitrée et la tiens ouverte pour Brendan. Tout le monde cesse de parler et nous dévisage.

— Ils sont là, murmure quelqu'un un peu fort.

— Je croyais qu'il devait envoyer un message à Jack quand ils seraient à cinq minutes d'ici, remarque quelqu'un d'autre.

— Zut. Mon téléphone est encore en train de charger.

Je me tourne vers Brendan, qui semble amusé, puis hausse les sourcils et adresse un signe de tête à sa famille, l'air de dire « allons-y ».

— Félicitations ! s'écrie tout le monde.

Puis toute la horde fond sur nous. Mon beau-père me tend un bouquet de roses rouges, ma belle-sœur Josie dépose un voile de mariée sur ma tête et ma belle-mère me donne une jarretière bleue, que Brendan glisse à ma jambe tandis que je reste plantée là, complètement sous le choc. Quelqu'un s'est esquivé avec notre valise et notre bière.

Je cligne des paupières, confuse.

— Pourquoi je porte un voile et une jarretière ? On s'est mariés il y a deux mois.

— Ils voulaient fêter ça avec nous ici, vu qu'on n'a fait qu'une petite cérémonie à l'hôtel de ville, me murmure Brendan à l'oreille. La plupart d'entre eux ont raté ça.

Je me tourne vers ma nouvelle famille, stupéfaite qu'ils aient fait tout ça pour nous. Une fête organisée pour un événement qu'ils ont manqué.

— On ne voulait pas tenir qui que ce soit à l'écart de notre mariage. On essayait juste d'économiser de l'argent, à cause de l'école de médecine et de la lune de miel. Oh, je m'en veux tellement que vous ayez raté ça, maintenant.

— Recommençons, suggère Brendan en retirant son T-shirt.

Je reste bouche bée devant mon mari torse nu.

— Qu'est-ce que tu fais ?

Il attrape le T-shirt que Jack lui lance et l'enfile. C'est l'un de ces T-shirts imprimés sur le devant pour ressembler à un faux smoking. C'est totalement ridicule, et si drôle. Je pouffe de rire, puis commence à m'esclaffer sans pouvoir m'arrêter.

— Je suis demoiselle d'honneur ! dit une voix féminine familière.

Je tourne vivement la tête.

— Sara ! Oh mon Dieu, je ne savais pas que tu serais là !

Mes yeux s'emplissent de larmes et je me précipite pour étreindre ma sœur.

Elle s'écarte et ajuste mon voile dans un geste maternel, un sourire aux lèvres.

— Je voulais célébrer la deuxième partie de ton mariage avec toi.

— Merci.

Je serre son mari, Adrian, dans mes bras quand il apparaît à côté d'elle.

— Merci d'avoir participé à organiser tout ça.

Je sais que c'est lui qui a travaillé en coulisses à rassembler tout le monde grâce à son jet privé, sans parler du personnel qui doit les remplacer durant leur absence du casino, Sara et lui.

— Tu fais partie de la famille, Chloé, répond Adrian. Je ferais n'importe quoi pour la famille.

J'essuie mes larmes, complètement sidérée par la tournure qu'ont pris les événements. Je pointe un doigt accusateur vers Brendan.

— Tu aurais dû me prévenir. C'est les grandes eaux à cause de toi, maintenant.

— C'est plus drôle comme ça, répond-il en me prenant la main.

— C'est pour ça que tu m'as demandé de porter ma robe blanche ?

— Oui, et c'est aussi pour ça que je t'ai acheté ladite robe blanche, précise-t-il avec un clin d'œil. En plus, tu es sexy, dedans.

J'éclate de rire et regarde autour de moi.

— Une seconde, où est Henry ?

Mon neveu aura deux ans dans un mois. Je suis impatiente de voir à quel point il a grandi.

Sara sourit.

— Il va porter les alliances, et Olivia jettera les fleurs. Ariana est en train de les préparer derrière l'îlot, là-bas.

Un îlot sépare la grande salle de la cuisine. Olivia est l'adorable petite fille de Dylan et Ariana.

— Maman ! s'exclame la voix d'Henry.

— On ferait mieux de commencer, suggère Sara. En place, tout le monde !

Quasiment tous les meubles ont été débarrassés de la pièce, il ne reste que quelques chaises contre un mur à ma droite. Je regarde sur la gauche et vois une arche de fleurs roses. Je hoquette. Comment ai-je pu ne pas la remarquer jusqu'ici ?

Josie intervient de sa voix forte d'actrice :

— Ça te plaît ? L'arche vient de mon mariage de la Saint-Valentin. Sauf qu'on avait ajouté bien plus de décorations roses.

— C'est magnifique, dis-je. Merci de me la prêter.

Elle se précipite vers moi, une expression rayonnante sur le visage.

— Aucun problème. Elle convient bien à un mariage en intérieur, avec les fleurs en soie.

Elle dépose un baiser sur ma joue et ajoute :

— Je suis si excitée de pouvoir être présente à ton mariage.

Adrian déploie un long tapis rouge et Garrett l'aide à le dérouler. J'ai une allée à remonter, maintenant. Incroyable.

Une seconde plus tard, tout le monde est en place. C'est tellement fou. Une mariée déjà mariée ! Brendan se tient près de l'arche de fleurs et m'attend, avec mon beau-père pour officier. Garrett est le témoin. Sara rassemble Olivia et Henry à l'autre bout du tapis. Olivia a dix-neuf mois, maintenant. Ils grandissent si vite !

Une musique de mariage s'élève du haut-parleur posé sur l'îlot. Je rejoins Sara, Olivia et Henry. Je n'arrive pas à arrêter de sourire, tandis que j'examine tout le monde. Notre famille se rassemble de chaque côté du tapis rouge. Pendant si longtemps, j'ai cru que Sara était ma seule famille, et regardez ça ! Tant de gens m'aiment, et je les aime aussi de tout mon cœur.

Adrian apparaît à côté de moi.

— Me feras-tu l'honneur de me laisser t'accompagner jusqu'à l'autel ?

Je lui adresse un sourire larmoyant et hoche la tête.

— Avec plaisir.

Adrian me connaît depuis que je suis toute petite, quand j'étais un bébé qui passait ses étés à Villroy avec ma famille et qu'on était tous des enfants. Il considère que je fais partie de sa famille, et je ne l'avais jamais tout à fait accepté jusqu'à maintenant. Je ravale la boule qui s'est formée dans ma gorge. J'ai de la famille sur deux continents. Comment ai-je pu avoir autant de chance ?

Henry se cogne dans ma jambe et m'étreint. Je le décroche, m'accroupis et le prends dans mes bras.

— J'ai entendu dire que tu avais un boulot important, mon grand ! Tu vas donner ce joli coussin et cette bague à oncle Brendan.

C'est une grosse bague bonbon rouge. Par chance, ils n'ont pas retiré le plastique, ou Henry aurait essayé de la manger. Je le tourne dans la bonne direction.

— Pars devant, je te rejoins bientôt.

Il fait deux pas, puis revient vers sa mère. Sara lui prend la main et commence à remonter l'allée avec lui.

Olivia n'a pas besoin d'être encouragée. Elle porte un panier de pétales de roses et, pour un bambin, elle est incroyablement gracieuse, c'est presque comme si elle dansait dans l'allée, étirant son petit bras pour jeter des pétales, tourbillonnant et faisant quelques pas, puis tendant à nouveau le bras pour en jeter d'autres.

— Elle est comme sa mère, remarque Dylan avec fierté. Une petite ballerine.

Ariana hausse les épaules.

— Ce n'est pas moi qui lui ai appris ça.

Tout le monde pousse des « oooh » et des « aaah » en voyant les deux enfants adorables.

La musique change et la marche nuptiale commence. Soudain, tout ça me semble très réel. Je n'ai pas eu de marche nuptiale ou de procession lors de mon mariage pragmatique à l'hôtel de ville. Oh, je suis si contente d'en avoir l'occasion maintenant !

Adrian me tend son bras et je le prends.

Puis je remonte l'allée en direction de mon mari, prête à l'épouser pour la deuxième fois.

~

Brendan

Bon sang, si elle ne le savait pas déjà, c'est le cas, maintenant : ma famille est cinglée. Ils ont compris, pour notre mariage à l'hôtel de ville, mais ils n'ont pas pu s'empêcher de le reconstituer. Puisque Chloé a accepté de jouer le jeu si facilement, je vais déclarer cette soirée comme la deuxième partie de notre nuit de noces. C'était une vraie tigresse, cette nuit-là.

Je souris tandis qu'elle essuie un peu de glaçage au coin de ma bouche. Tout le monde est en train de manger du gâteau de mariage et de boire du champagne. Quelqu'un a laissé manger du sucre aux enfants, et maintenant ils courent en cercle dans toute la pièce rien que pour le plaisir.

Chloé plante sa fourchette dans un morceau de gâteau.

— C'était si incroyable que je pense qu'on devrait recommencer. Tu sais, renouveler nos vœux lors d'un anniversaire sympa, pour les vingt-cinq ans de mariage, ou un truc comme ça.

— Pourquoi pas plutôt le dixième anniversaire, lors d'une cérémonie sur la plage à Hawaï ?

Elle écarquille les yeux.

— J'adorerais. Tu es incroyable s'agissant de planifier des trucs. Tu es officiellement en charge de la planification des vacances sympas et de tous les renouvellements de vœux futurs.

Je l'embrasse sur la joue. Ce n'est pas un si grand honneur. Elle n'aime pas planifier, toute son attention est concentrée sur ses études. Et sur moi, bien sûr. Elle devient plus aimante et affectueuse à chaque jour qui passe. C'est comme si elle avait dû apprendre à me faire confiance pour rester avec elle, comme je le lui ai promis. Je comprends. Perdre ses deux parents à un si jeune âge peut provoquer un sérieux sentiment d'abandon. Ça a été dur, pour elle.

Dylan guide sa femme enceinte au ventre énorme devant nous, en direction de la porte de la terrasse. Ariana doit accoucher le mois prochain, de jumelles. Ils disent tous les deux que trois enfants, ce sera bien assez. Dylan va être en sous-nombre, dans cette famille, avec trois filles et une femme.

— Tout va bien ? demandé-je.

Il sourit.

— Très bien. Elle a juste besoin de marcher un peu. Il commence à y avoir du monde, là-dedans, avec les jumelles.

— Encore toutes mes félicitations à tous les deux, dit Ariana en se tenant le ventre et en poussant un soupir. Je suis si heureuse pour vous.

Du coin de l'œil, je vois un mouvement flou tandis que de longs cheveux noirs se précipitent vers Ariana. Je rattrape ma nièce avant qu'elle risque de faire perdre l'équilibre à sa mère.

— Où tu crois aller, comme ça ? demandé-je en la retournant tête en bas.

Olivia lâche un rire hystérique et je la soulève pour que ses yeux soient à hauteur des miens.

— Attention, Bren, me prévient Dylan. Elle vient de manger du gâteau.

Je la repose et elle s'accroche au jean de Dylan. Elle lève ses grands yeux marron vers moi et m'adresse un sourire timide. On dirait une mini Ariana. Dylan soulève sa fille du sol et la place au creux de son bras. Elle a l'air tout à fait à l'aise, pas du tout perturbée par ce mouvement. Il guide Ariana dehors.

— On se revoit tout à l'heure, me lance-t-il par-dessus son épaule.

Chloé se tourne vers moi.

— Ça t'arrive, de regarder ta nièce et tes belles-sœurs enceintes, et de souhaiter avoir des bébés bientôt ?

— Non. Toutes ces nièces et tous ces neveux nous serviront d'entraînement. Comme quand on adopte un chiot pour s'assurer d'être capable de garder quelque chose en vie, avant de tenter le coup avec un être humain.

Elle éclate de rire.

Je me penche près de son oreille et murmure :

— Mais on dirait quand même qu'il y a un truc spécial dans l'eau, ici, hein ?

Non seulement Ariana est attend des jumelles, mais la femme de Jack, Riley, est aussi enceinte de sept mois, et on vient d'apprendre que celle de Connor, Becca, est enceinte de trois mois. Mes parents sont ravis. Ils adorent être grands-parents. Josie et Sean préfèrent attendre. Elle est jeune et sa carrière d'actrice commence à décoller. Elle vient d'être prise dans une sitcom dans laquelle elle tiendra le rôle principal. Le point positif, c'est qu'ils filment à New York.

Chloé me donne un coup de coude dans l'épaule.

— Ça n'a rien à voir avec l'eau. Il y a trop de testostérone. Toute cette virilité.

— Je pense que ce sont les femmes. Elles sont incapables de résister à un Rourke.

Elle me sourit.

— Je suis une Rourke, maintenant, ce qui veut dire que tu ne peux pas me résister.

— Et vice-versa.

Je l'embrasse tendrement. Je ne le lui ai pas demandé,

mais elle a pris mon nom. Elle dit l'avoir fait pour que nos futurs enfants aient le même nom que nous. La famille est importante à ses yeux. Malgré tout, je ne peux m'empêcher d'être émerveillé à l'idée qu'elle ait été prête à faire ça. C'est un tel honneur. Un jour, on dira que le docteur Chloé Rourke a découvert un remède contre le cancer. Une Rourke restera dans l'Histoire pour quelque chose d'incroyable. Ma femme va secouer le monde entier, et de manière positive.

Nous terminons notre gâteau et allons à la cuisine avec nos assiettes. Le Fauve est là, occupé à prendre une bière dans le frigo. Il se redresse, l'ouvre avec un décapsuleur et me la tend.

— Ça ira, merci, dis-je. Et merci d'avoir endossé le rôle de témoin encore une fois.

Il était déjà là à notre cérémonie à l'hôtel de ville en tant que témoin. La sœur de Chloé, Sara, était présente en tant que témoin et demoiselle d'honneur. Mes parents étaient là aussi. Je savais qu'ils ne me le pardonneraient jamais s'ils le rataient.

Il boit une gorgée de bière.

— Tu m'en dois une.

— Oui, ouais, quand tu te marieras, je serai ton témoin. Eh, ça veut dire que je pourrai aussi organiser ton enterrement de vie de garçon.

— Oui, répond-il en s'appuyant contre le comptoir. Il ne me manque plus que la mariée.

Chloé lui étreint le bras.

— Tu es un bon parti. La femme qu'il te faut finira par arriver.

Il grogne.

— Celle *qu'il me faut*. C'est bien le plus délicat.

Je lui donne un coup de poing dans l'épaule.

— Tu as vingt-six ans. Détends-toi, papillonne un peu.

Chloé se tourne vers moi et remarque :

— Tu avais vingt-six ans aussi quand on s'est rencontrés.

— Oui, mais j'en avais vingt-sept quand on s'est fiancés. Et d'ici à ce qu'on se marie, j'en avais vingt-huit.

— Depuis moins d'une semaine.

Je lui lance un regard d'avertissement. Le Fauve est quelqu'un de sensible. Elle est en train de le déprimer, à l'idée d'être le seul homme célibataire ici. Il a eu des petites amies, mais jamais de relation durable.

Elle finit par comprendre et se tourne vers lui.

— Les relations amoureuses ne sont pas aussi bien qu'on le dit.

— Eh ! protesté-je.

Elle n'était pas obligée de m'impliquer là-dedans.

Il émet un petit rire et me regarde en haussant les sourcils.

— Oui, OK. Merci, Chloé.

Cette dernière me lance un regard appuyé laissant entendre qu'elle essayait juste de le réconforter.

— Vous avez inventé tout un langage uniquement composé de regards, tous les deux, remarque le Fauve. C'est bizarre.

— Eh, les gars ! s'exclame Josie en entrant et en se servant un verre d'eau. *Living Gold* ouvre son studio au public pendant qu'ils filment les scènes. Vous devriez venir. Vos parents sont venus la semaine dernière et disent qu'ils ont bien aimé.

Elle parle de sa nouvelle sitcom.

— Merci, mais on repart demain, dis-je. On regardera la série quand elle passera à la télé.

— Ça t'arrive de tourner tard ? l'interroge le Fauve.

— Parfois, répond Josie. La période de tournage est entre quinze et dix-neuf heures.

— Cool. Fais-moi savoir si vous tournez le soir et je viendrai.

Josie lui adresse un sourire rayonnant.

— Génial ! Tu vas adorer. Je vais te mettre sur la liste des sièges réservés au premier rang. Mais je dois te prévenir, le tournage prend parfois plusieurs heures.

— Pas de problème. Après tout, tu m'as laissé vivre chez toi sans me faire payer de loyer.

— Oh, toi ! s'exclame-t-elle, avant de se tourner vers nous. Il garde notre maison chaque fois qu'on s'absente, et il refuse de me laisser le payer. Et il nous laisse à dîner pour le soir de notre retour.

Elle étreint l'épaule du Fauve et ajoute :

— Il est si mignon.

Elle nous félicite à nouveau, puis part à la recherche de Sean, son mari. Il est près de l'arche florale, où ils se sont mariés il y a presque deux ans, maintenant.

Chloé, le Fauve et moi sortons sur la terrasse pour admirer la vue. Quelques minutes plus tard, Jack appelle le Fauve pour qu'il l'aide avec le barbecue. Il ne reste plus que moi et ma femme, debout près de la rambarde de la terrasse, les yeux tournés vers le lac scintillant entouré d'une canopée d'arbre verts et feuillus.

Je passe un bras autour de ses épaules.

— Tu penses à ce que je pense ?

Elle lève les yeux vers moi, un sourire espiègle jouant sur ses lèvres.

— Tu veux qu'on fasse une reconstitution de notre nuit de noces ?

Je l'incline sur mon bras pour l'embrasser et elle pousse un cri de surprise. Je souris et l'embrasse, avant de la redresser.

— Je savais que ce n'était pas pour rien si je t'ai laissée m'attirer dans une relation sérieuse. Ton esprit est aussi mal tourné que le mien.

— Je t'ai attiré ? Dis plutôt que tu m'as aguichée et tentée jusqu'à ce que je n'aie d'autre choix que de céder, parce que tu étais fou amoureux de moi.

Je la fais passer devant moi et enroule les bras autour de sa taille par-derrière.

— On réécrit l'histoire, maintenant ?

Elle se détend contre moi.

— Le problème…, commencé-je avant de me retourner, de me mettre sur la pointe des pieds et de lui murmurer à l'oreille : C'est que je n'ai pas amené les menottes.

Elle en est revenue au sujet le plus important : la deuxième partie de notre nuit de noces.

— Que dis-tu de ça ?

Je lui emprisonne les deux poignets d'une main et les soulève au-dessus de sa tête, avant de l'embrasser brutalement.

— Ça marche aussi, répond-elle quand je la laisse respirer.

Je ne la lâche pas et étudie ses pupilles dilatées, ses joues rouges.

— Je suis impatient d'être à ce soir.

— Moi aussi, répond-elle dans un souffle.

— Qu'es-tu en train de lui faire, Brendan ? lance ma mère.

Je me retourne et vois mes parents debout derrière nous sur la terrasse. Mon père arque un sourcil interrogateur. Les joues de Chloé sont rouge vif. Je la fais tournoyer lentement tout en gardant ses poignets dans une main.

— On danse.

— Une danse interprétative, précise Chloé, le visage impassible.

C'est une blague entre nous. Je manque de m'étouffer à force de réprimer mon rire.

Je lui prends la main et lui fais descendre la terrasse, faisant signe à mes parents tout en m'éloignant.

On est tous les deux hilares et nous efforçons encore de ravaler notre rire. Une fois à distance suffisante, elle me demande :

— Est-ce que mon visage est rouge ?

— Ça va mieux, maintenant.

— Tu crois qu'ils savent ?

— Non.

Si. Je suis sûr qu'ils ont compris.

— Jack dit que les bateaux à l'avant sont à notre disposition. Tu veux qu'on aille faire un tour sur le lac ?

— D'accord.

Nous nous dirigeons vers la rive, juste derrière un bosquet d'arbres.

— C'est toi qui rames. Je reste assise, annonce-t-elle.

— Ce n'est pas comme ça que ça marche.

— Mais c'est toi qui as des muscles spectaculaires, remarque-t-elle en palpant mon biceps.

Puis elle me plaque contre un arbre et écrase sa bouche sur la mienne. Un désir brut me transperce aussitôt.

Elle s'écarte et m'adresse un doux sourire angélique.

— D'accord ?

— D'accord.

Je ne me souviens même plus de la question.

Quelques minutes plus tard, on est sur le bateau, propulsé par mes muscles spectaculaires pendant qu'elle est assise à l'avant, face à moi et admirant mes muscles à l'œuvre. J'attends qu'on soit au centre du lac avant de hurler :

— Raz-de-marée !

Je remue le bateau d'un côté et de l'autre.

Elle s'agrippe aux bords.

— Je te jure que si le bateau se retourne, tu couleras avec moi.

— Fais attention, j'ai entendu dire que les truites adoraient les petits en-cas nocturnes.

— Je me vengerai ! s'écrie-t-elle.

J'arrête de bouger.

— Une vengeance sexy ? C'est le seul genre de vengeance qui en vaut la peine.

Elle recourbe un doigt vers moi. Je me lève et fais un pas prudent vers elle. Elle fait osciller le bateau et je suis propulsée par-dessus bord. *Quel petit démon !* L'eau est froide et rafraîchissante. Évidemment, je ne vais pas en profiter tout seul. J'attrape le bord du bateau et la renverse dans l'eau.

— Aaah ! s'écrie-t-elle.

Sa tête remonte à la surface une seconde plus tard et elle m'éclabousse le visage. Puis elle nage en direction du bateau. Je lui donne de l'élan pour l'aider à remonter – elle est légère – mais avant que j'aie pu monter, elle attrape une rame et commence à s'éloigner. Je repère l'autre rame, qui flotte sur le lac, et je la récupère, faisant du surplace.

Elle a l'air de s'amuser comme une folle, soudain capable de ramer toute seule en changeant régulièrement de côté dans le bateau. Mais elle va très lentement, parce que ses muscles n'ont rien de comparable aux miens. Elle ne pourrait même pas soulever des haltères pour bébé.

— Je vois à travers ta robe blanche, lui lancé-je.

Elle s'arrête et baisse les yeux.

— Oh, zut. Je pourrais tout aussi bien être toute nue.

Je profite de l'opportunité pour la rattraper à la nage, jeter l'autre rame dans le bateau et me hisser dedans. Puis je retire mon faux smoking trempé et le lui enfile. Ce n'est pas facile, vu qu'il est mouillé, mais elle m'aide du mieux qu'elle peut. Le noir du smoking imprimé dissimule le plus important.

Elle repousse ses cheveux mouillés de ses yeux.

— J'ai l'air ridicule.

— Tu n'as jamais été aussi belle.

Et je suis sérieux. Je ne l'ai jamais vue une seule fois sans la trouver belle.

Son regard s'adoucit. Je me laisse tomber à genoux devant elle et elle passe les bras autour de mon cou, avant de presser ses lèvres sur les miennes.

Un long moment plus tard, elle rompt le baiser.

— Tu vois dans quelle fâcheuse situation tu me mets ? demande-t-elle en me caressant la mâchoire.

— J'espère qu'il y en aura beaucoup d'autres. Allons prendre une douche chaude pour nous réchauffer et nous défouler un peu, proposé-je en agitant les sourcils.

Elle sourit, ses yeux verts pétillants.

— On devra être très silencieux.

Je me rassois sur mon siège et commence à ramer le plus vite possible.

— Ce n'est pas ma faute si tu es bruyante.

— C'est toi qui me rends bruyante.

— Je ne fais qu'offrir, Chloé. Je suis quelqu'un de généreux. Tu dois essayer de mieux te maîtriser.

On se sourit pendant un instant étincelant, complètement en harmonie, au milieu d'un lac lors d'une journée ensoleillée, pendant que les oiseaux chantent et qu'on entend le léger clapotis de l'eau contre le bateau. Chaque instant passé avec Chloé est incroyable, mais celui-là est spécial. Ma femme pour la deuxième fois est trempée, elle porte ma chemise de marié et elle me sourit. Ma poitrine me fait mal tant mes sentiments pour cette femme incroyable sont forts.

Dès qu'on revient sur la rive, je prends son visage dans mes mains et l'embrasse.

— Je t'aime, ma femme.

— Je t'aime aussi, mon mari.

Puis nous retournons vers la maison main dans la main, l'air de deux cabots revenant d'une baignade, trempés et plus heureux que jamais. En grande partie parce qu'on s'apprête à faire des choses très cochonnes tout en se nettoyant, mais aussi parce qu'on s'aime. Cet amour est toujours sous-jacent. Elle détient mon cœur, et j'ai le sien. Pour toujours.

Ne manquez pas le prochain roman de la série, *Rogue Beast - Version française*, avec Garrett impliqué dans une fausse relation, mais avec une vraie alchimie !

Harper

Tout le monde pense que je suis une vraie coriace parce que j'ai joué le rôle d'une PDG à la télé. Ce n'est pas le cas. Malheureusement, ce rôle a fait sortir un tas de harceleurs bizarres de leur trou, raison pour laquelle j'ai fini par craquer et embaucher un garde du corps. C'est là qu'entre en scène la vraie montagne de muscles aux yeux aigue-marine saisissants qui se pointe sur le tournage de ma nouvelle série. Je suis aussitôt attirée par lui, et ça me prend totalement par surprise. Je parle d'une vraie vague de chaleur des pieds à la tête, des papillons dans l'estomac et de fourmillements dans toutes mes terminaisons nerveuses.

C'est un problème. J'ai un petit ami, et cette relation est censée n'être que professionnelle. Je suis aussi lubrique qu'une adolescente face à son béguin. C'est alors que je réalise quelque chose – mon béguin ressent la même chose.

Garrett

Je rendais visite à ma belle-sœur sur le tournage de sa série quand Harper Ellis m'a invité dans sa caravane. C'est une vraie beauté, aucun doute là-dessus. Un peu timide et très gentille. On a vraiment accroché, alors je n'ai pas envie de tout gâcher en admettant que je ne suis pas son garde du corps.

Quand le vrai garde du corps finit par arriver, je me dis que ça n'ira pas plus loin. Il s'avère qu'elle a un petit ami. Mais ils rompent et tout le monde se met à avoir pitié d'elle (le type l'a trompée de manière très publique). Pour sauver la face, elle affirme qu'elle sortait avec moi.

Je me fiche qu'on fasse juste semblant d'être ensemble pour la presse, l'alchimie entre nous est réelle, et je commence à me dire qu'on a un avenir. Jusqu'à ce que tout m'explose au visage. Maintenant, je dois prouver qu'on est faits pour être ensemble.

Inscrivez-vous à ma newsletter afin de ne rater aucune de mes nouvelles publications: Kyliegilmore.com/FRnewsletter

AUTRES LIVRES DE KYLIE GILMORE

La série du Club de Lecture Happy End << quand la famille Campbell et un club de lectrices de romance se rencontrent !

Hollywood incognito (Tome 1)

Au-devant des ennuis (Tome 2)

Même pas cap (Tome 3)

Entente formelle (Tome 4)

Erreur sur le bad boy (Tome 5)

Joue avec moi (Tome 6)

Résister au destin (Tome 7)

Une chance de romance (Tome 8)

Un séducteur diabolique (Tome 9)

Un plan désagréable (Tome 10)

Un mariage Happy End (Tome 11)

Les Rourke de Villroy << des princes à se damner et des héroïnes qui ne s'en laissent pas compter !

Royal Catch - Version française (Tome 1)

Royal Hottie - Version française (Tome 2)

Royal Darling - Version française (Tome 3)

Royal Charmer - Version française (Tome 4)

Royal Player - Version française (Tome 5)

Royal Shark - Version française (Tome 6)

Les Rourke de New York

Rogue Prince - Version française (Tome 1)

Rogue Gentleman - Version française (Tome 2)

Rogue Rascal - Version française (Tome 3)

Rogue Angel - Version française (Tome 4)

Rogue Devil - Version française (Tome 5)

Rogue Beast - Version française (Tome 6)

AU SUJET DE L'AUTEUR

Kylie Gilmore est auteur de best-sellers sur la liste de USA Today tels que la série du Club de Lecture Happy End, la série Rourkes, la série Clover Park et la série Clover Park Charmeurs. Elle écrit des romances comiques qui vous feront rire, vous feront pleurer et vous donneront un coup de chaud.

Kylie vit à New York avec sa famille, ses deux chats et un chien complètement fou. Quand elle n'est pas en train d'écrire, de courir après ses enfants ou de prendre des notes lors de conférences sur l'écriture, vous la trouverez sur la pointe des pieds, cherchant à atteindre sa cachette secrète de chocolat tout en haut du placard.

Cliquez ici pour vous inscrire à la newsletter de Kylie afin de recevoir des informations concernant les sorties de nouveaux livres, les promotions et les cadeaux réservés aux abonnés. https://www.kyliegilmore.com/FRnewsletter

Pour d'autres bonus sympas, allez voir le site de Kylie https://www.kyliegilmore.com.